瀹茗轩研读

《红楼梦》

赖振寅○著

中国社会科学出版社

图书在版编目（CIP）数据

渝茗轩研读《红楼梦》／赖振寅著．—北京：中国社会科学
出版社，2015.7
ISBN 978 - 7 - 5161 - 6502 - 7

Ⅰ.①渝…　Ⅱ.①赖…　Ⅲ.①《红楼梦》研究
Ⅳ.①I207.411

中国版本图书馆 CIP 数据核字（2015）第 152640 号

出 版 人	赵剑英	
责任编辑	田　文	
特约编辑	赵梅芳	
责任校对	张爱华	
责任印制	王　超	

出　　版	中国社会科学出版社	
社　　址	北京鼓楼西大街甲 158 号	
邮　　编	100720	
网　　址	http://www.csspw.cn	
发 行 部	010 - 84083685	
门 市 部	010 - 84029450	
经　　销	新华书店及其他书店	

印刷装订	三河市君旺印务有限公司
版　　次	2015 年 7 月第 1 版
印　　次	2015 年 7 月第 1 次印刷

开　　本	710×1000　1/16
印　　张	11.25
插　　页	2
字　　数	191 千字
定　　价	39.00 元

目　录

眼泪与冷香丸

——黛玉、宝钗原型命意探微

一击两鸣别开生面

红楼一梦，只因赤瑕宫神瑛侍者"凡心偶炽"，便引出绛珠仙草"他既下世为人，我也下世为人，但把我一生所有的眼泪还他，也偿还过他了"这样一段"木石前盟"以泪还债的故事。于是天上掉下个林妹妹，人间多了个痴情女。如果说"女儿是水做的骨肉"，那么，这水对于林黛玉便是泪。眼泪也就成为黛玉的象征，黛玉成了眼泪的化身。"想眼中能有多少泪珠儿，怎禁得秋流到冬，春流到夏"，终落得"泪干春尽花憔悴"。观黛玉一生，可谓是因泪而生，泪尽而夭。正是这泪中所含的千般愁怨、万种情思，编织出"独把花锄泪暗洒"，"质本洁来还洁去"的潇湘妃子林黛玉——一个永恒的形象。

无独有偶，同样是因神瑛侍者"下凡造历幻缘"，"因此一事，就勾出多少风流冤家来"。正当"宝玉、黛玉二人亲密友爱处，亦自觉较别个不同"时，"不想如今忽然来了个薛宝钗"。并由此横生出一桩"金玉良缘"。这个"品格端方，容貌丰美，人多谓黛玉所不及"，并对黛玉的"恺郁不忿之意"浑然不觉的女子，因胎里带来的一股热毒（脂批称之为"凡心偶炽，是以孽火齐攻"），须吃一种稀奇古怪名曰冷香丸的药方能无恙，故而这冷香丸药性中的"冷"与"香"便成了宝钗的象征。若从世俗的眼光来看，这个"胭脂洗去秋阶影，冰雪招来玉砌魂"的冷美人蘅芜君，却也因"淡极始知花更艳"，让人觉得"任是无情也动人"。此人物虽稍有瑕纇，但仍不失为一个"芳龄永继"的形象。

林黛玉、薛宝钗这两个大观园中的女子，一个与神瑛侍者是"木石前盟"，一个与怡红公子是"金玉良缘"；一个生得风流袅娜，一个长得鲜艳妩媚；一个孤高自许、目无下尘，一个行为豁达、随分从时。"宝钗在做人，黛玉在作诗；宝钗在解决婚姻，黛玉在进行恋爱；宝钗把握着现实，黛玉沉酣于意境；宝钗有计划地适应社会法则，黛玉任自然地表现自己的个性；宝钗代表着当时一般妇女的理智，黛玉代表当时闺阁中知识分子的情感。"① 自《红楼梦》问世以来，对宝钗、黛玉二人的评价可谓是红学研究的一个热门话题。"按黛玉、宝钗二人，一如娇花，一如纤柳，各极其妙，然世人性分甘苦不同之故尔。"② 正是因为世人"性分甘苦"、众口难调，故而对此二人的评价也便见仁见智、褒贬不一。"书中将二人行止摄总一写，实是难写，亦实系千部小说未敢说写者。"③ 而作者曹雪芹也便在"风尘怀闺秀"以悦人之耳目的同时，多了一分"玉在椟中求善价，钗于奁内待时飞"的企盼。

但令人不解的是，宝钗、黛玉这两个品性、爱好、容貌、行为方式乃至生平际遇有着天壤之别的人物，究其来历，却同出一源。这两人作为金陵十二钗之首，在判词中二位一体。何也？对此，自言深谙作者之用心的脂砚斋也只是侧面证实，未作正面解释。

"钗、玉名虽两个，人却一身，此幻笔也。今书至三十八回时已过三分之一有余，故写是回，使二人合二为一。请看黛玉逝后宝钗之文字便知余言不谬矣"（四十二回回前总评）。此处所谓的"人却一身"系指何人，钗、黛二人的原型是谁？作者又用意何在？既然合二为一，又为何要分而写之；既已分写，又何谈合二为一。作者可曾料到，这分分合合所造成的自相矛盾和疑惑费解处，在几百年后的红学界成为一大公案。脂砚斋又可曾想到，所谓"深意他人不解"的"深意"，又曾使多少人执着其中却又执迷不悟。

无论研究者对曹雪芹的创作意图作何解释，对钗、黛二个原型作何推断，有一点可以肯定，即"钗黛合一"并非后人无中生有，凭空捏造。这确然来自于作者的创作命意，是《红楼梦》一书中毋庸置疑的事实，也是红学研究必须面对的一个问题。因为书中种种迹象表明，作者确有不便明示的深意隐于其中。

---

① 王昆仑：《红楼梦人物论》，生活·读书·新知三联书店 1983 年版，第 221 页。
② 脂批第五回甲戌侧。
③ 脂批第五回甲戌侧。

　　这里需要说明的是，"钗黛合一"就作者本意而言，并非是将此二人不分轩轾地等量齐观、一视同仁。而是意在指出钗、黛二人同出于一个人物原型。当我们按这一思路去书中"追踪蹑迹"，会很自然却很不情愿地找到秦可卿门下。也就是说，书中及脂批中种种迹象表明，秦可卿便是宝钗、黛玉二人的人物原型。

　　书中第五回，贾宝玉梦游太虚幻境，受到警幻仙姑礼遇。在"醉以良酒，沁以仙茗，警以妙曲"之后，被警幻送至一香闺秀阁之中，"其间铺陈之盛乃素所未见之物，更可骇者，早有一位女子在内。其鲜艳妩媚，有似乎宝钗；风流袅娜，则又如黛玉……"。脂砚斋在此处批曰："难得双兼，妙极！"警幻将这个"乳名兼美，字可卿者"的女子许配给宝玉。脂砚斋在此处加批："妙！盖指薛、林而言也。"

　　这可以说是在探究钗、黛形象渊源时，一条众所周知却很难让人接受的线索。个中原因很简单，秦可卿与钗、黛二人在形象意蕴上的巨大反差，使研究者每每至此，便迟疑不决，顾虑重重，不敢再越雷池半步。而正是这关键的未迈出去的半步，便造成了为维护钗、黛二人形象的完美，而不惜放弃唯一线索的状况，致使此案一直悬而未决。

　　那么，就在这两难之间能否找出一条两全之策呢？使我们的研究既可以按秦氏之迹寻钗、黛之踪，又不至于美丑不分、善恶不辨。这并非是研究方法上的投机取巧，如果让我们换一个角度，以逆向思维（即脂砚斋所谓的"是书不看正面"）的方式来思考，从风月宝鉴的反面来审视，这个问题其实比我们原来想象的要简单得多。秦可卿是钗、黛二人的人物原型，但钗、黛形象的塑造并不是简单地对秦可卿的正面模拟和遵循，而是建立在对原型的反面参照和背叛基础上的。

　　就《红楼梦》一书的创作而言，从秦可卿到薛宝钗、林黛玉这实质上是一个点石成金、去伪存真、化腐朽为神奇的过程。其中蕴含着曹雪芹极其深刻的美学观念和创作构想。正是在这个形象转换的过程中，曹雪芹彻底冲破了旧美学以和为美、以道制欲、反情从志观念的束缚，在《红楼梦》一书中成功地演绎了其除去平和、崇尚真情、以悲为美的美学构想，打破了中国传统审美文化"乐而不淫，哀而不伤"的"大团圆"结构，从而结束了中国封建社会悲剧人生（现实形态）无悲剧（艺术形态）的历史。

　　为了能更全面、更深刻地表述这一美学构想，也为了避免一些不必要的麻烦（文字狱），曹雪芹寓思想于形象之中，选择了秦可卿这一旧美学的化身，以她为原型塑造了宝钗、黛玉这两个与秦可卿貌合神离的形象，采用了"一击两鸣"的手法，极其隐晦地演绎了这一化腐朽为神奇的艺术创造过程。这个过程始于书中第五回。

此回中，作者先款款叙出二玉，接着又陡然转出薛宝钗。并刻意借贾府上下人的眼光将钗、黛二人作了一番比较。字里行间不难看出，此二人虽各极其妙，却决非完美无瑕。黛玉孤高自许、目无下尘且心胸狭窄；宝钗藏愚守拙、随时仰俯且城府颇深。此二人可谓是瑕瑜可见。"美则美矣，而未大也。"（《庄子·天道》）

相形之下，此回随后出场的秦可卿，以及她在太虚幻境中的化身警幻仙姝，似乎要完美得多。"生得袅娜纤巧，行事又温柔和平"，"其鲜艳妩媚有似乎宝钗；风流袅娜，则又如黛玉"。真可谓是一个难得双兼、美轮美奂的人物。

看到这里不禁使人产生一种疑惑，既然秦可卿如此完美，压倒了钗、黛之美，那么作者又为何退而求其次，舍秦氏而取钗、黛呢？既然秦可卿之美在书中无人能比，作者又为何让她的美尚未充分展现便草草收场，且是以一种出人意料的方式（淫丧）收场。这不是舍本逐末，蔽美扬丑吗？

非也。当我们对曹雪芹的美学思想有了更进一步的了解之后，这个问题便迎刃而解了。

因为在曹雪芹眼中，秦可卿身上所谓的"兼美"正是他所深恶痛绝的旧美学的象征。这种"兼美"究其根源，便是统摄中国人审美观念达几千年之久，以儒家中庸之道为其哲学基础，以"乐而不淫，哀而不伤"为其价值评判标准的"中和之美"。也就是说，要把握秦可卿这一形象的内涵，洞悉曹雪芹"钗黛合一"创作命意的内蕴，就必须对"中和"这一范畴的实质及其在中国封建社会审美文化历史发展中的地位、作用、影响有一个全面的了解。

"中和"作为中国古代美学最主要的审美范畴，发轫于上古时代，代表着古代先民们的一种朴素的唯物主义宇宙观。认为宇宙万物不断运动变化，同时又共处在一个和谐的统一体中。到了先秦时代，儒家率先将这种观念应用到其学说中，对其进行了理论改造，注入了特定的社会政治和伦理道德内容，使之成为儒家中庸哲学的核心，并被引入了实践领域。其特征为强调个体道德准则和行为方式上的居中不偏、兼容两端；艺术、感情方式上的"乐而不淫，哀而不伤"。这种理论的实质是以礼节情，克己复礼。

其后的《中庸》对孔子这一思想进行了进一步阐发，并将其推崇为至尊至圣的道德境界。"喜怒哀乐之未发谓之中，发而皆中节谓之和。中也者，天下之大本也；和也者，天下之达道也。致中和，天地位焉，万物育焉"。这种对"中和"的解释，把儒家学说中重礼义、轻性情的特点推向了极端。所谓"中和"就是个体在神秘的道德追求中的一种情志的自我克制。这便使"中和"从最初的哲学范畴、美学范畴变成一个带有浓厚神学色彩的道德范畴。从这一时期开始，"中和"便成为中国封建社会官方美学的核心，对后世封建审美文化的发展产生了极其深远的影响。

到了宋代，以朱熹为代表的理学家，出于维护封建专制统治、禁锢社会进步思想的需要，极力推崇儒家的"中和"学说，并将这一学说中落后、保守的一面推向极致。朱熹在注《中庸》"喜怒哀乐之未发谓之中，发而皆中节谓之和"时说："喜怒哀乐，情也，其未发，则性也。无所偏倚，故谓之中。发皆中节，情之正也。无所乖戾，故谓之和。大本者，天命之性；天下之理皆由此出，道之体也。达道者，循性之谓，天下古今之所共用，道之用也。此言性情之德，以明道不可离之意。"（《四书集注·中庸》）细心的读者也许会发现，朱熹的这段解说"中和"的文字，在《红楼梦》书中第一百一十一回《鸳鸯女殉主登太虚　狗彘奴欺天招伙盗》中曾出现过。是回写鸳鸯殉主后魂魄正无所投奔时，遇见了警幻仙妹可卿来引她去太虚幻境掌管痴情一司。

> 鸳鸯的魂道："我是最无情的，怎么算我是个有情的人呢？"那人道："你还不知道呢，世人都把淫邪之事当作'情'字，所以做出伤风败化的事来，还自谓风月多情，无关要紧。不知'情'之一字，喜怒哀乐未发之时，便是个性；喜怒哀乐已发，便是情了。至于你我这个情，正是未发之情，就如那花的含苞一样。欲待发泄出来，这情就不为真情了。"

警幻仙妹可卿的这段话，代表了续书者的立场，与曹雪芹的观点是不相符的。但其中对秦可卿这个形象与"中和"的内在联系的认识上同曹雪芹的原意是一致的。这里所谓的"未发之情"直接来自朱熹对"中和"

的解释。对于这种"中和"的实质，朱熹还作了进一步阐释："孔子之所谓克己复礼，《中庸》所谓至中和，尊德性，道问学，《大学》所谓明明德，《书》曰：人心惟危，道心惟微，惟精惟一，允执厥中，圣人千言万语，只是教人存天理，灭人欲。"（《语类》卷十二）

至此，"中和"理论中"存天理，灭人欲"，戕残人性、禁锢真情的实质已暴露无遗。

明代中叶以后，随着资本主义的萌芽和市民文化的兴起，传统美学受到冲击，致使"中和"这一审美观念走向了衰微。但到了曹雪芹生活的时代，这种没落的理论又死灰复燃，成为清代统治者掩盖民族矛盾，愚弄民众，压制进步思潮的统治工具。并重新恢复了其在审美文化乃至整个意识形态领域中的统治地位。

从"中和"这一范畴的历史演变来看，秦可卿身上所谓的"兼美"，正是以"中和"为核心的旧美学所极力标榜的理想美。不幸的是，这种原初的"中正无邪"之美，在经历了封建审美文化从"情而不淫"，"乐而不过于淫，哀而不及于伤"（朱熹《诗集传》）的逻辑发展和实际操作之后，最终沦落到"情而淫"，"兼情兼淫"，表面情、实质淫，以淫代情的地步。诗发乎情，不仅没有止乎礼义，反而止乎淫。这便是曹雪芹眼中的"兼美"，这也正是秦可卿这一形象的实质。

在《红楼梦》一书中，作者对"兼美"——中和之美的深恶痛绝及对其虚伪本质的无情揭露，主要是借警幻仙姑之口道出的。"最可恨者，自古来多少轻薄浪子皆以好色不淫为饰，又以情而不淫作案，此皆饰非掩丑之语也。"（第五回）脂砚斋在第六十四回的回前评语中更进一步地阐发了曹雪芹的上述思想。"余叹世人不识情字，常把淫字当作情字；殊不知淫里无情，情里无淫，淫必伤情，情必戒淫，情断处淫生，淫断处情生……"

秦可卿便是旧美学以淫代情的活标本。"兼美"这种被旧美学奉为圭臬的东西，在曹雪芹看来，其实质不过是"淫"。书中涉及秦可卿的描写，无论其性格、生活环境（卧房陈设）还是最终结局，总之，作者在该人物的身上处处突出了一个"淫"字。

正是基于对旧美学虚伪本质的清醒认识及对其的深恶痛绝，促使曹雪芹毅然决然地举起手中的"刀斧之笔"，刺向"中和"这一封建意识形态的要害处。秦可卿便在劫难逃。"情断处淫生"的旧美学也终于完成了其历史使命，同秦可卿一起被埋葬于铁槛寺旁边的馒头庵。这也正是脂砚斋所说的"此梦文情俱佳，然必用秦氏引梦，又用秦氏出梦，竟不知立意何属"①的真实命意。

书中第十三回秦可卿的死，标志着《红楼梦》一书旧梦的终结和新梦的开始。由此开始，《红楼梦》一书便另立新场、别开生面。艺术表现的空间从太虚幻境回到现实世界。艺术表现的对象从美轮美奂、兼而有之的秦可卿之美，转回到了美中不足、两山对峙的钗、黛之美。"兼美"被还原为现实形态，并被一分为二，分别赋予钗、黛二人。作者曹雪芹以现实主义的审美态度，以悲剧冲突的方式，开始演绎其"淫断处情生"的新理念，实现了审美方式的根本转变。"可笑近之野史中，满纸羞花闭月，莺啼燕语，殊不知真正美人方有一陋处，如太真之肥，飞燕之瘦，西子之病，若施以别个不美矣。"（第二十回己卯夹批）"最恨近之野史中，恶则无往不恶，美则无一不美，何不近情理之如是耶？"（第四十三回庚辰夹批）脂砚斋的这两条批语从侧面昭示出曹雪芹对崇尚"兼美"的旧美学观的否定态度和批判精神。

在曹雪芹看来，钗、黛之美，纵有美中不足，却是现实生活中原有的至真、至情、至理的美；秦氏之美，尽管完美，却不过是太虚幻境中才有的虚幻之美，这种美在现实生活中早已被异化为一种淫邪之"美"。

《红楼梦》一书的创作，正是在这个去伪存真、化腐朽为神奇的过程中，采用击秦氏之美，鸣钗、黛之美的方法，实现了作者"一击两鸣"的创作意图。

两山对峙　兰摧玉折

秦可卿之死，在深层意义上暗示着没落文化审美价值体系的坍塌和传统艺术"大团圆"结构的彻底分裂。而从秦可卿到薛宝钗、林黛玉，则标志着《红楼梦》一书在美学上实现了审美价值观从以中和为美向以冲突为美的根本转变。这便决定了《红楼梦》一书的悲剧属性。从冲突中去展现美，从美的毁灭中体现悲剧的审美价值，这便构成了曹雪芹悲剧美学思想的灵魂。

---

① 脂批第五回甲戌侧。

于是，《红楼梦》一书便必然地从"中和"走向了"冲突"，从秦可卿的"一枝独秀"走向钗、黛二人的"两山对峙"。并以钗、黛二人的冲突为核心、为前景，以贾府乃至更广阔的社会生活为背景，全方位地展现了各种各样的矛盾冲突。

钗、黛二人的冲突，究其实质，是一种美与美的冲突。冲突的焦点集中于这二人与贾宝玉的婚姻关系上，即"木石前盟"与"金玉良缘"的冲突。其中的审美观点定位于"叹人间美中不足今方信"这一观点之上。明确这一点对正确解释作者的创作命意，全面把握钗、黛两个艺术形象的实质是非常重要的。事实证明，以往的研究中那种"美则无一不美"（黛玉），"恶则无往不恶"（宝钗）的极端片面化倾向，与作者的本意是不相符的。这种评判对宝钗是不公平的。我们的研究只有在充分肯定宝钗也是一个美的形象，承认她的美是一种与黛玉的美互相映衬的美的前提下，才有可能深入地领会作者的意图，全面把握这两个形象的内在意蕴。

建立在对秦可卿的"兼美"逆向参照基础上的钗、黛之美，并非是简单地集真、善、美于黛玉一身，集假、恶、丑于宝钗一身。宝钗也绝不是秦可卿的翻版。尽管书中无论作者还是脂砚斋对宝钗此人的言行举止颇有微词，但仍不时流露出对她的同情、赞赏、甚至钦佩。

作者并未将她塑造成一个反面人物，更未将黛玉之死的责任归咎到她的头上。"金玉良缘"取代"木石前盟"绝非是宝钗机关算尽的结果。

从《红楼梦》一书对这两个人物的塑造上可以看出，钗、黛二美，代表着曹雪芹审美趣味中的两种倾向。在深层意义上，则隐喻着中国传统文化中两种截然相反的审美价值取向，代表了传统美学对人格美的两种迥然不同的理解。一种是以宝钗为代表的世俗化、追求社会功利性的审美范式和处世哲学；一种是以黛玉为代表的诗意化、追求审美超越性的审美范式和人生哲学。究其渊源，前者更多地代表了儒家文化的基本内涵，后者则代表着道家文化的价值观念。儒家和道家文化，作为中国古代文化的两大源流，致使中国封建社会长期摇摆于这两种文化的影响力之间。"达则兼济天下，穷则独善其身"，两者不可或缺但不能兼得。传统文化中所谓的"儒道互补"，并非是两种异质文化在一种平等意义上的自然契合，实质上是一种有着复杂社会历史背景的人为捏合。其理论上的完备性远远超过了实践中的可操作性，意识形态的功利色彩远远大于其审美色彩，这两种文化内部根性中的排他性远远大于外部关系上的兼容性。两者间的

"中和"只是相对的、短暂的，对立却是绝对的、永恒的。从中国传统文化的历史发展来看，正是这种所谓"儒道互补"似是而非、模棱两可的特性，严重阻碍了中国人审美实践的步伐，以至于衍生出秦可卿这种不伦不类的"兼美"。致使中国传统文化长期醉心于一种假想的和谐之中不能自拔。

从这个意义上讲，曹雪芹在《红楼梦》一书中正是通过秦可卿的死彻底击碎了"儒道互补"这种假想的和谐，并将其还原到"儒道互斥"的真实状态。钗、黛二人的"两山对峙"便是这种还原的结果。这种人物间的"对峙"，实质上隐喻着两种冰炭不容的社会文化之间的互相排斥和根本对立。

钗、黛二人的美，则分别代表了儒家和道家审美文化中两种完全不同的人格美的理想。宝钗的美是一种雍容娴雅之美，亦可称为仁者之美。代表着儒家所崇尚的温柔敦厚的人格理想。体现了儒家所倡导的高尚的道德精神的意义。"矜而不争，群而不党"①，弘毅宽厚，清和平允。黛玉的美是一种清灵隽秀之美，或可称为智者之美。代表着道家所推崇的"故圣人法天贵真，不拘于俗"②的人格理想。反映出道家以自然无为为本，追求审美的超功利性，反对一切违背人的"性命之情"的虚假矫情的审美观念。真纯不羁，率性而行，天真脱俗。

但美中不足的是，这二人性情中都难免有些"陋处"。黛玉器小善妒、恃才傲物；宝钗守拙装愚、随时仰俯。正如脂砚斋所言，黛玉一生是聪明所误，宝钗是博知所误。看来这二人的悲剧性结局与她们性情中的"陋处"不能说毫无关系。若从文化学的角度来看，钗、黛二人的"陋处"，实际上源于儒道二家文化根性中的"陋处"。这可以说代表着曹雪芹对儒家文化和道家文化的基本评价，也是《红楼梦》一书最终舍弃儒道，归于释家的原因所在。

由此看来，"两山对峙"可以说是《红楼梦》一书诸多手法中一个最重要的手法。这种独特的艺术表现手法既决定了《红楼梦》一书的悲剧属性，涤除了笼罩在传统艺术中的所谓的"一团和气"，又预示了钗、黛二人的悲剧性结局，同时也使钗、黛二人的美在作品中得到了淋漓尽致的

---

① 《论语·卫灵公》。
② 《庄子·渔父》。

表现。彼此相反相成、相映成趣。无论缺少哪一方，都会使对方孤掌难鸣、黯然失色。这二人之于《红楼梦》一书，可谓是粉白黛黑，缺一不可。

在诠释"两山对峙"创作的含意时，应避免把它同作者的世界观混为一谈。也就是说，"两山对峙"并非意味着作者在塑造钗、黛形象时将这两人一视同仁，等量齐观。作品中曹雪芹既客观地再现了钗、黛二人的美，同时又对这两种美进行了带有明显倾向性的主观评价。这种主观倾向性在作品中更多的是借贾宝玉的思想感情及言行举止得以流露和确认。在"木石前盟"和"金玉良缘"之间，价值天平明显偏向了黛玉一边。

尽管"爱博而心劳"的贾宝玉偶尔也会对薛姐姐的"膀子"想入非非，并突发奇想"这膀子要是长在林妹妹身上就好了"。但他终究没有意乱情迷，见异思迁。"都道是金玉良缘，俺只念木石前盟，空对着山中高士晶莹雪，终不忘世外仙姝寂寞林。叹人间美中不足今方信，纵然是齐眉举案，到底意难平。"由此可见，同宝钗相比，作者在黛玉身上倾注了更多的个人情感，花费了更多的心血，并赋予了更多的理想化色彩和个人认同。使该人物身上更多地体现了当时社会中那些与曹雪芹同病相怜的文人雅士们带有普遍性的人格特征、感情方式、现实处境、人生哲学乃至性格缺陷。黛玉的忧郁、孤独是那个时代的失意文人们怀才不遇的苦闷的象征。黛玉的孤傲则代表着这些人愤世嫉俗的精神品格。黛玉的偏执也代表着这些人不安于现状的抗争精神。而黛玉的死既体现了这些人的自我悲悯，也预示着她所代表的那个世界在现实生活中终将以悲剧来收场。

正因为悲剧是在所难免的，故而，美的毁灭也便在意料之中。以钗、黛二人婚姻冲突为主线所串联、并联起的一系列不可调和、你死我活的冲突，终于把《红楼梦》推向了悲剧的深渊。

从表面上看，钗、黛二人的悲剧似乎是一出带有浓重宿命论色彩的个人性格悲剧。但当我们将其放置在贾府乃至中国封建社会末期这个大背景中便会发现，个人悲剧源于社会悲剧，只是社会悲剧的一个缩影。《红楼梦》作为一出发生在中国封建社会末期的社会悲剧，实质上反映了两种根本对立的价值观念、社会力量之间你死我活的冲突。

从这个意义上讲，无论宝钗还是黛玉都不是悲剧的制造者，而只能是悲剧的受害者。这两个美的形象在带有必然性的社会矛盾冲突中，无一例外地遭受到不同程度的打击和损害。黛玉的美的陨灭，同样使宝钗的美变得暗淡无光。黛玉的死固然可惜，宝钗的结局也着实值得同情。相形之下，宝钗所受到的打击丝毫不亚于黛玉。常言说，生离死别人生两大悲哀，黛玉属于死别之哀，宝钗则是生离之悲。"两山对峙"的结局终不可逆转地成为两败俱伤、兰摧玉折。这二人一个"堪怜"，一个"可叹"。《红楼梦》一书"怀金悼玉"的命意大抵来源于此。"椟中之玉"（黛玉）不但没有求得善价，反而"林中挂"；"奁内金钗"（宝钗）不仅没有待时飞升，反而"雪里埋"。

于是，那个身居"悼红轩"中的末世文人曹雪芹先生便在"可叹停机德，堪怜咏絮才"之余，"趁着这奈何天、伤怀日、寂寥时，试遣愚衷。因此上，演出这怀金悼玉的《红楼梦》"。

结　语

噩梦醒来，走出"怀金悼玉"的红楼世界，"再忽然想起秦可卿，何玄幻之极"①。如此看来，作者所谓的"此书不敢干涉朝政，只着意于闺中"，又是何等的微密久藏、用心良苦。而隐于其中的言外之意、象外之旨和警世之心又岂是一部"闺阁昭传"所能尽述。

细究从秦可卿到宝钗、黛玉形象塑造中所隐含的美学命意，用书中薛宝钗那首"压倒众人"的《螃蟹咏》中的两句来诠释是再合适不过了：

"眼前道路无经纬，皮里春秋空黑黄。"

《红楼梦》正是一部皮里春秋、经天纬地的传世之作。

这个始于石头、终于石头、关于石头的故事，真可谓是"女娲炼石补天处，石破天惊逗秋雨"②。

---

① 脂批第七回甲戌夹。
② （唐）李贺：《昌谷集·李凭箜篌引》。

刀斧之笔与菩萨之心

——秦可卿之死与曹雪芹的美学思想

一

秦可卿之死，可谓是《红楼梦》一书前半部分的一场重头戏，也是历来红学研究的一大悬案。书中秦可卿的死因为什么从原初的"淫丧"变为后来的"病丧"，曹雪芹在安排该人物命运时为什么一改初衷，使她不但没有"淫丧天香楼"反而"死封龙禁尉"。这一前一后的自相矛盾和巨大的反差，便成为此案最大的疑惑费解之处。该案受害者秦可卿死因不详，案情扑朔迷离。同书中人一样，身为局外人的读者对此也"无不纳罕，都有些疑心"。试问，作者曹雪芹动机究竟何在？

对此，自言深谙作者之用心的批书人脂砚斋在甲戌本第十三回回后总评中解释为：

> 秦可卿淫丧天香楼，作者用史笔也。老朽因有魂托凤姐贾家后事二件，嫡是安富尊荣坐享人能想得到处。其事虽未漏，其言其意则令人悲切感服。姑赦之，因命芹溪删去。

庚辰本此回回后脂砚斋又作补充：

> 通回将可卿如何死故隐去，是大发慈悲心也，叹叹！壬午春。

书中其他几条关于秦氏死因的批语，均再三提及慈悲之心、恻隐之心云云。

按脂批所提供的线索，作者之所以在对该人物命运的艺术处理上一改创作初衷，主要是因为听从了脂砚斋等人的劝告，并念及秦氏有"魂托凤姐贾家后事二件"，且"其言其意则令人悲切感服，故赦之"。于是，作者慈悲之心大发，并不惜将"真事隐去"，继而把秦氏的死从原初丢人现眼的"淫丧"变为其后冠冕堂皇的"病丧"，使此人从不得好死到得以善终。更有甚者，死后更是荣极一时，贾府合家悲号，朝廷诰命授封，丧事极尽奢华，葬礼空前隆重。

　　读者每每至此，瞻前顾后，其间反差之大，让人匪夷所思。仅凭一点恻隐之心作者便给先前眼中的淫女荡妇树立起一座宏伟的贞节牌坊，并对情节作了如此大的修改，这既不合规律，又不合情理。既然作者的慈悲之心到了这种地步，何不好人做到底，而让秦氏起死回生，得以延年益寿呢？

　　由此可见，脂砚斋关于秦氏死因的几条批语，于《红楼梦》一书，尚不能自圆其说；于观者，亦不能给他们一个满意的答复，合理的解释。反而使案情更加迷离，使观者猎奇心大增。于是，探究秦氏的死因，揣摩作者的意图，便成了红学界的一个热门话题，也成了红学研究中一大悬案。

二

　　从诸多研究秦氏之死的文章的立意来看，多属考证补白型。所谓考证，即研究者在探究秦氏死因时，多从书中及脂批中的一些言辞及细节出发，并辅之以主观揣度和合理想象推衍秦氏淫丧的蛛丝马迹，进而考证秦氏的真正死因。如从焦大的"爬灰"之语，秦氏死后尤氏的旧病复发及贾珍的异常举动认定奸夫必是贾珍无疑；也有从金荣口中说的许多闲话推断奸夫是平日里和贾蓉"最相亲厚，常相共处"，且比"贾蓉生得还风流俊俏"的贾蔷；也有断言秦氏是"以一人而事三身"；更有甚者，把贾宝玉也列入怀疑对象，等等。应该说，这种研究多为好奇心驱使且有主观臆断之嫌。既然曹雪芹已"幡然悔悟"且"痛改前非"，是书业已定稿，研究者纵有越俎代庖之心，终究也不能验明"奸夫"正身，使案情大白。故而，这种方法也就于事无补。至于补白，即研究者多认为秦氏之死前后反差太大，常使观者难以接受，便站在维护和开脱作者的立场上，从字里行间寻找能让观者信服的理由。如曹雪芹确有同情秦氏的心理，况且她又是警幻仙姑的妹妹，贾宝玉的"性启蒙教师"等。鉴于以上种种原因，故没有让她承担乱伦的责任。也有认为秦氏乃警幻之妹，如把天香楼乱伦一节赤裸于读者眼前，会使读者感到警幻仙妹的美好形象与天香楼上吊死女鬼反差太大，而不忍下手。也有迁怒于脂砚斋等批书人，见到淫，觉得有失大雅，而命"芹溪删去"。曹雪芹难违这些道学家长者之命，便违心地一改初衷等。这类文章和前类文章相比，少了些猎奇心理，且立论较前者更为切近"曹雪芹为何朝令夕改，秦氏之死为何前后不一"这一主题。相形之下，后一类文章似更具学术价值。但迄今为止，这类文章所罗列出的诸多旁证材料仍不足以彻底解除读者的疑惑。其中的不能自圆其说、自相矛盾之处恐怕就连文章作者本人也心照不宣。而且，这类文章大多有个明显的缺陷，即这类文章的作者在潜意识中均认为曹雪芹在秦氏之死的处理上是不够严谨的。正所谓"智者千虑，必有一失"。而正是这一失，便留下了些许的"艺术空白"，需要后人去填补。既然曹雪芹未能自圆其说，那么后来者就应责无旁贷地去替作者圆成其说。

试想，曹雪芹在天之灵若有幸看到这些文字，必会慨叹："都云作者痴，谁解其中味。"而脂砚斋等人则又会调侃："深意他人不解。""唯批书人知之。"（甲戌本第五回）"足见作者之笔，狡猾之甚。后文如此处者不少。这正是作者用画家烟云模糊处，观者万不可被作者瞒蔽了去，方是巨眼。"（甲戌本第一回眉批）以曹雪芹的艺术功力和"披阅十载，增删五次"所付出的辛劳，在秦氏之死这个问题上出现如此纰漏是绝不可能的。退一步讲，即使出现破绽也会在"增删五次"的过程中处理得天衣无缝。很明显，作者在此处的确用了画家的"烟云模糊处"，故意卖了一个破绽。或者正如脂砚斋等人所言，此中大有深意，不便明示。在秦氏之死这个问题上，作为知情人的脂砚斋同曹雪芹两人之间有着一种默契，彼此心照不宣。从十三回回前两条前后连贯而又前后矛盾的脂批便可看出端倪。"隐去天香楼一节，是不忍下笔也。"（甲戌本回前）"此回可卿梦阿凤，盖作者大有深意存焉。可惜生不逢时，奈何，奈何！然必写出自可卿之意也。则又有他意寓焉。"（庚辰本回前）由此可见，作者"不忍下笔"是虚，"别有寓意"是实。在秦可卿这个人物的艺术处理上，曹雪芹可谓是颇费心机，立意深远。其所采用的手法，正如脂砚斋在甲戌本第一回批语中提到的"明修栈道，暗度陈仓"和"背面傅粉"两法。

或许，采用弃明投暗，背其道而行之等这类逆向思维，才是解开秦氏死因的关键所在。其实，关于这一点，无论曹雪芹还是脂砚斋在书中都曾多有暗示。第十二回"王熙凤毒设相思局，贾天祥正照风月鉴"（此回恰是秦可卿之死的前一回），贾瑞病入膏肓，跛足道人用来治病的那面出自太虚幻境的正反两面皆可照人的"风月宝鉴"，此镜"千万不可照正面，只照他背面，要紧，要紧！"脂砚斋在此引而申之："观者记之，不要看这书正面，方是会看。"（庚辰本）但同时又不无感慨地说："谁人识得此句。"（庚辰本）或许对秦氏死因的探究所出现的问题就在于此。人们大都习惯于去看镜子正面的幻象，而忽视了镜子背面的真相。忘记了"是书不看正面为幸"（甲戌本第八回眉批）的提示。

三

那么，曹雪芹借秦可卿之死到底明修什么？又暗度什么？这个人物身上隐含着什么深意？带着对这个问题的思考，让我们来重新关注一下脂砚斋的几条有关秦氏死因和作者意图的批语。

甲戌本第五回在《红楼梦》十二支曲中有关秦氏的〔好事终〕的唱词后，有这样一段脂批：是作者具菩萨之心，秉刀斧之笔，撰成此书，一字不可更，一语不可少。另在甲戌本第八回书中介绍秦氏的身世时，也有一段与前相似的脂批：出名秦氏，究竟不知系出何氏，所谓"寓褒贬，别善恶"是也。秉刀斧之笔，具菩萨之心，亦甚难矣。

以上两条批语，明确昭示了曹雪芹在塑造秦可卿这个形象时的意图，应成为研究秦氏死因的两条最重要的线索，甚至对全书的写作都有着重大的意义。秦可卿之死前后的巨大反差其症结就在于作者在塑造这个形象时"菩萨之心"和"刀斧之笔"之间的矛盾。这是一对有意设置的矛盾，其中"刀斧之笔"是矛，"菩萨之心"是盾；"刀斧之笔"针对和解决的是"秦可卿为什么死"这个问题，而"菩萨之心"则面对和说明了"秦可卿之死为什么前后不一致"这一问题。从表面上看，曹雪芹似乎是在"以己之矛克己之盾"，但就在这自相矛盾的背后，却隐含着曹雪芹试图通过秦氏此人实现其"寓褒贬，别善恶"的创作动机和他在创作《红楼梦》时所酝酿的卓尔不凡、惊世骇俗的美学思考。即彻底埋葬中国几千年来以"中和为美"的审美理想，暴露其伪善的实质，展示其扭曲人性、摧残美、戕害真情的丑恶行径。而顺应时代潮流，建立起一种全新的、具有划时代意义的"以悲为美"的审美理想和"崇尚真情"的人格理想。

正是基于这种构想，使得曹雪芹在塑造秦可卿这个人物时显得格外慎重，而秦可卿在书中也便占有举足轻重的地位。因为这个形象塑造的成功与否，直接关系着《红楼梦》一书在美学上的成败。要充分印证这一点，就必须彻底弄清曹雪芹的创作意图，并结合脂批深究"秦可卿为什么死"和"秦氏之死为什么前后不一致"这两个问题。

首先，让我们来看第一个问题：即秦可卿为什么死。换一种问法便是：秦可卿不死行不行。回答是不容置疑的：秦可卿非死不可。尽管曹雪芹慈悲之心大发，也并未使秦氏起死回生，在书中第十三回便让这个角色草草收场，一命归西，成为作者"刀斧之笔"的第一个牺牲品。关于这一点，脂批在第十回中已作了交代：

> 新样幻情欲收拾，可卿从此世无缘。和肝益气浑闲事，谁识今朝寻病源。（戚序本）

可见，秦氏之死，作者早有安排。作者在书中假借"张太医论病细穷源"，其目的却在于"欲速可卿之死"（第十回戚序本回后）。纵有你"学问最渊博，更兼医理极精，且能断人生死"的张太医，也奈何不了曹雪芹手中"刀斧之笔"的生杀大权。至于"忧虑伤脾，肝木忒旺"云云，只不过是戏笔托词而已。而"新样幻情欲收拾"方是秦氏的真正病源，也是"可卿从此世无缘"的症结所在。因为曹雪芹在秦可卿这个人物身上隐含着一个巨大的象征。为了能更好地说明这一点，须首先从秦氏这个人谈起，从"太虚幻境"谈起。书中第五回贾宝玉梦游太虚幻境，受到警幻仙姑的礼遇，酒足饭饱，丝竹管弦之后，于朦胧恍惚中，被警幻送至"一香闺秀阁中，其间铺陈之盛，乃素所未见之物。更有骇者，早有一位女子在内，其鲜艳妩媚，似乎宝钗；风流袅娜，则又如黛玉"。在警幻的一番宏论之后，终顺水推舟地对宝玉坦言相告："故引子前来，醉于美酒，沁以仙茗，警以妙曲，再将吾妹一人，乳名兼美，表字可卿者，许配与汝。今夕良时，即可成姻。"

"兼美"，曹雪芹给她起了一个不伦不类却颇具象征的名字。何谓兼美，从字面来解，即"兼而有之的美"。正如脂批所言："妙！盖指薛林而言也。"怎样才能兼美呢？只有把不同的美，甚至可能是相互对立的美折中调和。其特征恰如孔子所言："乐而不淫，哀而不伤。"此语后被引申为"色而不淫"，"情而不淫"。其特征是"轻浊、大小、短长、疾徐、哀乐、刚柔、迟速、高下、出入、周疏，以相济也"(《左传·昭公二十年》)。这种美，相对于"古圣人持之摄天下邪心"的文学作品而言，其具体内容则是"温而正，峭而容，淡而味，贞而润，美而不淫，刺而不怒"(赵湘《本文》)。用这样的标准塑造出的人格美则应是："凡人之质，中和为最贵矣。中和之质，必平淡无味，故能调成五材，变化应节。是故观人察质，必先察其平淡，而后求其聪明。聪明者，阴阳清和，则中睿外明。圣人淳耀，能兼二美。知微知章，自非圣人，莫能两遂。"(刘劭《人物志》)这种美学观便是蕴藉于商周，发端于先秦，演进于两汉，深化于魏晋南北朝，成熟于隋唐，衰变于明代，而回光返照于清代，统治中国古代意识形态达几千年之久的，以儒家为正宗而儒道互补的以"中和为美"的"兼美"观。在几千年的演进过程中，这种美学观的实质始终是万变不离其宗。"以道治欲"，"反情从志"，"发乎情，止乎礼义"，"存天理、灭人欲"等，成为贯穿于中国封建社会无时不有、无所不在的恢恢天网。尽管在元明时期受到了近代思潮的冲击，逐渐走向了衰微，但到了曹雪芹生活的时代又死灰复燃，成为清统治者实行文化专治，禁锢进步思想，戕害人性的精神枷锁。而这种为旧美学奉为圭臬，视为天条的东西，正是为曹雪芹深恶痛绝，且与他"伸张个性，抒写真情"的美学观水火不容的。在他看来，这种以"中和为美"的旧美学观就像是死而不僵的百足之虫，虽已无药可救，却仍然毒害着社会，摧残着一切美好的东西。

于是，曹雪芹这位与那个时代格格不入的离经叛道者，在清初以沈德潜为首的一批御用文人给"中和之美"大唱赞歌的聒噪声中，在文字狱铺天盖地的阴影里，以他卓然超世的清醒和掀天揭地的勇气，毅然决然地把手中的"刀斧之笔"刺向"中和"——这一封建文化的致命要害处。

而秦可卿则正是这种没落的美学观的象征，是这种病态的审美趣味精心复制出的一个行将就木且一息尚存的活标本，也是"自古来多少轻薄浪子"以"情而不淫"作案的工具和"饰非掩丑"的幌子。在《红楼梦》一书中，作者正是想通过秦氏其人既情又淫、兼情兼淫、情淫不分的"兼美"进行现身说法，对这种表面情、实质淫，"兼解以俱通"的"中和之美"的虚伪本质大加挞伐，进而演绎其"淫里无情，情里无淫，淫必伤情，情必戒淫，情断处淫生，淫断处情生"的全新的美学观念。在这一革旧与创新的过程中，曹雪芹把对秦氏所代表的旧美学的深恶痛绝和自己在美学上新的追求，极其隐晦且巧妙地借警幻仙姑这位作者美学观念的代言人之口得以传达。"更可恨者，自古来，多少轻薄浪子，皆以'好色不淫'为解，又以'情而不淫'作案，此饰非掩丑之语也。好色即淫，知情更淫。是以巫山之会，云雨之欢，皆由既悦其色，复恋其情所致也。"脂砚斋为这段文字所下的批注，更是耐人寻味："'色而不淫'四字已滥熟于各小说中，今却特贬其说，批驳出矫饰之非，可谓至切至当，亦可以唤醒众人，勿为前人之矫词所惑也"（戚序本第五回），"'色而不淫'，今翻案，奇甚"（甲戌本第五回侧），"多大胆量，敢作如此之文"（同上）。在书中其后的情节里，警幻更是一不做，二不休，采用以毒攻毒的方式，干脆将其妹兼美许配给宝玉这一"古今第一淫人"，去实践其"情断处淫生"的观念。

于是，就在二人"柔情绻缱，软语温存"之后，秦可卿所代表的"兼美"终于走上了穷途末路。"但见荆榛遍地，虎狼同行，迎面一道黑溪阻路，并无桥梁可通（脂批：凶极？试问观者此系何处）。正在犹豫之间，忽见警幻从后追来，说道：'快休前进，作速回头要紧！'"（脂批：机锋）。吓得宝玉汗如雨下，一面失声喊道："可卿救我！"试想，可卿死期将至，自身尚且不保，何以他救。虽然这只是一个梦，但"作者大有深意存焉"。

尽管这个乳名叫兼美的秦可卿在书中是一个行事极妥当、人见人爱的"得意之人"。"生得袅娜纤巧，行事温柔和平"，"其鲜艳妩媚，有似乎宝钗；风流袅娜，则又如黛玉"，是一个脂砚斋称之为"难得双兼，妙极"的人。但由于她代表的"兼美"及其中所隐含着的那个巨大的文化象征，正是曹雪芹深恶痛绝并欲置其于死地而后快的东西。秦可卿必死无疑，秦可卿在劫难逃。正是鉴于此，在最初的构想中，曹雪芹给这个人物和她所代表的世界安排了一个可悲的结局——秦可卿淫丧天香楼。这便是脂砚斋所谓的："作者用史笔也。"

但剧情并非如此简单，就在曹雪芹"披阅十载，增删五次"，《红楼梦》一书定稿之后，乳名兼美的秦可卿确然死在了作者的"刀斧之笔"下，但死法却大大地出人意料。其人不但没有"淫丧天香楼"，反而"死封龙禁尉"。不但没有死有余辜，反而死得其所。第十三回中原天香楼一节被删去，却又对天香楼一节多有暗示。作者用意究竟何在？此处留下的烟云模糊处更令观者无所适从。而脂砚斋却只是一味地搅浑水，替曹雪芹"遮遮掩掩"。

按脂批的说法，作者是"具菩萨之心、秉刀斧之笔"。试问，作者既具菩萨之心，又何必秉刀斧之笔？既已秉刀斧之笔置秦氏于死地，又何谈具菩萨之心救人于危难。这不是自相矛盾吗？非也！且看书中第二十一回庚辰本回前的一段脂批：有客题《红楼梦》一律，失其姓氏，惟见其诗意赅警，故录于斯："自执金矛又执戈，自相戕戮自张罗。茜纱公子情无限，脂砚先生恨几多。是幻是真空历过，闲风闲月枉吟哦。情机转得情天破，情不情兮奈我何？"凡是书题者不少，此为绝调。诗句警拔，且深知拟书底里，惜乎失名矣。

可见解铃还须系铃人。谁又能肯定这个"深知拟书底里"的"失其姓氏"者就不是曹雪芹本人或脂砚斋呢？这是作者惯用的伎俩。"似自相矛盾，却是最妙之文。"（甲戌本第十五回）基于这样一种认识，让我们带着"秦氏之死为什么前后矛盾"这个问题，再来看看与此有关的几条脂批：出名秦氏，究竟不知系出何氏，所谓"寓褒贬、别善恶"是也。秉刀斧之笔，具菩萨之心，亦甚难矣。如此写出，可见来历亦甚苦矣。又知作者是欲天下人共来哭此情字（甲戌本第八回）。写可儿出身自养生堂，是褒中贬。后死封龙禁尉，是贬中褒。灵巧一至于此（同上）。以上两条脂批很值得细细推敲。

在秦可卿这个人物身上，曹雪芹"寓褒贬，别善恶"，可谓是用心良苦，左右为难。在书中这个人物是既情又淫，集善恶于一身，作者对她也便既褒又贬，且寓褒贬于一体。可见，作者对此人的感情是复杂的。仅凭"刀斧之笔"置她于死地，只能"到底意难平"。接下来的问题是，到底是秦可卿身上什么东西触动了作者的菩萨心肠，让作者将"真事隐去"，且改弦易辙、前嫌尽释呢？她身上又有什么东西值得作者褒扬而使她幸免于淫丧天香楼呢？思来想去，只有脂砚斋的批语可以帮助我们解开这一谜团。作者是欲天下人共来哭此情字（甲戌本第八回）。《红楼梦》一书，作者是"同情提笔"。是书"大旨谈情"，又名《情僧录》。作者是想通过对"兼美观"所倡导的色而不淫、情而不淫的鞭挞，创建其"淫里无情，情里无淫，淫必伤情，情必戒淫，情断处淫生，淫断处情生"的全新的美学、情感观念。在《红楼梦》一书中，作者正是想借助秦可卿其人的生平际遇来形象化地演绎其全新的美学观念，并展示其创作心态中与"秉刀斧之笔"迥然不同的另一面。为了印证这一点，须先从秦氏其人来历说起。在书中，秦可卿此人大有来头。她原是警幻宫中钟情的首座，警幻仙姑的妹妹，掌管太虚幻境"痴情司"。正如她的判词中所云："情天情海幻情身"，是情的化身，来自一尘不染的太虚幻境。但就是这个掌管"痴情司"，"自当为天下第一情人"的秦可卿，在她降临人世的那一刻，便面对着被遗弃而送入养生堂这一无情的现实。后所幸被人收养，但不幸的是，收养她的并不是什么好人家，而是夫人早亡，膝下无儿无女眼看就要断子绝孙的秦业。

> 妙名。业者，孽也，盖云情因孽而生也。官职更妙，设云因情孽而缮此一书。（甲戌本第八回）

孽者，邪恶之意。秦业——情孽，即邪恶之情。缮者，修补、修改之意。此处作者可谓是喻义深远。纯正之情碰上了邪恶之情，纯正之情因无力自救而任由邪恶之情修补、扭曲。尽管你"情天情海幻情身"，但"情既相逢（纯正之情与邪恶之情）必主淫"。正不压邪，邪必驱正。有情人面对的是无情世界。秦可卿就是在这样一个家庭中渐渐长大，她禀性中的纯正之情也正是在这种环境中慢慢被异化。"长大时，生得形容袅娜，性格风流。"四字便有隐意。《春秋》字法（甲戌本第八回）。写可儿出生在养生堂，是褒中贬（同上）。至此作者在春秋笔法中所隐含的褒贬之意便不言自明。由此看来，秦可卿确是一个值得人大发慈悲之心的人物，她禀性中天然的纯正之情也确有可惜可褒之处，但可悲可贬的是这种情终究变成了淫。

更为可悲的是，这种情在其后的故事里不幸遇到了"假"（贾）。"因素与贾家有此瓜葛，故结了亲，许与贾蓉为妻。"可谓是"屋漏偏逢连夜雨"，"才出狼窝，又入虎穴"。于是，"漫言不肖皆荣出，造衅开端实在宁"。任你是"擅风情，秉月貌"，终究逃脱不了"画梁春尽落香尘"。秦可卿终于从原初的一个纯情女子变成了一个淫荡之妇，从情的化身变成了淫的化身。这种变化作者虽未明示，但从秦氏房中陈设之淫靡奢华便可略见一斑。

应该说，秦氏并非一个自甘堕落的女子，更不应自食恶果，她只是那个病态社会的审美畸趣所培育出的一株病梅。对此人，作者可谓是"哀其不幸，怒其不争"。她的病源自中国封建文化几千年来对于人性的扭曲和对世间真情的异化。世人打着"兼美"的幌子以情代淫、情淫不分便是这种文化的病态发展。从最初的"乐而不淫，哀而不伤"（《论语》），发展到"哀不至伤，乐不至淫"（嵇康《声无哀乐论》），"以道制欲，则乐而不乱，以欲制道，则惑而不乐"（《乐记》）。依照这种逻辑观念，便可勾勒出这样一条脉络：情——情而不淫——情而淫——以淫代情——淫。

这便是作者想借秦氏的成长经历暗示给读者的。从深层意义上讲，她简直就是中国封建社会的审美理想和人格理想，并且责无旁贷地肩负着这种病态文化的历史使命，自觉或不自觉地成为这种病毒的携带者和传播者，是一个十恶不赦的人物。

但毕竟她又是在替人受过，是封建病态文化的受害者和牺牲品。出于对此人的同情、怜悯，曹雪芹手中的"刀斧之笔"则又略显迟疑。他的确是动了恻隐之心。作者痛惜其心目中美的原型、情的化身被世人作践得面目全非，并将这种痛惜之情借宝玉的行为得以表达。"听了秦氏说了这些话，如万箭攒心，那眼泪不觉就流下来了。""如今从梦中听见说秦氏死了，连忙翻身爬起来，只觉心中似戳了一刀，不忍'哇'的一声，直奔出一口血来。"伴随着秦氏的一命呜呼，作者对其人的"褒中贬"便告一段落。接着，曹雪芹的春秋笔法陡然一转，又开始在秦氏的丧事上大做文章。正如脂砚斋所言："秦可卿死封龙禁尉，是贬中褒。"秦可卿之死，若单就其个人而言，她只不过是一株病梅而已，死又何惜，轻如鸿毛。但就那个时代而言，她可谓是好大一棵树，曾几何时，这棵树盘根错节，枝繁叶茂，浓荫遮天。但当时这棵大树一旦訇然倒地，变成一棵朽木时，带给树下那群猢狲们的震惊和打击也便可想而知。这又使她的死变得非同寻常且重于泰山。

这便是为什么秦氏死后，贾府上下，无不纳罕，无不震惊。一时间宁国府里"哭声摇山振岳"。以贾代儒、贾代修为首的有头有脸的人物悉数全来。贾珍更是哭得泪人一般，如丧考妣。"合家大小，远亲近友，谁不知我这媳妇比儿子还强百倍，如今伸腿去了，可见这长房里绝灭无人了。"贾珍此言，前半句不过是托词。死了个在贾府里辈分很低的儿媳，无足轻重。后半句却委实道出了实情，长房里从此要绝灭无人了，要断子绝孙了。古人云："不孝有三，无后为大。"祖宗创下的千秋基业毁于一旦，贾珍一干人又如何向老祖宗交代。

但人死不能复生。"人已辞世，哭也无益。且商议如何料理要紧。"贾珍拍手道："如何料理，不过尽我所有罢了。"既然不能使她万寿无疆，何不让她永垂不朽。这样既不负于皇天，又可告慰祖宗。既可让死者安息又可昭示后人以继承遗志。于是，贾府阖家兴师动众，一个空前隆重、极尽奢华，在《红楼梦》一书中绝无仅有的丧葬仪礼便拉开了帷幕。宁荣二府上演了一出白发人送黑发人，长辈送晚辈的闹剧。

贾珍更是"恣意奢华"。几经挑选终于给秦氏找到了一副"千年不坏，万年不朽"的用檣木做成的寿材。"原系忠义亲王老千岁要的。"因此木过于贵重，贾政因劝道："此物恐非常人可殓，殓以上等杉木也罢了。"贾政此言谬也。和忠义亲王老千岁相比，此物秦可卿完全消受得起，且受之无愧。好在"贾珍如何肯听"。尽管如此，贾珍意犹未尽。为了让秦的葬礼更风光些，借大明宫掌宫内监戴权（官方代表）"亲来上祭"时，不惜花费一千二百两银子给秦氏捐了个"防护内廷紫禁道御前侍卫龙禁尉"（官方评价），"灵前供用执事等物，俱按五品职例"。以秦氏承袭祖业，维系纲常之功绩，这等荣耀，她同样受之无愧。为她树碑立传，理所应当。

秦可卿的死，并非贾府一家的不幸，在更为广阔的背景上暗示着一个时代的衰亡和文化的沦丧。因此，她的死所带来的惶恐和末路感也绝不仅限于贾府。这便是为什么在秦氏停灵期间，各路王公大臣、束带顶冠者或亲来上祭，或差家人前来，以至于"宁国府街上一条白漫漫人来人往，花簇簇官来官去"。出殡时，更是盛况空前。"一时只见宁府大殡浩浩荡荡，压地银山一般从北而至。"各路王公侯伯、文臣武将有头有脸者，倾巢出动，纷纷加入送殡大军。就连功高至伟的北静王也"不以王位自居，上日也曾探丧来上祭，如今又设路祭"，想这秦氏生前不过贾府一区区小人物，死后却荣极一时，从表面看这既不合常规也不合情理。但就是这个兼情兼淫、以淫代情的弱女子又确乎是那个时代的精神栋梁，是那些戴顶冠者安身立命的根本，也是他们奉为圭臬的最高信条。因此，给秦氏操办一个"国葬"规格的丧礼，也并不为过。

于是，这出闹剧终于达到了高潮。秦氏的用檣木棺材盛殓的灵魂出窍的腐尸，被一群痛心疾首的"孝子贤孙"们抬着，终于来到了寄灵之处——离馒头庵不远的铁槛寺。"前人诗云：纵有千年铁门限，终须一个土馒头"，这便是秦可卿及她所代表的那个世界的最终归宿，也是再贴切不过的墓志铭。至此，围绕着秦氏的死而在贾府，甚至更大范围内上演的这出闹剧终于在馒头庵落下了帷幕。从某种意义上讲，这不能不说是一个大团圆的结局。

那么，面对这一结局，那位身居"悼红轩"，披阅十载、增删五次，精心构筑红楼世界的曹雪芹又作何感想呢？作为秦氏死刑的宣判者和葬礼的目击者，此刻的他必定是悲喜交加。喜的是，作者终于用手中的"刀斧之笔"以春秋笔法，涤瑕荡秽，除去了心中一大隐患。这无论是对于作者，对于《红楼梦》一书，还是对于那个时代都的确是一件可喜可贺的事情。但秦可卿的死，又毕竟是玉石俱焚、情淫两丧。眼看着自己尊崇的情的化身竟遭此劫难，成了没落文化的殉葬品，又不由悲从中来。如此看来，秦氏之死，无论对于作者，对于《红楼梦》一书，还是对于那个时代，又无疑是一件可悲可叹之事。而作者的慈悲之心和褒扬之处恰在于"是欲天下人来共哭此'情'字"。

结　语

写到这里，我们有必要重温一下鲁迅先生的那段话："至于说到《红楼梦》的价值，可是在中国底小说中实在是不可多得的。其要点在敢于如实描写，并无讳饰，和从前的小说叙好人完全是好，坏人完全是坏的，大不相同，所以其叙所有人物，都是真的人物。总之自有《红楼梦》出来以后，传统的思想和写法都打破了。"

甄真贾假《红楼梦》（上）

入梦先须辨真（甄）假（贾）

《红楼梦》，一部大书起是梦，终是梦。"作者自云：因曾经历过一番梦幻之后，故将真事隐去，而借通灵之说撰此《石头记》一书也。"所谓世事无定，浮生若梦。"方其梦也，不知其梦也，梦之中又占其梦焉，觉而后知其梦，且有大觉而后知此其大梦也。"① 既已大觉，则视"一切有为法，如梦幻泡影"②，终将"万境都如梦境看"。于是，红楼一梦中便有了真假轮转，虚实相间，有无相生。其中既有荒诞离奇之处，又有与现实相符相验的地方。"大觉之人"曹雪芹是欲携天下"睡梦中人"共历幻场幻事，以期点醒世人，度脱众生。

是书"奇奇怪怪之文，令人摸头不着。云龙作雨，不知何为龙，何为云，又何为雨矣"③。"其囫囵不解之中实可解，可解之中又说不出理路。"对于读者而言，这其中"囫囵不解"的困惑和"实可解"的诱惑常置人于将信将疑，左右为难之境，真真假假事堪疑，亦真亦幻难取舍。其中甘苦，可谓是：都云读者痴，难解其中味。

古希腊哲人苏格拉底曾说过，文字有暴露能力，却又有掩盖能力。这两种能力在创作中的运用，往往取决于作者的意图。可以说，曹雪芹在创作《红楼梦》时，便同时运用了文字的这两种能力。暴露与掩盖双管齐下，使文字叙得有隐有现、有真有假、有虚有实、有正有闰。这其中的真

---

① 《庄子·齐物论》。
② 《金刚经·应化非真分》。
③ 有正本第五回夹批。

假二字，是读者在"入梦"时所遇到的一个最大的阅读障碍，是《红楼梦》一书最重要关键处，也是研究者在"解梦"时必须面对和解决的一大难题。

开卷第一回，作者曹雪芹便以真（甄）、假（贾）导入《红楼梦》。"将真事隐去……故云甄士隐云云"，"用假语村言敷衍出一段故事来……故云贾雨村云云"。作者在正文中一再表明自己的真假观，批书人亦在批语中反复强调真假二字，意在引起读者的关注。在其后的内容中，作者更是在真（甄）假（贾）二字上大做文章，塑造出甄、贾两大人物形象系列，以真假来演义《红楼梦》，结尾处又以真假来归结《红楼梦》。这个过程中作者真假观的演变，始于"假作真时真亦假"，终于"假去真来真胜假"。可谓是伏脉千里、首尾呼应。真（甄）与假（贾）构成了《红楼梦》一书一暗一明两条相互交错、缠绕的主线，起着维系全文、联通人事的作用，而这其中所隐含的曹雪芹的真假观，则是统摄全书的总纲，起着判别是非、善恶、美丑的主导作用。正因为如此，作者和批书人便在真假二字上格外用心、卖力。但这种苦心孤诣的结果并无助于读者清晰无误地辨明真（甄）假（贾），反而将原本就错综复杂的线索绕成了一团没头绪的乱麻。时而真，时而假，时而真假有无字叠用；时而借道人之口曰："甚么真，甚么假，要知道真即是假，假即是真。"时而又借众人之口说："真是真，假是假，怕甚么？"如此真真假假、假假真真，直弄得读者"入梦"时难辨真假，"出梦"时依旧真假难辨，到了儿也不知什么是真假。

由此可见，曹雪芹在《红楼梦》一书中演绎的真假观是极其复杂的。这种复杂性主要体现在四个方面：第一，作品中形象定位的复杂性。即作者在真（甄）假（贾）两大形象系列中隐含着不便明示的作品的创作背景、人物原型、生活素材及作者的生平家事等，故在创作时有意模糊了真假的界限，错乱了真（甄）假（贾）的关系，如甄家与贾家的关系，甄宝玉与贾宝玉的关系等。把这种关系引申到书外，则又变成甄家、贾家同曹雪芹家世的关系，曹雪芹与贾宝玉、甄宝玉的关系，等等。那么，与此相对应的作者的真假观又是什么呢？是不是以假隐真？是不是所谓的"真即是假，假即是真"呢？应该说，这些都是有难度却又不能回避的问题。第二，作者的真假观在作品中基本格局的复杂性。真事隐、假语存，真（甄）隐而假（贾）现，真（甄）实而假（贾）虚。这种隐现、虚实叠见，时而真、时而假的格局，往往容易引起理解上的混乱。第三，艺术表现手法上的复杂性。对于真（甄）假（贾）两大形象系列的艺术表现，作者采用的是明修暗度的手法。明修是假（贾），暗度是真（甄）。这一明一暗与一真（甄）一假（贾）间的错综关系，常会导致理解上的困难。第四，也是最重要的一点，就是作者对于真（甄）假（贾）形象系列艺术定性（价值评判）上的复杂性。作者时而是在世俗生活的层面上对真假作出符合或背离世俗规范的道德评判。如脂砚斋所谓的"世上原宜假，不宜真"。"一日卖了三千（个）假，三日卖不出一个真。"甄英莲谐音"真应怜"，贾时飞谐音"假实非"等。时而又是在形而上的层面上对真假作出符合科学理性的哲学评判。如"真是真，假是假，怕甚么"，"假作真时真亦假"，"假去真来真胜假"等。时而又从宗教学（佛教）的角度将真假观导入色空观，对其进行神秘主义、虚无主义的价值定性。如"甚么真？甚么假？要知道真即是假，假即是真"等。这三个层面上同时呈现的真假观在作品中又常常是互相抵牾甚至是互相否定的。这便造成了真假观在内涵上的不统一性、多义性、复杂性，也导致了读者在理解和诠释时的困难。

若从作家与作品的关系这一角度来考察、推断这种令人费解的真假观的成因，则又源自《红楼梦》一书创作背景的特殊性和曹雪芹创作意图的复杂性。

众所周知，曹雪芹生活在一个民族矛盾激化、政治斗争险恶、文化专治严酷、文字狱铺天盖地的时代。曹家的盛衰与封建王权的更迭有着直接的关系，曹家初因依附上层而显贵，最终又成为上层政治斗争的牺牲品。如此国事家境便使曹雪芹在写《红楼梦》这部怨世骂时之书时，不能不有所顾忌、有所隐晦。而采用真隐假现、化真为假、以假写真的"障眼法"来写前尘影事，抒胸中块垒。作者欲瞒过个中人，借"假语村言"来不露痕迹地干涉时政，干涉朝廷，干涉廊庙，指奸责佞，贬恶诛邪。

说到作者的意图，曹雪芹在对真假观的艺术构思及表现上可谓是立意深远、用心良苦。除了上述基于现实的考虑之外，真假观中还包含着伦理学（伦理观）、哲学（哲学观）、美学（美学观）、宗教学（宗教观）等诸多方面的内涵，是一个诸多观念的复合体。作品对这种真假观的艺术表现，始于世俗生活层面。即作者对于现实生活的一种富于理性精神的道德评判。曹雪芹在第一回中便形象地演绎了这种观念，并对"世上原宜假，不宜真也"的社会现象进行了揭露和批判。世人势利（十里街），以假为真，真（甄士隐）为人情（仁清巷）、风俗（封肃）所不容，故而被废（甄费）。尽管甄士隐生性恬淡、与世无争且待人宽厚、乐善好施，但在宜假不宜真的现实中却难免祸起（霍启），最终落得个家破人散、遁入空门的悲惨结局。与甄士隐的遭遇相反，穷儒贾化（假话）虽为人奸诈、贪利忘义却时来运转、新荣暴发。可谓是世事荒唐、好坏不分、善恶不辨。对此，曹雪芹作出了这样的道德评判：甄英莲（谐音真应怜），贾时飞（谐音假实非），并把对这种社会现象的认识上升到"假作真时真亦假"，"假去真来真胜假"的哲学高度。使《红楼梦》一书在描写感性人生的同时，始终洋溢着一种透析人生、洞察社会的理性精神。可以说，真假观是曹雪芹哲学观的核心，是《红楼梦》一书的基本理念。在此基础上形成的美学观、艺术观则是对这种基本理念的感性显现。《红楼梦》一书在美学层面上所呈现出的曹雪芹的真假观，具体落实在创作手法中写实和虚构这两种方法上。真即写实，实述其事；假即写意，艺术虚构。立意真实，实录其事，是曹雪芹在创作《红楼梦》一书时的基本原则和方法。对此作者在书中曾多有表白：

> 至若离合悲欢，兴衰际遇，则又追踪蹑迹，不敢稍加穿凿，徒为供人之目而反失其真传者。（第一回）
> 虽其中大旨谈情，亦不过实录其事，又非假拟妄称，一味淫邀艳约、私订偷盟之可比。（第一回）

但就艺术创作而言，必要的艺术虚构并不妨碍或破坏作品的真实性，反而会维护和增强作品的真实性。《红楼梦》一书的创作，并非仅停留在实录其事这个层面上，曹雪芹对真有着更深刻的理解和更高的追求。对此，脂砚斋等批书人在批语中把握得非常准确。

> 事则实事，然亦叙得有间架，有曲折，有顺逆，有映带，有隐有见，有正有闰……（第一回甲戌眉）
> 诸公且不必问其事之有无，只据此新奇妙文悦我等心目，便当浮一大白。（第七回甲戌夹）
> 余最喜此等半有半无、半古半今、事之所无、理之必有、极玄极

幻、荒诞不经之处。(第二回甲戌眉)

这里所谓的"事之所无、理之必有",实质上是一种更高意义上的真,即艺术的真。"艺术的真实非即历史上的真实,我们是听到过的,因为后者须有其事,而创作则可以缀合,抒写,只要逼真,不必实有其事也。"①

这个道理,曹雪芹在书中第四十二回中借宝钗之口讲得甚为透彻。

如今画这园子,非离了肚子里头有几幅丘壑才能成画。这园子却是象画儿一般,山石树木,楼阁房屋,远近疏密,也不多,也不少,恰恰的是这样。你就照样儿往纸上一画,是必不能讨好的。这要看纸的地步远近,该多该少,分主分宾,该添的要添,该减的要减,该藏的要藏,该露的要露。这一起了稿子,再端详斟酌,方成一幅画样。

这里所谓的"添"、"减"、"藏"、"露"便是曹雪芹在实录其事的基础上营造更高真实的艺术妙笔。正是借助这些妙法,曹雪芹为我们建构出一个美不胜收的红楼世界,使《红楼梦》一书达到了美的极致。

但在"风刀霜剑严相逼"的现实中,任何至真、至美的东西都难免被扭曲、被毁灭。佳人落魄、花柳无颜的悲剧以及对于美的毁灭的悲悯、对于人生的幻灭感又必然地将曹雪芹的真假观导入宗教的虚无主义、神秘主义境界。

甚么真? 甚么假? 要知道真即是假,假即是真。
《石头记》得力处全在于此,以幻作真,以真作幻,看官亦要如此看法为幸。(二十五回旁批)

在这里,真假观遁入佛教的色空观。在佛教中,真假与色空在本质上是相通的。真即是假,假即是真;空即是色,色即是空;有即是无,无即是有。客观世界不过是不"真"的假"有",而由色悟空则是那些眼前无路的人们寻救解脱的唯一途径。从这一点来看,"无为有处有还无"是对

---

① 鲁迅:《给徐懋庸》。

"假作真时真亦假"这种观念的补充和升华，代表着曹雪芹的真假观的最高境界。也就是说，在对于真假观的艺术表现上，《红楼梦》一书是从道德走向审美，又从审美走向宗教，最终以宗教境界为其最高境界。

这便是让我们难解其中味却又经不住"实可解"的诱惑而执着其间的"真假观"迷宫。

应该说，以上对曹雪芹的真假观所作的陈述和解说，只是在一个形而上的层面上对作者意图所进行的一种心理重建和理论概括。这种横向的剖析虽能使人对作者的真假观有一个宏观的、概念化的认识和把握，但因这种研究过于宽泛、概括，尚不足以彻底消解读者的疑惑。接下去，还须由意图进入本文，从本文的含义及字里行间去"搜剔刳剖"，从情节发展的纵向序列中去沿波讨源，搜罗相关的内证，把处在相生相克的胶着状态中的真与假分别抽离出来，这样方能彻底地澄清疑团、辨明真假。

真事隐——幻境生时即是真

在《红楼梦》一书的创作中，曹雪芹虽将真事隐去，而用假语村言敷衍出一段故事来，但这种假语村言绝非谋虚逐妄、胡编滥造。开卷第一回作者便坦言自己求真写实的立意本旨。脂砚斋在批语中亦一再强调作品取材的真实性。如"开卷第一回立意真，打破历来小说窠臼"，"真有是事，经过见过"等。但事虽实事，"然亦叙得有间架，有曲折……"，脂砚斋在这里用一个"然"字将作者心中诸多忆昔感今的难言之隐一笔带过，却留给读者两个需要思考的问题：作者为什么要将真事隐去？作者将什么真事隐去？对于现今的读者而言，这两个红学研究中的焦点问题已有了令人满意的答案。对此，我们应感谢第一代红学家，正是他们孜孜不倦、卓有成效的研究，使隐于书中的真相得以大白于天下并开创了红学研究的新领域。

曹雪芹在创作《红楼梦》时为什么将真事隐去？对于这个问题的解答，红学界已形成了一个共识。这其中的隐情，除了曹雪芹在艺术上的考虑之外，更直接的原因还是为了躲避文字狱的迫害。作为一个生活在特定时代且有着特殊家世的文人，曹雪芹对文字狱还是有所顾忌的。"此书只是着意于闺中……此书不敢干涉朝廷。"从这种有言在先、思患预防式的开场白中，我们便可隐隐感到文字狱给当时的文人们造成的精神压力。但以曹雪芹愤世嫉俗的性格和离经叛道的创作动机，又决定了《红楼梦》一书不可能是一部称功颂德、粉饰太平之书，而只能是一部指奸责佞、伤时骂世之书。在这种情况下，作者便大展"春秋笔法"，将真事隐于假语之中，借满纸"荒唐言"不露痕迹地寓褒贬、别善恶，抒胸中块垒。可以说，曹雪芹是在"顶风作案"。但正是借助书中诸多妙法，使他一"隐"而两得。"饶骂了人，还说是故典呢。"（十五回正文）读来使人"越觉得云烟渺茫之中，无限丘壑在焉。"（十五回甲戌夹）那些后来终于识破曹雪芹"险恶用心"的卫道士们（毛庆臻之流），只能借"每传地狱治雪芹甚苦"这类鬼话来出胸中恶气。这种结果对于曹雪芹来说，即便是槁死牖下，亦足慰平生，乃人生一大快事也。

众所周知，曹雪芹在给书中人物命名时，常采用谐音寓意，如甄士隐谐音真事隐等。据此，我们是否可以将书中甄宝玉的父亲甄应嘉的名字谐音为"真寅家"呢？当然，这只是一种无凭据的推测，况且这个名字是出现在有伪作之嫌的后四十回中。但经红学先贤们的大量论证，有一点可以肯定，《红楼梦》中作者隐去的真事与江南曹家的家事有着必然的联系。从书中正文及批语中的大量线索可以断定，曹雪芹是以自己的家事为故事原型，以家人为人物原型创作出《红楼梦》一书的。而且，如作者所言，其间的离合悲欢、兴衰际遇，虽因故不得不隐去，但事迹原委，却"不敢稍加穿凿，徒为供人之目反失其真传者"。所以，不能把《红楼梦》一书看作是仅供人消愁解闷、喷饭供酒的稗官野史。在"满纸荒唐言"中的确隐含着作者的"一把辛酸泪"，这泪既是为含恨故去的亲人，为遭祸破败的家族，也是为命塞时乖的自己。这种忆昔感今、痛说家史式的写作，如脂砚斋所言，是"滴泪为墨，研血成字"，"一字化一泪，一泪化一血珠"。这是一部有着刻骨铭心之痛的"血泪家史"。

红学研究中的作者家世研究，主要是围绕着曹雪芹在创作中将什么真事隐去这个问题展开的。无论书里书外，这都是一个必须弄清楚的关键性问题。从《红楼梦》一书的实际情况来看，作者曹雪芹的家世、生平、意图等这些传记性材料与本文的产生、本文的含义有着必然的联系，红学研究如回避这些传记性证据是不可能对本文作出准确释义的。

迄今为止，经红学先贤们从书里书外发掘出的诸多曹家家世的传记性证据中，"南巡接驾"这段曹家家史是最有价值也是最有说服力的例证。按脂砚斋的提示，在书中第十六回、第十七回、第十八回中，作者是

"借省亲事写南巡"。用"康熙南巡"这段史实来作为《红楼梦》一书创作的现实参照，用"元妃省亲"这段故事情节来影射"南巡"，从而把书里书外联结起来。把艺术和生活衔接起来。在这里，作者明写省亲，暗指南巡；省亲是假，南巡是真。借省亲写南巡，意在把书中的贾家与甄家联系起来，又借"独他家接驾四次"的甄家牵引出曹家，把书内和书外的世界联系起来。就贾、甄、曹三家的关系而言，贾家是甄家的影子，甄家又是曹家的影子。曹家是原版，甄家是曹家的影写，贾家又是甄家的影写。如果说，从曹家经由甄家到贾家是一个从生活真实跃升为艺术真实的幻化过程的话，那么，从贾家到甄家再到曹家则是一个从艺术向现实还原的过程。因作者及深知内情的批书人一再强调"真有其事，经过见过"且被作者隐去的真事与本文的含义有必然的联系，所以这种从贾家到曹家的还原对于红学研究是必需的。没有对"南巡"的索隐，就不可能对《红楼梦》一书作出正确释义。由此看来，"借省亲事写南巡"是深知内情的当事人之一的脂砚斋有意透露给我们的一条最重要的线索。凭借这条线索，读者便可以假中见真，领会作者的用心，体味其中的隐情，看清事件的真相。

对于"南巡接驾"这条线索，红学界已进行了全面而深入的研究，现基本上可以确定，作者明写元妃省亲，暗指康熙六次南巡及曹家在曹玺、曹寅两届江宁织造任上四次参与接驾这段史实。从发掘的史料可以看出，曹家的盛衰与康熙的南巡有着直接的关系。曹家最初因接驾有功而大出风头。荣极一时，同时也是因接驾造成亏空而大伤元气，以致一败涂地。可谓是成也"南巡"败也"南巡"。这一成一败便构成了曹家的盛衰史。在这个过程中，曹家经历了从最初的"登高必自卑"（身为包衣奴才，极尽巴结、讨好主子之能事）到最终"登高必跌重"（门户凋零、家人星散）的家庭巨变。对此，作为曹家后人的曹雪芹必定有许多话想说，有许多爱憎之情欲待出脱。于是，在《红楼梦》一书的创作中，借省亲事写南巡，借南巡来忆昔感今。南巡则成为《红楼梦》一书的创作契机。可以这样说，没有南巡就没有曹家的前盛后衰，而没有曹家的现实悲剧就没有"悲金悼玉"的《红楼梦》一书。同样，如果没有"南巡"这条重要线索，我们就会因对书外故事的不知而造成对作者意图及书内含义的不解。但需要说明的是，传记性证据虽然对释义是必要的，但它只是文学研究的外证。不能过分夸大它在释义中的作用，更不能把它视为释义的唯一有效证据。对这种证据的不当使用常会造成文学研究中以历史观取代艺术观的错误。事实上，红学界在对"南巡"这条证据的使用上，就曾出现过对号入座、生搬硬套、重外证轻内证、重史料轻本文的倾向。这便给近年来兴起的文本研究留下了攻讦的把柄。在这种新型的红学研究中，"南巡"被视为是外在于本文，且与对本文的释义无关的传记性证据而被废弃了。从以往的过分依赖"南巡"到现在的完全排斥"南巡"，红学研究似乎从一个极端走向了另一个极端。坦率地讲，这两种极端化倾向均无助于彻底澄清作品中的隐情、隐义。问题并非出在"南巡"这条传记性证据上，而是出在对这条证据的看法及用法上，对于"南巡"的索隐从方法论的角度来看并没有错，反而是必要的。问题的关键在于我们在研究中是不是能把"南巡"这条外证变成内证，即能不能从本文中找到相关的证据以把内外联结起来。事实上，以往的研究因过分专注于外证的搜寻而忽视了内证的发掘。当我们在对康熙南巡、曹家家事这些外证有了全面的了解后，再于书中有关章节中（尤其是第十六回）搜剔刳剖，明白注释，会发现很多有价值的内证。

书中第十六回，批书人先用两条回前批点题：

> 大观园用省亲事出题，是大关键处，方见大手笔行文之立意。
> 借省亲事写南巡，出脱心中多少忆昔感今。

在正文中，作者多次借省亲事提及"南巡"。其中以赵嬷嬷与凤姐的那段对话最为详细。

> "还有如今现在江南的甄家，（夹批：甄家正是大关键、大节目，勿作泛泛口语看。）哎哟哟，好势派！独他家接驾四次。（旁批：点正题正文。）若不是我们亲眼看见，告诉谁谁也不信的。别讲银子成了土泥，凭是世上所有的，没有不是填山塞海的，'罪过可惜'四个字竟顾不得了。（旁批：真有是事，经过见过。）"凤姐道："常听见我们太爷们也这样说，岂有不信的。（旁批：对证。）只纳罕他家怎么就这么富贵呢？"赵嬷嬷道："告诉奶奶一句话，也不过是拿着皇帝家的银子往皇帝身上使罢了！（旁批：是不忘本之言。）谁家有那些钱买那些虚热闹去？"（夹批：最要紧语。人苦不自知。能作是语

者吾未尝见。）

这段人物对话于不经意间将康熙南巡之事闲闲叙出，几条批语也话中有话，一再强调事件的真实性。从已发掘出的史料可以确证，康熙前后六次南巡，曹家确曾四次接驾，而且在参与接驾的江宁、苏州、杭州三处织造中，独江宁织造曹家接驾四次。这对于身份为包衣奴才的曹家可谓是"千载希逢"的"泼天喜事"。这种恩典和荣耀除江南曹家外"旷世所无"。"四次接驾"把书里的甄家和书外的曹家对接起来。因康熙南巡的各项费用都由内务府下辖的三处织造"供办开支"，所以江南地区接驾的任务就自然落到了织造身上。曹寅、李煦以为接驾的费用可以直接向内务府报销，"不过是拿皇帝家的银子往皇帝身上使罢了"，于是便顾不上"罪过可惜"四字，大事铺张，把银子花得"填山塞海"似的。当然，这其中也定有许多经办人（如书中贾蓉、贾蔷之流）假公济私、"藏掖"着的勾当。由于接驾花费公私难分，曹、李二家为接驾花的钱，很多是无法报销的，这便造成了亏空。康熙深知内情，所以四十二年南巡回京后，立即派曹、李二人轮管盐政，每人五年，以盐税弥补亏空。但因康熙后四次南巡过于频繁，隔二三年便有一次，接连下来，曹、李二家旧的亏空尚未清偿，新的亏空接踵而至，账目始终无法完全结清。雍正上台后，两家终因亏空无法清偿而被抄家法办。

这段曹家家事，正文中虽未明白叙出，批语中却多有暗示。十六回回末有一条长批，细细推敲其中含义，会大有收获。（注：为方便解释，在此姑且将此条批语一拆为四并加上序号。）

（1）大凡有势者未尝有意欺人。然群小蜂起，浸润左右，伏首下气，奴颜婢膝，或激或顺，不计事之可否，以要一时之利。

（2）有势者自任豪爽，斗露才华，未审利害，高下其手，偶有成就，一试再试，习以为常，则物理人情皆所不论。又财货丰馀，衣食无忧，其所乐者必旷世所无。要其必获，一笑百万，是所不惜。

（3）其不知排场已立，收敛实难，从此勉强，至成寒窘。时衰运败，百计颠翻。昔年豪爽，今朝指背。此千古英雄同一慨叹者。

（4）大抵作者发大慈大悲愿，欲诸公开巨眼，得见毫微，塞本穷源，以成无碍极乐之至意也。

　　这条斥责"有势者"的批语，从字面上来看，是针对贾家、凤姐而言，但细细品味其中含义，便会隐隐感到在凤姐这个小"有势者"身后还藏着一个大"有势者"。而这个幕后大人物才是这条批语的真正所指。

　　让我们先来看看批语（2）：

　　有势者自任豪爽，斗露才华。（康熙皇帝一生强健豪爽，文韬武略，才华横溢。）未审利害，高下其手。（暗示康熙南巡一事，事先未审其中的利害，草率决策，率性而为。）偶有成就，一试再试，习以为常。（暗示南巡过于频繁，只一次便使"人人力倦，个个神疲"，更何况六次。）则物理人情皆所不论。（不顾国情、人情，不计成本、劳民伤财。）又财货丰馀，衣食无忧，则其所乐者必旷世所无。（六次大驾南巡，的确是"千载希逢"。）要其必获，（想要的就必须要得到。）一笑百万，是所不惜。（把银子花得淌海水似的，除了皇家，谁家有钱买这个虚热闹去？）

　　如此暴殄天物、奢华至极的接驾排场，就连康熙本人也过意不去了。康熙第四次南巡前，曾在李煦上的奏折后批道："朕九月二十五日自陆路看河工去，尔等三处千万不可如前岁伺候。若有违旨者，必从重治罪。"但以后几次南巡接驾，一切供张比从前有过之而无不及。康熙对此也未忍治罪。

　　书中第十八回正文中，贾妃省亲事毕，临别之际，对家人也有类似的叮咛："倘明岁天恩仍许归省，万不可如此奢华靡费了。"

　　常言说："礼多人不怪。"这句俗语对天子也是适用的。为君者即便是出于真心提醒或警告臣子"不可如前岁伺候"，"万不可如此奢华靡费了"。但为臣者也只能把它当成是临别之际的客套话。下次大驾光临时，一切供办开支依然如故。于是便有了批语（3）。

　　其不知排场已立，收敛实难。曹家从此勉强，至成寒窘。原本富甲一方的江南望族曹家，被四次接驾拖累得"外面的架子虽未甚倒，内囊却也尽上来了"。至曹寅病故时（康熙五十一年），曹家已是"无资可赔，无产可变"。曹寅"身虽死而目未瞑"。而到了雍正二年曹家获罪抄家时，"封其家赀，止银数两，钱数千，质票值千金而已，上闻之恻然"[1]。应该说，对于曹家的这种结局，无论康熙还是雍正，均是问心有愧的。四次接

---

　　① 萧奭：《永宪录·续编》。

驾，这"千载希逢"的恩典，只是"旷典传来空好音"，实际带给曹家的却是"从此勉强，至成塞窘"。而到了"虎兔相逢"、改朝换代之时（康熙于1722年农历壬寅年驾崩，雍正于1723年农历癸卯年登基），曹家终难免时衰运败，百计颠倒。"树倒（康熙驾崩）猢狲散。"落得个门户凋零、家人星散的悲惨结局。对此，身为曹家后人的曹雪芹在忆昔（昔日豪爽）感今（今朝指背）之后幡然悔悟。"浮生者甚苦奔忙，盛席华筵终散场。"四次接驾，"到头来都是为他人作嫁衣裳"。自家却落得个"展眼乞丐人皆谤"。作为一介书生，他只能"滴泪为墨，研血成字"，借"满纸荒唐言"抒胸中痛惜怨怒之情。痛惜家业凋零，亲人离散，怨康熙而怒雍正。第十七回回前诗便传达出作者这种既怨且怒的情绪。

　　豪华虽足羡，离别却难堪。博得虚名在，谁人识甘苦？

　　四次接驾只为曹家博得个虚名，其中甘苦谁人知晓。此诗后附有一条特批更是怒形于色。

　　好诗，全是讽刺。近之谚云：又要马儿好，又要马儿不吃草。真骂尽无厌贪痴之辈。

　　曹家不就是这匹可怜的"马儿"吗？相形之下，康熙爷还多少让马儿吃点草，尽管这匹马儿干得多，吃得少，营养不良，体力透支。到了雍正爷那儿，不但不让马儿吃草，相反，还要把以前吃下去的悉数吐出来。这不是"无厌贪痴之辈"是什么？
　　这便是曹雪芹借假语村言隐去的"真寅家"的真相和"真应怜"的真情。也是《红楼梦》一书以幻写真，"幻中梦里语惊人"之处。

　　呜呼！山岳崩颓，既履危亡之运；春秋迭代，不免去故之悲。天意人事，可以凄怆伤心者矣。（十八回靖眉）

　　身为读者，在凄怆伤心之余，真不知是应该憎恨"南巡"呢，还是应该感谢"南巡"。但有一点是不容置疑的，没有康熙爷的"南巡"，就没有"悲金悼玉"的《红楼梦》，没有建筑在痛苦和死亡之上的现实悲剧，就不可能有带给我们美感、净化我们心灵的艺术悲剧。我们在痛恨现实悲剧的同时，却并不拒绝艺术的悲剧。因为，艺术的价值往往"以悲苦为上"。那些被现实的悲剧所毁灭的人生价值会在人们心中被艺术地复原，并且在经历了毁灭的痛苦之后，他们会更加珍惜这种失而复得的价值。

甄真贾假《红楼梦》(下)

假语存——百年事业总非真

说完了真（甄），让我们再来看看假（贾）。

在《红楼梦》一书中，作者曹雪芹出于某种特定的创作动机，把真假同置于一个相生相克、相反相成的复杂关系中进行艺术化的显现，由此便形成了分别由甄士隐和贾雨村这两个人物担纲的甄、贾两大形象系列及在此基础上建构起的真、假两大价值系统。如果说，甄士隐所代表的真系列因与作者的价值取向相一致而被赋予了一种正价值的话，那么，以贾雨村为代表的假系列则因与曹雪芹的价值观相悖而被赋予了一种负价值，其中渗透了作者的否定性情感。贬假（贾）而褒真（甄），这既是曹雪芹的创作初衷，是他对《红楼梦》一书进行价值建构的主要手段，同时也是我们在诠释曹雪芹的真假观时一个不容置疑的原则性立场。

在红学研究中有一个长期以来困扰着研究者的问题，这个问题最早出现在"自传说"里。"自传说"在论证或不如说是维护"《红楼梦》是曹雪芹的自传"这个观点的正确性和权威性时，用所发掘出的相关史料把书里书外连为一体，在书里的贾家与书外的曹家间画上了一个大大的等号，在贾府诸人与曹家诸人间画了许多小等号。这样画来画去，一个让人困惑的问题出现了：如果事实真如"自传说"所言，贾家不过是换了姓的曹家，是曹家的翻版，那么，身为曹家后人的曹雪芹为何常在书中讽刺、挖苦、诋毁、甚至大骂贾府中人呢？为什么会揭出那么多贾家的家丑隐私呢？更有甚者，假如贾政果真是改了名的曹寅，那么，身为曹寅嫡孙（尚未核实）的曹雪芹又怎么能把他的祖父丑化到如此地步呢？曹雪芹的所作所为不正是自相荼毒、自己打自己的嘴巴吗？这甚至使我们不由自主地开始怀疑，《红楼梦》是不是一部亲痛仇快之书？曹雪芹大义灭亲的动机是什么？他怎么对亲人有如此大的仇恨？常言说："世上至大莫如孝字。"难道曹雪芹是个不孝之子？

很显然，这些因一个"等号"引发的层出不穷的问题是"自传说"所无法解答的。所谓"假作真时真亦假"，"自传说"的这种文史不分、以史代文的研究最终将会导致以假乱真、甄贾不辨的结果。

在《红楼梦》一书中，假（贾）作为与真（甄）相对应的系列，对于作品的构建有着双重的作用和意义。首先，"假"是一种在真基础上的艺术虚构、艺术幻化，是一种使艺术创作从生活真实上升到艺术真实的必要手段，是对真的超越，或曰一种更高意义上的真。其次，"假"也是作者对于所表现的对象属性的一种带有否定性情感的价值评判。即虚假、虚伪之意。这个层面上的"假"涉及作者的情感好恶、价值观念及其对作品内容的价值定性。

作为一种艺术虚构，我们说，假来源于真却不等于真，也不必等于真。艺术创作不必拘泥于实有其事，实有其人。用历史研究中实证的方法去研究和解决文艺的问题，这既是一种不懂艺术的表现，同时也大大贬低了曹雪芹的创造能力和《红楼梦》一书的价值。

作为一种价值评判，"假"则是作家个人情感好恶和是非观念的直接外现。我们说，作家在世俗文化生活这个层面上表现其真假观时，必须要在真假两者间设定严格的界限。"真"代表着与作者的价值取向相一致，并被其情感所接纳、肯定的正价值；"假"则代表着与作者的价值追求相悖、渗透着作者否定性评价的负价值。如在这个层面上把真假混为一谈，便无从界定作品中形象的善与恶、美与丑，最终必将会导致作品价值系统的混乱和阐释时价值尺度的丧失。

因此，对于《红楼梦》的研究，无论是在艺术手法这个层面上，还是在作品内容这个层面上，都不能把真假混为一谈。贾家不等于甄家，更不等于曹家。虽然，江南的曹家为作品中的贾家提供了大量的生活素材，提供了主要的人物原型和故事框架，却不是贾家的摄影底片。贾家同曹家是貌合而神离。从曹家到贾家实际上是一个艺术虚构和艺术放大的过程。所谓艺术放大，即艺术家在把生活原型转化为艺术形象时由小及大、推己及人，"通过个别的、有限的现象来表现普遍的、无限的事物"[①]。"通过

---

① ［俄］别林斯基：《智慧的痛苦》，《别林斯基选集》第 2 卷，上海文艺出版社 1963 年版，第 102 页。

一个人的一生和一些最普通的事物，使所有人的一生涌现在他笔下。"①
以此来提升作品的意义，最终实现对个体情感价值的超越。正是这种对个体情感价值和个人生活畛域的超越，使得《红楼梦》一书已不再是一家之言。相反，却具有很浓重的"家天下"（以天下为家）的意味。曹雪芹是以曹家这个"本地望族"为范本，由小到大、推己及人，营造出"天下推为望族"的贾家。在这个层面上，贾家即假家也，"谁"家也不是，或"谁"家也是。贾家所呈现出的已不仅仅是家长里短、油盐酱醋这些世俗生活的意义，贾家的兴衰际遇也已不单纯是江南曹家家庭生活的影写。在《红楼梦》中，"天下推为望族"的贾家是作为封建家族的样板而被赋予了一种高于世俗的形而上的意味，一种文化的意味。仔细品味这种意味，我们会发现，贾家实质上是封建文化的载体、象征。走进贾家，就是从共时、历时两个维度同时进入了以宗族血亲关系为核心的大一统的中国封建文化。作者曹雪芹是在以贾家喻天下，借贾家来写文化。从艺术哲学的角度来看，贾家实质上是曹雪芹在演绎其文化价值观时亲手搭建起来的一个文化模型。

在这个模型中，贾家宁荣二府象征着封建家族文化（这可说是中国封建文化中的母文化，其他文化均是在此基础上衍生出来的），贾政、贾雨村、贾元春诸人影射着封建官方文化，贾家的祖先（贾源、贾演）代表着这种文化的渊源和流变，贾家的后人则隐喻这种文化的延续和最终结局。贾家的家史构成了这种文化的盛衰史，贾家的日常生活则是对这种文化的全方位陈列。

应该说，这是一种与曹雪芹的价值观相悖的文化，是一种他所深恶痛绝、欲置其于死地而后快的文化。曹雪芹本人便是这种文化的受害者，同时也是这种文化塑造出的叛逆者。在《红楼梦》一书的创作中，他把这种文化归入假系列，用一个"假"字，将这种文化的实质概括殆尽，用"假语存"表明了自己对这种文化的态度，并通过对这种"假文化"的剖析、反思、批判，在《红楼梦》一书中彻底摧毁了这一文化模型，建立起了一种新型文化价值观（宝玉、黛玉所代表的大观园文化），最终使《红楼梦》一书成功地实现了文化突围。

这种贾家所代表的"假文化"，如从文化学的角度给其找一个合适称

---

① 《追忆逝水年华·序》（安德烈·莫罗亚作），译林出版社1994年版，第9页。

谓的话，我们可以称其为"以儒家为主、道家为辅、儒道互补的复调文化"。如从书中给这种文化找一个形象代言人的话，这个人物非贾代儒（谐音假代儒）莫属。

为避免上述观点被人指斥为脱离本文的主观臆断，接下来，让我们进入作品，从正文及批语中去发掘相关内证，以重建作者的意图。

首先，让我们从贾家的家族文化格局谈起。在书中，贾府一分为二，东为宁国府，西为荣国府。宁府为宁国公贾演（谐音假演）之后，荣府为荣国公贾源（谐音假源）之后。两府中荣为主，宁为辅。若从文化学的角度来审视贾家，我们发现，这个所谓的"天下望族"实质上是一个儒道并举、玄礼双修的封建大家族。儒家和道家这两种异质文化在贾家兼而有之，和睦相处，构成了儒道一家这种极具文化示范作用的家庭文化格局。荣国府作为主流文化的象征，更多地显现出儒家格物致知的文化特质；宁国府作为非主流辅助性文化的象征，则处处弥散着道家参玄悟道的文化气息。这在书中可以找出大量例证。从儒、道两家的文化功能来看，儒家侧重于经世致用、修齐治平的实践理性，可谓是确保封建体制长盛不衰的"荣国之道"。道家安时顺处、少私寡欲，"不遣是非，而与世俗处"的处世哲学，则又是使封建王权得以长治久安的"宁国之道"。一荣一宁，深意便在于此。而中国封建文化"家国同构"的文化特征又决定了家道等同于国道，国道来自于家道。从这个意义上来讲，贾家便是封建国家的微缩模型。"吾中国社会之组织，以家族为单位，不以个人为单位，所谓家齐而后国治是也"①，梁启超如是说。

从中国文化发展史来看，东汉以降，儒道合流，二家由原初的互斥转为互补，携手进入官方意识形态，成为封建王权的左辅右弼，中国封建文化由此获得了极具修复补救功能的超稳定结构。如果把此前的儒道二家比喻为相互对立、抗衡的一矛一盾的话，那么从这一时期开始，这一矛一盾便同时握在了封建帝王手中。儒为文化之矛，进可攻，攻必取，无坚不摧，所向披靡。道为文化之盾，退可守，守必固，金城汤池，稳如泰山。一儒一道，兵利而甲坚，巩固和强化了封建帝王君临天下的绝对权威，同时也建构出亦荣亦宁、既荣且宁的大一统的帝国文化和礼治秩序。中国文

---

① 梁启超：《新大陆游记》，《饮冰室合集·专集》第五册，摘自张岱年、方克立主编《中国文化概论》，北京师范大学出版社1994年版，第63页。

化从此失去了因异质文化的冲突而带来的文化活力和推动文明进步的动力，成了一种无任何民主气息的死水文化。

书中贾家儒道兼综、玄礼双修的家族文化格局便是这种大一统的封建文化格局的缩影。曹雪芹是在以家喻国，用家文化来影射国文化。是书表里皆有喻也。作者用心可谓深矣、险矣。

书中，贾家这种既参玄悟道又格物致知的"家文化"特征在贾敬、贾政这两个家族掌门人身上体现得最为充分。

贾敬身为宁府掌门人，虽进士出身，却无心功名。一味好道，只爱烧丹炼汞，余者一概不在心上。他把官职让儿子贾珍袭了，自己在都中城外玄真观中和道士们胡羼，幻想有一天会飞升。即便是寿辰之日，也不归家，却叫儿子贾珍将上等可吃之稀奇珍品装满十六大盒送去，供其和道士们享用（道家厌世却贵生，坐忘心斋的同时却不舍弃感官享乐）。后在一次守庚申时，吞金服砂，烧胀而殁。可以说，贾敬是毕其一生实践着道家"虽有荣观，燕处超生"的逃避主义人生哲学。胡适先生对道家曾有精辟论述："初看上去好像是高超得很，其实这种人生哲学的流弊，重的可以养成一种阿谀依违，苟且媚世的无耻小人；轻的也会造成一种不关心社会痛痒，不问民生痛苦，乐天安命，听其自然的废物。"① 从本质上看，道家是一种反选择、反进化倾向很强的文化。在漫长的历史演变中，老庄哲学中无为而治，超然于真假、善恶、美丑之上的人生观，一方面诱发并孕育了中国人自欺欺人、麻木不仁、苟且偷生的逃避主义处世方法；另一方面，这种学说在被市朝化、庸俗化之后，则又直接导致了中国人道德精神的腐化，助长了中国人放肆地追求低级感官享乐的混世主义、纵欲主义哲学的泛滥。

《红楼梦》第五回，贾宝玉梦游太虚幻境，在"薄命司"见到的"金陵十二钗正册"中，有关秦可卿的判词中有这么一句："造衅开端实在宁"。也是本回的《红楼梦曲》中，在咏秦氏的"好事终"一曲中有这样两句唱词"箕裘颓堕皆从敬，家事消亡首罪宁"。此处有批语曰："深意他人不解。"研究者对隐含于其中的深意曾有诸多猜测、解释。的确，若单纯拘泥于作品就事论事，或仅从字面来解释，作者的"深意"很难解释清楚。而且，把贾家子孙颓堕、家事消亡的责任一股脑地推给贾敬这个

---

① 胡适：《中国哲学史大纲》卷上，1919 年北京大学丛书本，第 277 页。

"局外人"，对他似有些不公平。但当我们把贾敬和道家文化联系起来，从道家文化在中国社会发展中所起的作用这样一个文化视角来阐释秦氏的判词及唱词，那么，这其中的深意则昭然若揭。

曹雪芹在贾敬这个人物的塑造上可谓是用心良苦，立意深远。一方面，贾敬是道家文化的活标本，作者意在借贾敬形象化地演示道家文化。另一方面，贾敬又是一个活靶子，作者意在借这个靶子实践其"谤道"的创作意图。在贾敬这个人物身上更多地体现着道家遁世主义的人生哲学，而在贾珍、贾蓉、贾芹这些颓堕子孙身上则更多地体现出道家混世主义、纵欲主义的处世信条。书中七十五回有这样一条批语：

> 贾珍居长，不能承先启后，丕振家风。兄弟问柳寻花，父子呼幺喝六。贾氏宗风，其坠地矣，安得不发先灵一叹。

原初的"宁国之道""其坠地矣"，由此看来"此已是贾府末世了"。此已是封建文化之末世了。由宁而乱，因宁国文化而颓堕，这便是败家的根本，也是败国的根本。

在中国封建社会那场千年的不散的"吃人筵席"上，道家，尤其是经过郭象改造后的道家文化，既是杀人礼教的帮凶，同时也是食人者。在扑杀、扭曲、泯灭人性，塑造国民性中的主奴根性，阻滞中国社会的进步等方面，道家所起的作用比儒家有过之而无不及。

许地山先生对道家曾有过这样的评价："从这国人日常生活底习惯和宗教信仰来看，道底成分比儒多。我们简直可以说，支配中国一般人底理想和生活底乃是道教底思想。"[①]

或许，在某一个时期，某一个领域，道家文化确曾起到过一些积极的、好的作用，但到了封建社会末期，道家确已沦为一种"形同槁木，心如死灰"的末世文化。

对于贾家的由盛而衰，以至最终败落，贾敬是罪魁，他理应承担主要责任。"箕裘颓堕皆从敬"，这种指责一点也没有冤枉他。而对于华夏民族的衰落，"造衅开端实在宁"，"家事消亡道罪宁"。宁府所代表的道家文化便是败家的根本，是祸首。作者之"深意"大抵如此。

---

① 张岱年、方克立：《中国文化概论》，北京师范大学出版社 1994 年版，第 311 页。

　　说完了贾敬，让我们再来说说贾政。

　　与贾敬的道学面孔相比，身为荣府掌门人的贾政则活脱脱一副儒家的嘴脸。此人"为人端方正直，谦恭厚道，其实思想僵滞，感情枯竭，是一个背时迂腐，庸碌无能之辈，一个封建礼教忠实的信奉者和维护者"①。此人从里到外，简直就是一个形神兼备的儒家文化的活标本，思想言行无不合乎儒家的规矩，浑身上下无不透着一股熏人的腐儒气息。就连名字（名政，字存周）也是语出《论语》，《论语·颜渊》中，季康子问政于孔子，孔子对曰："政者，正也，子率以正，孰敢不正？"政者，正也。即儒家所推崇的理想人格和理想国政。"无偏无党，王道荡荡；无党无偏，王道平平；无反无侧，王道正直。"（《尚书·洪范》）对于统治阶级而言，"其身正，不令而行；其身不正，虽令不从"（《论语·子路》）。对于普通人而言，"苟正其身矣，于从政乎何有？不能正其身，如正人何？"（《论语·子路》）刘宝楠《论语正义》注曰："政者，正也。言为政当先正其身也。"由此可见，无论为政、从政，还是为人、处世，关键在一个"正"字上，在于"先正其身"，己身正则王道正。因此，"自天子以至于庶人，壹是以修身为本"（《大学》）。贾政的"端方正直"便是儒家推崇的以修身恕道为本的人格理想。贾政的字"存周"亦语出《论语·八佾》"子曰：'周监于二代，郁郁乎文哉！吾从周。'"为避免被人看出破绽，曹雪芹有意将"从"字改为意思相近的"存"字。"存周"即追随、保存周代文物制度之意。周代，是儒家推崇备至的礼治社会。就贾政的名与字两者的关系而言，只有克己修身、推己及人、由家及国，才能全面恢复周礼，达到治世。这便是贾政的名字所歌之功，所颂之德。

　　书中第二十二回，荣府赏灯猜谜取乐，贾政为凑趣曾制一谜，谜面是："身自端方，体自坚硬。虽不能言，有言必隐。"此谜谜底是砚台。庚辰本此处有一条令人费解的夹批："好极！是贾老之谜，包藏贾府祖宗自身，必隐笔字，妙极、妙极！"按此条批语的提示，谜中包藏着贾氏祖宗的秘密，对此，研究者曾有诸多猜测，至今尚未有定论。其实，当我们把贾氏祖宗与儒家文化联系起来，把贾政与儒家的人格理想联系起来，这个谜并不难解。"身自端方"即修身之意。只有修身恕道，才能为人端方正直。"体自坚硬"乃寡欲、灭欲之意。古人云："无欲则刚。"按儒家的

　　① 摘自《红楼梦鉴赏辞典》，上海古籍出版社 1988 年版，第 13 页。

学说，人之患在于有欲，人欲炽则天理灭，人欲不灭、己身不修则无以齐家、治国、平天下。所以修身恕道、格物致知乃人生第一要义。对于修身的重要性，《大学》中曾这样写道："古之欲明明德于天下者，先治其国；欲治其国者，先齐其家；欲齐其家者，先修其身；欲修其身者，先正其心；欲正其心者，先诚其意；欲诚其意者，先致其知；致知在格物。物格而后知至；知至而后意诚，意诚而后心正，心正而后身修，身修而后家齐，家齐而后国治，国治而后天下平。"可见，格物灭欲乃礼教的学理中枢，修身恕道乃礼教的经世起点。欲不灭则身不修，己身不修则无以齐家、治国、平天下，不可能达到外王内圣的理想境界。圣人千言万语只是教人存天理、灭人欲，紧要处正在修身、灭欲这四个字上。

清道光年间小说点评家太平闲人张新之对《红楼梦》一书的题旨曾有独到的见解。他在《红楼梦读法》一书中写道："《石头记》乃演性理之书，祖《大学》而宗《中庸》。"张新之的"题旨论"是在用道学家的观点来评点《红楼梦》一书，这恰与曹雪芹对《红楼梦》的题旨相悖。但张新之的确从书中读出了隐于其间的微言大义。曹雪芹在对贾政这个人物形象的塑造上，的确是祖《大学》而宗《中庸》。《大学》教人如何修身，怎样才能"身自端方"；《中庸》教人如何灭欲，怎样才能"体自坚硬"。这便是封建王朝的荣国之道，也是贾家由荣而枯的根源。"漫言不肖皆荣出"。身自端方，体自坚硬的贾政，便是这种没落文化教化出的嫡系传人，是这种文化的活标本，也是曹雪芹在《红楼梦》一书中实践其反儒意图的活靶子。

在贾敬、贾政这两个人物形象的塑造上，作者是"捉笔现身说法，每于言外警人，再三再四，而读者但以小说鼓词目之，则大罪过"（二十二回戚序回后）。

前文说到贾氏祖宗，这里还需提及荣国公贾源、宁国公贾演二人。这种纵向、历时的考查有助于我们更清晰准确地把握贾氏宗脉（或可称之为文化之脉）。

所谓"一树千枝，一源万派，无意随手，伏脉千里"（庚辰本十九回夹）。荣国公贾源谐音"假源"，即假文化的渊源。宁国公贾演谐音"假演"，即假文化的流变。二人并称，暗示着假文化源远流长。若要沿流讨源，至少可以上溯到东汉。

书中第二回，作者借冷子兴、贾雨村之口对贾氏宗脉曾有大致交代：

　　子兴道："荣国府贾府中，可也玷辱了先生的门楣么？"雨村笑道："原来是他家，若论起来，寒族人丁却不少，自东汉贾复以来，支派繁盛，各省皆有，谁逐细考查得来？若论荣国一枝却是同谱。但他那等荣耀，我们不便去攀扯，至今故越发生疏难认了。"子兴叹道："老先生休如此说。如今这荣国两门，也都萧疏了，不比先时的光景。"雨村道："当日宁荣两宅人口也极多，如何就萧疏了？"（《石头记汇校本》第81—82页）

　　为了能更清晰无误地把握贾氏宗脉，洞悉曹雪芹的创作意图，此处需附带插入一笔。上面这段引自《石头记汇校本》的文字与《人文新校注本》等通行本稍有出入。《汇校本》中"子兴叹道：'老先生休如此说，如今这荣国两门，也都萧疏了，不比先时的光景。'"一句中的"荣国两门"四字被认为是底本中的抄误处，在《人文新校注本》中被校改为："老先生休如此说，如今这宁、荣两门也都萧疏了，不比先时的光景。"

　　改"荣国两门"为"宁、荣两门"似乎使文意更为周全、连贯。《人文新校注本》的校改得到了普遍认同。但这看似对底本的合理改动却是万万改不得的。这区区几个字的改动（实际上只改了一个字）几乎改变了曹雪芹的创作命意和贾氏宗脉的历史走向。可谓是失之毫厘，差之千里。此处为《红楼梦》一书的要害处，一字不能更，一字不能改。曹雪芹意在借冷子兴、贾雨村二人之口交代出有关贾氏宗族演变的重要信息，这条信息关乎曹雪芹的创作命意和《红楼梦》一书的题旨。

　　从冷子兴与贾雨村的这段对话可以看出，贾氏宗族的演变，自东汉贾复以来，大体经历了从最初的"荣国一枝"到"荣国两门"再到后来的"宁荣两宅"这样三个阶段。对话中提到的贾复，历史上虽确有其人，但"此话纵真，亦必谓是雨村欺人语"（第二回甲戌侧）。此处把贾复按谐音解释为"假复"（假文化复兴）似更为贴近曹雪芹的原意。因为曹雪芹写贾（假），文则是"虚敲傍击之文"，笔则是"反逆隐曲之笔"。意在以家喻国，借贾氏宗族的演变来展示末世文化由盛至衰的发展脉络，实践其反儒谤道的创作初衷。作者的这种寓褒贬、别善恶的春秋笔法，需要研究者从一个形而上的高度去审视、去领悟作者隐于贾氏宗族演变中的"微言大义"。

　　从中国文化史的角度来看，我们发现，贾氏宗族自东汉贾复以来所经历的三个演化阶段，恰与同一时期中国封建官方文化的发展脉络相吻合。

　　众所周知，中国封建社会早期文化在经历了秦代文化浩劫后，于两汉间进入了一个文化复兴期。两汉时期的文化大致奠定了以后封建文化的基本格局。这一时期的文化复兴，究其实质，是儒文化的复兴。自从汉武帝采纳董仲舒"罢黜百家，独尊儒术"的主张之后，儒家便压倒群芳，一枝独秀。由先秦时代的子学而荣升为代表官方意识形态的经学，取得了唯我独尊的显赫地位。由此开始，"孔孟之道"便成了中国封建文化的灵魂。先秦儒学本是一种济世的、实践的、洋溢着理性精神、人文精神的哲学，但到了两汉经学阶段，已逐渐蜕变为一种僵硬、烦琐、虚伪的说教。汉儒的最大贡献在于给宗法制度建立了一套完整而严密的礼治秩序，而以"仁"、"忠"、"孝"、"信"为核心的礼治秩序又直接模塑了中国人国民性中的主奴根性，诱发了中国文化中虚伪矫饰的"泛道德主义"。儒学在汉代的由野而朝，由学术思想而意识形态的过程中一个最显著的变化便是谶纬化、教条化，或者不如说是虚假化。满口仁义道德，背地里却助纣为虐；劝百姓从善，纵君王作恶。如李大钊先生所言："孔门的伦理，是使子弟完全牺牲他自己以奉其尊上的伦理；孔门的道德，是与统治者以绝对的权力，责被统治者以片面的义务的道德。"[①]可以说，这种假文化的复兴最终使儒家变成了名副其实的贾（假）家。"荣国一枝"便是曹雪芹对这一时期儒家文化的形态特征及社会地位的形象化概括。穷儒贾化所谓："若论荣国一枝，却是同谱。"便是一佐证。另外，书中贾家以荣府为主，以宁府为辅的家庭格局也印证了这一点。

　　贾氏宗族继"荣国一枝"之后，一分为二，进入了"荣国两门"的演化时期。将这一阶段对应于汉代文化，我们发现，书中所谓的"荣国两门"实际上是在影射西汉末年儒学内部的今文经与古文经之争，以及随之形成的今文学派和古文学派两门。所谓今文经是指由汉初尚在的老儒凭记忆口授，用当时通行的隶书记录下来的儒学经典。所谓古文经是汉景帝时鲁恭王在拆孔子老宅时，在夹壁中发现的用六国文字写成的儒学经典。今文经学偏重于发挥经文的微言大义，极力宣扬"君权神授"、"天人合一"等谶纬思想。把儒家谶纬化、宗教化，把孔子神圣化。古文经学注重探求经文本身的含义和典章制度。今文经学的特点是政治的，讲阴阳灾异，讲微言大义。古文经学的特点是历史的，讲文字训诂，明典章制

---

①　李大钊：《守常文集》，上海北新书局1950年版，第50页。

度。前者主合时，后者主复古。

今文经学与古文经学各立门户，各有师法。两派间不仅围绕"今文经"与"古文经"的版本、文字的真伪展开激烈论争，而且在对孔子的评价、对六经的解释以及学术研究的方法等方面都有重大分歧。东汉章帝时期，为统一对经学的认识，朝廷在白虎观召集儒生"讲论五经同异"。会后由班固编纂成《白虎通义》一书，建立了官方统一的今文经学。而古文经学则没有官方地位，一直在民间流传，成为一种在野儒学。《红楼梦》中，荣国府一分为二为贾赦、贾政两门，贾赦居长，袭荣国公世职，却退居二线，形同庶出。贾政居次，却总理家族事务，此二人虽为一母所生，却一个在野，一个执政，这与儒学中今文与古文两门的处境无异。

《红楼梦》第三回中，黛玉初到贾府，去拜见两母舅，来到贾赦院中，"黛玉度其房屋院宇，必是荣府中花园隔断过来的"，这里的"隔断"二字，意蕴深邃，显出了"黛玉之心机眼力"（第三回甲戌本旁批）。黛玉先是把贾赦院当成了正室，及到了贾政院，才知"这方是正紧正内室"。荣府一隔为二，成荣国两门的格局，这与两汉间儒分两门，今文居正，古文居偏的格局无异。

也是此回中，写黛玉来到贾赦院正室，邢夫人让黛玉坐了，一面命人到外面书房去请贾赦。甲戌本此处有这样一条旁批："这一句都是写贾赦，妙在全是指东击西打草惊蛇之笔。若看其写一人即作此一人看，先生便呆了。"很显然，作者写贾赦，是指东击西，打草惊蛇，另有影射。

如果说，上面这两条线索尚不足以证明"荣国两门"与儒分今、古两门这段史实的内在关联的话，那么，在书中第七十五回"开夜宴异兆发悲音，赏中秋新词得佳谶"一回中，尚有两条线索足以证明作者的这种意图。此回"荣府庆中秋"一段文字中，贾母及贾赦、贾政一干人在凸碧山庄设宴赏月，席间贾赦讲了一个笑话：

> 一家子一个儿子最孝顺。偏生母亲病了，各处求医不得，便请了一个针灸的婆子来。婆子原不知脉理，只说是心火，如今用针灸之法，针灸针灸就好了。这儿子慌了，便问："心见铁即死，如何针得？"婆子道："不用针心，只针肋条就是了。"儿子道："肋条离心甚远，怎么就好？"婆子道："不妨事。你不知天下父母心偏的多呢。"

　　细读起来，这则笑语是笑里藏"针"，话中有话。其中的"母亲"与"婆子"皆有所影射。贾赦借那位"生病的母亲"影射贾母偏心，厚幼而薄长，暗示自己虽为长子却在家族中处于从属地位，流露出一种对贾母的埋怨之情。这可谓是笑话中的明喻。此回回末，贾赦出人意料地对贾环的诗大加赞赏，什么"这诗据我看甚是有骨气"，"将来这世袭的前程定跑不了你袭呢"云云，联系到这叔侄俩在家族中相同的处境，贾赦实际上是在借他人酒杯，浇自己块垒。再联想到自东汉以来"古文经学派"的处境，就会发现书外的历史与书里的现实两者间的"巧合"。这种"巧合"还涉及笑话中的"婆子"。这个"针灸的婆子"不通脉理（此处贾赦是在暗示自己与祖上是一脉相承，为贾氏正脉），只知针灸（此处的"针"不妨作"争"讲，"灸"作"旧"讲，针灸即争旧，争论过去的事物之意），对"母亲"的心病，只说是针一针（争一争）就好了，且只针（争）肋条（旁枝末节），不针（争）心（核心、要害处），针（争）来针（争）去，便导致了后来的那种家长（当权者）偏心，厚幼薄长，尊今卑古的结果。贾赦是借笑话发泄怨"母亲"而怒"婆子"的情绪。

　　在"荣府庆中秋"这一节中，曹雪芹明写贾家四代人夜宴赏月的天伦之乐，暗写贾赦、贾政兄弟之争。这二人表面上兄友弟恭、一团和气，言语中却各藏机锋，针尖对麦芒。此回回末处，作者借"二难"这个典故极其巧妙地隐喻了"今古文之争"这段儒门公案，并用反面春秋的笔法，借贾政之口道出了作者的态度。此回写贾环见宝玉作诗受奖，便觉技痒，可巧花传到他手中，便也索纸笔来立挥一绝与贾政。

　　贾政看了，亦觉罕异，只是词句终带着不乐读书之意，遂不悦道："可见是兄弟了，发言吐气总属邪派，将来都是不由规矩准绳，一起下流货。妙在古人中有'二难'，你两个也可以称'二难'了。只是你们两个的'难'字，却是作难以教训之'难'字讲才好。"

　　"二难"即难兄难弟。原意为兄弟俩才德俱优，难分高下。曹雪芹在这里是反其意而用之。《世说新语·德行》载，东汉陈寔有长子元方和少子季方，二人才德俱优，元方的儿子长文、季方的儿子孝文各论其父的功德，争执不下，便去请祖父评判，"太丘（陈寔）曰：'元方难为弟，季方难为兄。'"对儒门"今古文之争"这段史实而言，"二难"这个典故的确是一个难得的佳谶。实际上无论古文还是今文，治学穷经的初衷都是为了颂儒圣、述祖德，代圣贤立言。两派间并无实质性冲突，争来争去，只不过是在一些无关宏旨的枝节问题上磕牙料嘴。假如站在儒圣孔丘的立场上来评判这场"兄弟之争"，评语很可能就是"孔丘曰：'古文难为弟，今文难为兄。'"而如果站在曹雪芹的立场上来评判，则可借用贾政的原话："妙在古人中有'二难'，你两个也可以称'二难'了。只是你们两个的'难'字，却是作难以教训之'难'字讲才好。""都是不由规矩准绳，一起下流货。"（反面《春秋》笔法）

所谓道古稽今，言远合近。可见作者文心之妙，固无所不可。《红楼梦》一书，总妙在千里伏脉。这脉便是文化之"脉"。文化巨匠曹雪芹是在"论病细穷源"——给文化把脉。贾氏宗脉由原初的"荣国一枝"而演化为共枝别干的"荣国两门"，便是这种文化之脉在新的历史条件下变异出的新形态，呈现出的新走向。

贾氏宗脉的演化并未终结于"荣国两门"，其后又进入一个新的发展阶段。让我们沿着文化之脉的流变接着往前看……

东汉末年，由于战乱、割据及儒学自身的衰微，致使两汉间以经学为主干，以儒家为至尊的文化模型崩解，中国封建文化进入了一个"有晋中兴、玄风独振"（《宋书·谢灵运传》）的发展时期。玄学作为一种与经学相抗衡的新思潮登上了历史文化舞台。这种秉承了道家文化传统，"以老、庄为宗而黜六经"（干宝《晋纪总论》）的学说推出伊始，大有"与尼父争涂"（《文心雕龙·论说》）的气势，结果却导致了儒道这两种异质文化的合流。在玄学中，儒学被老庄化，老庄被庸俗化、市朝化。玄学所倡导的自然无为与儒家所推崇的礼治秩序两者间达成了默契，实现了互补。儒道并举、玄礼双修，既格物致知，又参玄悟道成为这一时期社会文化的显著特征。"儒教对道教不排斥也不调和，道教对儒教有调和无排斥。"[1] 从这一时期开始，玄学因有救名教伪弊之功，而进入了封建官方意识形态，成为封建帝王实施专治统治的文化盾牌。

"可笑可叹，古今之儒，中途多惑老佛。"[2] 于是贾氏宗族的演变在经历了"荣国一枝"、"荣国两门"之后，便也自然而然地进入到"宁荣两宅"的演化阶段。如果说，援道入儒，儒道互补标志着中国封建社会大

---

① 范文澜：《中国通史简编》第2编，人民出版社1949年版，第442页。
② 第十三回庚辰侧。

一统文化格局的完备，那么，"宁、荣两宅"则标志着贾家儒道兼综、玄礼双修的家庭文化格局的定型。

有学者认为，《红楼梦》中宁府和荣府原是分属两本书的内容，并且旧稿中原无贾赦一枝，宁府与贾赦院是曹雪芹在披阅增删过程中粘贴上去的。这种看法虽发现了书中的疑点，却未能参透曹雪芹的用意。贾氏宗族的演变从"荣国一枝"到"荣国两门"再到"宁、荣两宅"，这实质上是曹雪芹借贾氏宗族的演变所进行的一次带有浓厚反思与批判意味的文化苦旅，是曹雪芹在实践其"文化突围"前所作的必要铺垫，同时也是他在演绎其全新的文化理念——"大观园文化"时所必须冲破的文化樊篱。《红楼梦》作为一出发生在中国封建社会末期的悲剧，其悲剧的根源便在"大观园文化"与末世文化两者间你死我活的冲突。虽然这场冲突的结局是"大观园文化"烟消云散，而宁荣两宅所代表的末世文化虽"一树千枝，一源万派"，此时却已到了源远水浊、枝繁果稀的末世光景了。

"纵有千年铁门槛，终须一个土馒头"这便是文化巨匠曹雪芹的"险恶"用心。这也难怪那些视《红楼梦》一书为洪水猛兽的人（如毛庆臻之流）要捐资收毁，请示永禁，并杜撰出"每传地狱治雪芹甚苦，人亦不恤"之类的鬼话来泄愤。如此看来，此书难免腐儒一谤。作者曹雪芹"文心至此，脉绝血枯矣"。

在揭开了贾氏宗族演变的秘密之后，最后，让我们撩开锦幢绣幕，仔细看看那个端坐于贾氏宗祠中"看不真切"的神主的真实面目和那些悬挂于宗祠中的让人颇费思量的匾联。

书中第五十三回"宁国府除夕祭宗祠，荣国府元宵开夜宴"回前，有这样一条批语："除夕祭宗祠"一题极博大……是一篇绝大典制文字。最高妙是神主"看不真切"一句……噫！文心至此，脉绝血枯矣！谁为知音者。

此处，批书人用"极"、"绝"、"最"来形容一次常规的家族春祭，似有些言过其实。而且，按常理，那个端坐于龛堂的神主应是宁、荣二公的神主，这有什么看不真切的呢？这又有什么高妙之处呢？即便是作者的文笔高妙，也不至于"脉绝血枯"呵。批书人是不是在故弄玄虚？如果我们是以宝琴这个局外人的眼光来看祭宗祠的场面，便会对此条批语生出许多疑惑。而事实上，作者在此处设了一个大大的伏笔，其中隐含着不可告人的目的。

按中国古代的宗族祭祀制度，每年除夕的祭祀称为袷（xiá）祭，袷祭是在宗祠合祭祖先。平时宗祠内分四龛，奉高、曾、祖、考四代神主。袷祭时把远近祖先的神主集中在一起进行总祭，三年一祭。宗祠为报本追源而建，书中贾氏宗脉源远流长，所谓："自东汉贾复以来。支派繁盛，各省皆有。"所以，贾家除夕袷祭，便不会仅限于五世亲历的高、曾、祖、考四代神主。而是如宗祠正殿前悬的匾额"慎终追远"（语出《论语》）所言。祭祀的对象主要是始祖，也就是说那个"看不真切"的神主实际上是始祖的神主。宝琴因是外姓人，不明贾姓谱系，故有"看不真切"一句。那么，这个神主到底是谁呢？我们能否撩开锦幢绣幕去看个真切呢？对此，正文隐无限含蓄，对这篇绝大典制文字的最高妙处未作明确交代。看来，作者是不想或不能让观者一睹那位神主的"庐山真面目"。但深谙作者之用心的批书人终耐不住寂寞，给观者提供了一条极其重要的线索。靖藏本此回（五十三回）回前有这样一条批语：

　　浩荡宏恩，亘古所无。母孀，兄先死，无依。变故屡遭，生不逢辰。回首令人肠断心摧！

这条所指不明的批语常被认为是作者或批者在自叹身世，成了红学研究中作者家世研究的一条线索。从这条批语的内容及出现在第五十三回的特定场合来看，批语所指称的对象似不像是作者或批书人。也就是说，在"除夕祭宗祠"这篇"绝大典制文字"中，只有那个"看不真切"的神主才是真正的主角，其他人，包括宁荣二公都是配角。批书人作为深谙作者用心的知情人在这种情况下一般是不会把读者的视线转移到自己或作者身上的，更不会在这样一个庄严的场合里叙旧、唠家常。如从这篇文字的规定情境来看，那个"看不真切"的神主才是这条批语的真正所指。那么，这个"看不真切"的神主到底是谁呢？假如我们能够再跳出这篇文字的规定情境，假如我们能够使自己置身于作者的思想境界，从作者的而不是宝琴的视线来审读这篇"绝大典制文字"，从浩繁的历史文化长卷中去按图索骥，就会发现，这个生不逢辰，变故屡遭，却承亘古所无之浩荡宏恩，母孀，兄先死，无依无靠的人，不就是那位生前颠沛流离，四处碰壁，"累累若丧家之犬"，死后却发迹变泰，名显天下，为历代帝王益封爵，赠谥号，直至用天子之礼乐优加尊崇的"大成至圣文宣先师"孔老二吗。这条批语写的不就是孔二先生的生前事和身后评吗。

"天不生仲尼，万古长如夜"，既然天已生仲尼，中国社会是否从此就晴空万里，日丽风和了呢？非也。

谭嗣同曾在《仁学》中这样写道："数千年来，三纲五常之惨祸烈毒，由是酷焉矣。"回首这段历史，的确令人肠断心摧。而这万恶的吃人礼教的始祖，书中那段绝大典制文字的主角，那个看不真切的神主，非"至圣先师"孔二先生莫属。

难怪批书人对此有"谁为知音者？"的寂寥之叹。为了进一步印证上述推断的正确性，全面把握《红楼梦》一书的题旨，接下来，让我们再回到五十三回正文中，从文化的视角，而不是宝琴的视线，再来留神打量一番"宁府西边另一个院子"——"贾氏宗祠"。

首先映入我们眼帘的是高悬于黑油栅栏内五间大门上"衍圣公孔继宗书"的四字大匾"贾氏宗祠"。关于这个孔继宗，曾有研究者著文予以考证，但终未能验明正身。实际上孔继宗可按谐音理解为"孔祭宗"即孔氏后人祭宗之意。这个名字实际上是曹雪芹在这里有意留下的暗示。"除夕祭宗祠"一节内容亦可理解为"除夕孔祭宗"。其实这个暗示并不隐晦，早已被人察觉。程乙本在此处为避免有"厚诬至圣先师"之嫌，特将"衍圣公孔继宗书"一句改为"特晋爵太傅前翰林掌院事王希献书"。由此可见作者曹雪芹之"险恶"用心。

宗祠大匾两旁有一副长联，写道是：

> 肝脑涂地，兆姓赖保育之恩；功名贯天，百代仰蒸尝之盛。

此联亦衍圣公所书。联中所称之功、所颂之德，绝非贾氏一门、宁荣二公所能担待得起。在中国历史上，因对朝廷肝脑涂地而建贯天功名，理当"百代仰蒸尝之盛"的人，能够让亿万百姓依赖、感念其保育之"恩"的人，除了孔子，绝没有第二个人。

细细品味这篇绝大典制文字，我们恍如置身于孔庙（抑或是南京的"夫子庙"），正在观摩一次规模宏大的祭孔活动。我们似有些分辨不清"此联亦衍圣公所书"呢？还是"此联所书亦衍圣公"呢？我们甚至有些"看不真切"，那匾额上到底写的是"贾氏宗祠"呢？还是"孔氏宗祠"？

让我们接着往前走，去看个究竟。

　　进入宗祠院中，抱厦上面悬一九龙金匾，写道是："星辉辅弼"，乃先皇御笔。两边一副对联，写道是：

　　　　勋业有光昭日月，功名无间及儿孙。

　　此联盛赞贾氏先祖如明星辉耀，给日月增光添彩，功勋盖世，以至于堪与日月（帝王）同辉。可以这样讲，在整个中国封建社会中，勋业到了堪与日月同辉，并在历朝历代用天子之礼优加尊崇的，除了"至圣先师"之外，绝没有第二个人。同样，在中国历朝历代中，因祖先的功名，而使后人世代簪缨的，除了孔家这个"天下望族"，绝没有第二家。很显然，这份荣耀无论书里的贾家还是书外的曹家都是担待不起，消受不了的。但假如作者在这里是明贾而暗孔的话，则名实相符。

　　这样，我们就有必要进入宗祠正殿，去看个真切。

　　但见五间正殿前悬一闹龙填青匾，写道是："慎终追远"。旁边一副对联，写道是：

　　　　已后儿孙承厚福，至今黎庶念荣宁。

　　"慎终追远"一句语出《论语》，引申意为父母亡故要居丧尽孝，对祖先的功德要时时追念。这条孔子语录代表着中国古代宗法制度的基本精神，尊祖、敬宗、追远、报本。表面上看，这是出于对氏族血亲关系的维护，其真正目的，如宋代程颐所言："若宗子法立，则人知尊祖重本；既重本，则朝廷之势首尊。"① 正所谓：项庄舞剑，意在沛公。

　　此处的对联与前两联在意义上有关联也有区别。因为"兆姓赖保育之恩"，所以"至今黎庶念荣宁"；因为"勋业有光昭日月"，所以"已后儿孙承厚福"。这是一种因果联系。但需要特别说明的是，从第一联到第三联在含义上还存在着贾家从一祖到二宗，从"荣国一枝"到"宁、荣两宅"的演化关系。一祖为儒圣，二宗为荣国公、宁国公。"荣国一枝"即儒门独尊。"宁、荣两宅"即儒道兼综。三副对联中第一、第二联是影射"荣国一枝"、儒门独尊。此二联的主人公是儒圣一祖。而第三联

────────────

　　① 见邱睿《朱子家礼》卷一，《通礼杂录·祠堂》。

中"至今黎庶念荣宁"一句，则是影射"宁、荣两宅"、儒道兼综。荣代表儒，宁代表道，既崇儒又重道。那么，是什么因素导致了贾家从原初的一祖到后来的二宗，从独尊儒术到玄礼双修呢？对此，书中第十三回中有一条批语作了明确交代。

　　　　可笑可叹。古今之儒，中途多惑老佛。王隐梅云："若能再加东坡十年寿，亦能跳出这圈子来。"斯言信矣。（庚辰侧）

　　古今之儒，中途多惑老佛，于是便有了儒、释、道三家合流的文化格局，有了儒、释、道三教并尊的治国方略。"如果说礼治秩序从强制的外在规范方面取消、压缩、抑制自我和主体的话，那么佛老的人生理论、人生方式则可以说是从内在的个体方面取消、压缩、抑制自我和主体。来自外面的压力使人丧失独立人格，对个体来说，根本就丧失可以由个人组织和实现自己生命过程的文化环境和社会条件；来自内面的压力使人丧失主体的意识，对个体来说，根本就丧失个人组织和实现自己生命过程的主体能力。两方面的默契合作，真是使中国人无所逃于天地之间，应了'天网恢恢、疏而不漏'的古话。如果要说传统，这两方面就是中国最深远，对国民性格和心理影响最大的传统。但它们都体现了深层的价值取向的共同性：殊途同归，千虑一致，都是要取消'人'。"① 这或许就是儒道互补，这或许就是三教并尊。

　　庚辰本第四十三回中有这样一条夹批：

　　　　近闻刚丙庙，又有三教庵，以如来为尊，太上为次，先师为末，真杀有余辜。所谓此书救世之溺不假。

　　从这条"杀气腾腾"的批语中我们不难看出作者和批者的态度。可以断言，儒道互补、三教并尊便是曹雪芹在《红楼梦》一书中一手建造起来并亲手摧毁的假文化模型，是他在演绎全新的文化理念时必须面对和突破的文化樊篱。同时，这种"百足之虫，死而不僵"的末世文化也是造成"大观园"悲剧乃至中国社会悲剧的"杀有余辜"的罪魁祸首。

---

　　① 刘再复、林岗：《传统与中国人》，安徽文艺出版社1999年版，第259—260页。

　　说到《红楼梦》一书中的题旨，可以断言，反儒、谤道、毁僧，方是此书的立意本旨。

　　噫！文心至此，即便是脉绝血枯又何惜，即便是槁死牖下又何妨，作者曹雪芹求仁得仁又何怨……

结语——沉酣一梦终须醒

　　历遍红楼华胥境，当是大梦初醒时。

　　走出梦境，再回头看看这部二百多年前写就的大书，想想那位"举家食粥酒常赊"、"高谈雄辩虱手扪"的写书人，心中感慨万端，难以言表。思忖良久，觉得只能用"不可思议"一词来表达这种感觉。

　　不可思议的《红楼梦》！不可思议的曹雪芹！

　　面对这样一部我们的认知能力和想象力所难以把握的，由一个天才披阅十载、增删五次写就的鸿篇巨制，似只能"望洋向若而叹"。的确，一部《红楼梦》就像是浩渺无垠、深不可测、蕴含着无数宝藏的大海。对它的研究和开发虽已历时二百多年，但到目前为止，仍仅限于岸基（外围）研究和浅海作业，尚未潜入深海去测度它的深层意蕴，开掘它的最高价值。也就是说，我们的研究似更专注于其中关涉世俗生活的、文学的、历史的感性现象，而忽视了隐含于深层的作为哲学的、美学的、文化学的超感性意义。只知有作为文学的、历史的《红楼梦》，而不知有作为哲学的、美学的、文化学的《红楼梦》；只知有作为文学家、历史学家的曹雪芹，不知还有作为哲学家、美学家的曹雪芹。就《红楼梦》一书的价值而言，其最高价值不是体现在世俗文化层面上，而是主要体现在哲学、美学、文化学这些形而上的层面上。这方面研究的欠缺必然会缩小《红楼梦》一书的意义空间，这也便在无形中贬低了《红楼梦》一书的价值，低估了曹雪芹对于中国思想史所做出的巨大贡献。

　　试想一下，一个生活在二百多年前的贫困交加的文人，在那文网铺天盖地、万马齐喑的年代里，用手中的"刀斧之笔"如此擘肌分理地解剖了我们的文化病体，如此形神兼备地暴露出其病态的"心肺"，又如此痛快淋漓地以艺术的方式了断了其"性命"、埋葬了其"尸体"，这是何等伟大的壮举，此人"多大胆量，敢作如此之文"。

"的确，自有《红楼梦》出来以后，传统的思想和写法都打破了。"

坦率地讲，对鲁迅先生的这段评"红"文字，我们的认识是不充分的，在《红楼梦》是如何打破传统思想这个事关宏旨的问题上，我们的研究是有欠缺的。事实上，假如我们从中国思想史的角度来考察这部巨著，就会发现，《红楼梦》是中国思想史上第一部对古代文化传统进行根本反思与彻底批判的充满了批判理性精神的著作。在对于父辈文化的反思与审判方面，曹雪芹远远走在了时代的前列。可以这样讲，中国近代思想史不是始于康有为、谭嗣同，而是始于曹雪芹，始于《红楼梦》一书的问世。曹雪芹不仅是一个伟大的文学家，更是一个伟大的思想家。

在那场历时数千年，至今仍有许多人迷失其间的沉酣一梦中，他是第一个醒来的人。《红楼梦》是他在万古长夜中为梦游的人们点亮的一盏指路明灯。

感谢造物主出"一芹一脂"，是书幸甚！中国文化幸甚！中国人幸甚！

"末世凡鸟"的文学镜像与文化意蕴

——兼谈"一从二令三人木"

一 "风月宝鉴"与王熙凤的两个"镜像"

关于凤姐,我们已经说了很多,但尚有许多话要说。

凤姐之于《红楼梦》,有如潘金莲之于《金瓶梅》,曹操之于《三国演义》,郝思嘉之于《飘》……

说不完、道不尽是我们在研究这类成功的文学形象时的一个共同感受。爱憎交织、褒贬不一是我们在面对这类"熟悉的陌生人"时的共同心态。此即所谓"恨凤姐、骂凤姐,不见凤姐想凤姐"(王昆仑语)。

《红楼梦》一书,文则是虚敲旁击之文,笔则是反逆隐曲之笔。作者写人,常有隐义寓于其中。如此写法,"妙全在是指东击西打草惊蛇之笔。若看其写一人即作此一人看,先生便呆了"①。

相比较于书中其他人物,凤姐可谓是他(她)们中间最透明、最本色、最鲜活、最生活化的一个。可就在此人物身上,作者照样施以幻笔、寓以隐意、故为曲折、以瞒蔽观者。

凤姐之谜,大致有三:其一,书中第五回,"金陵十二钗正册"中有关凤姐的谶图与判词:

> 一片冰山,上面有一只雌凤。其判曰:
>
> 凡鸟偏从末世来,都知爱慕此生才。一从二令三人木,哭向金陵事更哀。

---

① 第三回甲戌本旁批。

其二，亦是第五回，"《红楼梦》十二支曲"中有关凤姐的唱词：

〔聪明误〕机关算尽太聪明，反算了卿卿性命。生前心已碎，死后性空灵。家富人宁，终有个家亡人散各奔腾。枉费了意悬悬半世心，好一似荡悠悠三更梦。忽喇喇似大厦倾，昏惨惨似灯将尽。呀！一场欢喜忽悲辛。叹人世，终难定！

其三，书中第十二回中，贾瑞病笃，跛足道人送来"两面皆可照人"的"风月宝鉴"，此物出自太虚幻境空灵殿上，系警幻仙姑所制。专治邪思妄动之症，有济世保生之功。跛足道人再三叮咛，此镜千万不可正照，只照它的背面。

贾瑞收了镜子，想道："这道士倒有意思，我何不照一照试试。"想毕，拿起"风月鉴"来，向反面一照，只见一个骷髅立在里面，（己卯夹：所谓"好知青冢骷髅骨，就是红楼掩面人"是也。作者好苦心思。）唬得贾瑞连忙掩了，骂："道士混帐，如何吓我！""我倒再照照正面是什么。"想着，又将正面一照，只见凤姐站在里面招手叫他。贾瑞心中一喜，荡悠悠的觉得进了镜子，与凤姐云雨一番，凤姐仍送他出来。到了床上，哎哟了一声，一睁眼，镜子从手里掉过来，仍是反面立着一个骷髅。贾瑞自觉汗津津的，底下已遗了一滩精。心中到底不足，又翻过正面来，只见凤姐还招手叫他，他又进去，如此三四次。到了这次，刚要出镜子来，只见两个人走来，拿铁锁把他套住，拉了就走。贾瑞叫道："让我拿了镜子再走。"只说了这句就再不能说话了……代儒夫妇哭得死去活来，大骂道："是何妖镜！若不早毁此物，遗害于世不小。"遂命架火来烧。只听镜内哭道："谁叫你们瞧正面了！你们自己以假为真，何苦来烧我？"正哭着，只见那跛足道人从外面跑来，喊道："谁毁'风月鉴'？吾来救也！"说着，直入中堂，抢入手内，飘然去了。

上述三条中，第一条中的"一片冰山，上面有一只雌凤"属一画谜，"判词"属一诗谜。其中隐含着凤姐这一形象的实质及其命运的相关信息。"判词"中的"一从二令三人木"乃是一谜中之谜，成为后人在解梦猜谜时的一热点话题。唱词〔聪明误〕中，作者归结了该人物悲剧命运的成因，交代了贾府"家亡人散"的悲剧性结局。这段唱词文意浅显、明了，文中虽有个别费解之处，却并未引起研究者的重视。第三条中，作者意在借"风月宝鉴"以"镜像"的方式来展现凤姐的两面性，传达出"是书表里皆有喻也"的暗示；借"贾瑞照镜"暗透出"是书不看正面为幸"的告诫及是书旨在"救世之溺"的创作初衷；借贾代儒毁镜来揭露及鞭挞世人以假为真、以恶为善、以丑为美的世俗观念。这段文字中的疑惑之处在于凤姐镜像的两面性，即脂批所谓的"掩面人"、"骷髅骨"与凤姐其人的关联及其隐意。

以上三条均明确无误地表明，凤姐身上，大有寓意存焉。在作品中，凤姐既是一个感性的、鲜活的、极具个性化的人物，同时也是一个承载着某种特定理性内涵的观念化人物。

"青冢骷髅骨"与"红楼掩面人"是关于凤姐的两个完全不同的"镜像"。历来对凤姐的研究，研究者似更注重从"风月鉴"的正面去观照并描摹其作为"掩面人"的那个"镜像"，似更热衷于在作品的感性表象层面上去探究、展现该形象所具有的世俗生活的意趣。而忽视、淡忘了从镜子的背面去透视其作为"骷髅骨"的那个"镜像"并挖掘其中所隐含的超感性意义。这种单向、单面的研究因无法复现凤姐作为一个立体鲜活形象的艺术原貌，无法将感性现象与超感性意义处于合一状态，无法全面破解凤姐之谜，故我们的研究终究未窥凤姐原貌，未拘该人魂魄。对于读者而言，凤姐依旧是一个仅具世俗意趣的"单面人"。

二　对于"凤"的文字学及文化学释义

历来的研究者在释"凤"时，多参照判词中的"凡鸟"一词，并援引《世说新语·简傲》中吕安在嵇康门上写下"凤"字以嘲笑嵇康是"凡鸟"的那个著名的典故。

用"凡鸟"来释"凤"，仅具制谜与猜谜的意趣，二者并无意义上的关联。更有甚者，"凡鸟"的词义与"凤"的含义恰恰相反，如将二者混为一谈，则大谬矣。

从文字学的角度来看，"凤"字非会意字，而是一形声字。从鸟凡声（冯贡切）。二者间仅有语音上的联系。

> 凤，神鸟也。天老曰：凤之象也。鸿前麟后，蛇颈鱼尾，鹳颡鸳思，龙文虎背，燕颔鸡喙，五色备举。出于东方君子之国，翱翔四海之外。过昆仑，饮砥柱，濯羽弱水，莫宿风穴，见则天下大安宁。（《说文解字》）

"凤"是一种传说中的神鸟，是人们想象的产物，非特指某种自然事物。故"凤"字只是一象征符号，我们可以称之为"性质的"象征。[①] 其意义更多地体现于文化象征方面。《山海经·南次三经》有载：

> 丹穴之山……有鸟焉。其状如鸡，五彩为文，名曰凤凰，首文曰德，翼文曰义，背文曰礼，膺文曰仁，腹文曰信。是鸟也，饮食自然，自歌自舞，见则天下安宁。

在这里，凤的身体部位被用来比拟、象征人的五种品德：头——德；翅——义；背——礼；胸——仁；肚——信。"凤"既非有机物，又非无机物，它是借助人的意识再造出来的用于隐喻、象征人的社会属性的一种抽象的神秘物。

关于"凤"与"凡鸟"的关系，陈士元在《梦占逸旨》中曾有比较系统、精准的概括：

> 凤鸟，仁鸟也。德茂丹穴，道光于厅。盖与鳞龙并灵矣。自凤而降，总称凡鸟，而叶梦[②]则有辨焉。周宣梦书曰：鸡为武吏，有冠距也。梦见雄鸡，则忧武吏。若然则鹤麂为仙鸟，鹰为义鸟，乌为孝鸟，雉为介鸟，孔雀为文鸟，鸿雁为宾鸟，鹊为喜鸟，雎鸠为有别有序之鸟。

"凤鸟"，仁鸟也，神鸟也，而非"凡鸟"。自"凤"而降，方称"凡鸟"。"仁"乃五德之冠，"凤"乃群鸟之首。在这里，"凤"所隐喻着的人的社会属性中的"仁"的品格及功能被放大。"仁"是"凤"的

---

① 以自然物或神秘物的自然、神秘属性来比拟、象征人的社会属性。

② 叶梦，亦称直叶梦、直应梦。古人在解梦时认为，有九种身体感应可以致梦。从而导致梦的差异及梦中景象的不同。所谓叶梦就是晚上梦见什么，白天就会见到什么，梦得什么，白天就会得到什么。

灵魂，"凤"是"仁"的化身。国人虚构"凤"、褒扬"凤"、崇拜"凤"，其中所暗透出的是在一种神秘的道德境界中对于"至圣"、"至仁"的伦理追求。"仁"是中国封建礼教的核心，封建理学的中枢。作为一种个体内在神秘的心性修养，"仁"具有一种"圣而不可知之"的特征，而"凤"则成了"仁"这种"内圣"的至尊道德境界的客观对应物。两者间具有一种"形"与"神"的特定对应关系。"凤"乃"仁"之形，"仁"乃"凤"之神。古人意在借"凤"之形，传"仁"之神。唯有"内圣"（践仁履义），方可"外王"（修齐治平）。

相对于个体的道德修养而言，"凤"隐喻着"仁"的境界及对"仁"的道德追求。相对于国家的治理、社会的安定而言，"凤"则象征着祥瑞与太平。

> 子曰："凤鸟不至，河不出图，吾已矣夫!"（《论语·子罕第九》）

凤凰不出现，则天下不太平，黄河里不出现祥瑞图。对此，身处乱世的孔子只能发出无可奈何的叹息。

《论语·微子第十八》中："楚狂接舆歌而过孔子曰：'凤兮凤兮!何德之衰?往者不可谏，来者犹可追。已而，已而!今之从政者殆而!'孔子下，欲与之言。趋而避之，不可与之言。"

宋儒朱熹注曰："凤有道则见，无道则隐，接舆以比孔子而讥其不能隐，为德衰也。来者可追，言及今尚可隐去。"

依孔、朱之见，凤凰只现于有道明君之治世、盛世，而在乱世、末世是断然不会现形的。"凤"出则祥瑞至（天祥人瑞），"凤"隐则灾祸降（天灾人祸）。

可见，"凤"之隐现关系重大。既关乎个人的自我实现，也关乎国家的盛衰安危。

三　对于王熙凤的谶图及判词的文化学阐释

> 一片冰山，上面有一只雌凤。

初看此图，顿觉寒气袭人，透心彻骨。一只雌凤，凌驾于冰山之上，鄙睨众生，威仪四方。

"凤"乃"仁鸟"，"德茂"而"道光"，既仁且义，既礼且信；以仁义博爱为根，以济世保生为本。"凤为火精，生丹穴，非梧桐不栖，非竹实不食，非醴泉不饮。"（见《康熙字典》"凤"词条。）"凤"，"生丹穴"，性属火，"丹"为红色，与火同色，是为"火红"。火（红）生热而冰（白）生冷，"凤"现理应热气暖人，不应寒气袭人。再者，凤凰亦分雌雄，凤为雄，凰为雌。图中所绘，乃一只雌凤，"绘者"有意将阴阳颠倒，雄凰而雌凤，可见此"凤"非惯常之"凤"也。此"凤"现于冰山，生性冷酷，不仁不义，冰心冷肠，薄情寡德。此"凤"雌雄颠倒，阴阳失伦，盛气凌人，雌威害世。

　　凡鸟偏从末世来

"凤"有道（治世、盛世）则现，无道（乱世、末世）则隐。然此"凡鸟"偏从末世而来，是为有悖"天理"。

"凤鸟"现于末世，这绝非是祥瑞之征，而只能是不祥之兆。末世无道、无仁、无礼、无信、无德、无义。末世文化，"源远水则浊，枝繁果则稀"，形同槁木，心如死灰。

"作者之意原只写末世，此已是贾府之末世了。"（第二回甲旁）更有甚者，此已是中国封建社会之末世了。末世光景，"凤"理应无道而隐。然末世文人曹雪芹却逆天而行，"另磨新墨，搦锐笔，特独出熙凤一人"（第二回甲旁）。

　　　这个人打扮与众姑娘不同，彩绣辉煌。恍若神妃仙子：头上戴着金丝八宝攒珠髻，绾着朝阳五凤挂珠钗；（甲旁：头。）项上戴着赤金盘螭璎珞圈；（甲旁：颈。）裙边系着豆绿宫绦，双比目鱼玫瑰佩；（甲旁：腰。）身上穿着缕金百蝶穿花大红洋缎窄裉袄。外罩五彩刻丝石青银鼠褂，下着翡翠撒花洋绉裙。一双丹凤三角眼，两弯柳叶吊梢眉，身量苗条，体格风骚，粉面含春威不露，丹唇未启笑先闻。

此段描写凤姐的文字，辞藻华丽，五彩锦绣。中间却夹杂着"头"、"颈"、"腰"之类的干瘪乏味的脂批，读来索然。但如果我们将其与前面《山海经·南次三经》的引文对照来读，则觉脂批中的"头"、"颈"、"腰"读来别有意趣。

"凤凰来了。"但此凤凰非彼凤凰。末世之"凤"，非仁鸟也。首文寡德，翼文少义，背文悖礼，膺文不仁，腹文无信。栖于冰山，冷酷无情。此凤飞入《红楼》世界，幻化为人，此人暴虐无道，薄仁寡义，违礼悖德，摄威擅夺，"作威作福，用柔用刚，占步高，留步宽，杀得死，救得活"（六十八回戚序回前）；此人"不念宗祀血食，为贾府第一罪人"，亦为天下第一罪人。"天生此等人，斫伤元气不少。"

在《红楼》一书中，此"凡鸟"亦人亦非人。其为人，五官、四肢俱全，活灵活现，呼之欲出。其为非人，则是作者捉笔现身说法论譬，寓思想于形象，意欲喝醒天下迷人，翻成千古未见之奇文奇笔。

　　都知爱慕此生才

上一句判词写意，此句写实，虚实相间，方叙得有隐有现，有正有闰。所谓：明修栈道，暗度陈仓是也。

凤姐之才，千载稀逢，旷世所无。"竟是个男人万不及一的。"（牝鸡司晨，末世之兆也。）然凤姐之才，属无德之才。"全在择人，收纳膀臂羽翼。""又在能买邀人心。"（五十五回己卯夹）此人通达谙练却矜才使气；革故鼎新却专权跋扈；精明强干却悖谬作恶；百般伶俐却刻毒阴损；治家若运诸掌，却因枉法营私，终使家破人亡；极善笼络人心，却终落得个众叛亲离、只凤孤凰。至书中第七十二回"王熙凤恃强羞说病"之时，已是江郎才尽，计穷才竭了。

　　一从二令三人木

此句判词为谜中之谜。与判词中第一句相照应，此句判词当属写意之虚笔。

甲戌本此处有一条侧批曰："折字法。"（戚序本为"拆字法"）"拆字法"为惯常的解谜之法,"折字法"前古未有,疑为抄书者笔误。"拆"与"折"虽只差一点,然但凡能识文断字者,极少有将此二字混淆抄错者。故"抄错说"尚需存疑待证。

对判词中"一从二令三人木"一句,历来有诸多解释。学者们钻坚研微,崇论宏议,多有高见。但迄今为止,各种解说均有缺漏之处,难以服众。

解此谜的关键在于避"实"就"虚"。即避开作品感性表象层中的实相,去探究隐于其间的超感性的观念意蕴(虚像)。从文化哲学的视角,而不是纯文学的视角去观照并透视作品观念层中所隐藏的深层意蕴。如此,则此谜并不难解。

仔细观察推敲此谜,就会发现,其中的几个关键字中均有"人"字。"從"字(繁体"从")中有四个"人"(亦有说五"人");"令"字中有一"人";"人"、"木"合为"休"字,其中有一"人"(亦有说二"人")。

可见,当初制此谜时,作者是着眼于"人",刻意于"人",落笔于"人"。而今破解此谜,亦当从"人"字入手。

谜中的"一"、"二"、"三"。当理解为序数词。表示三个关键字的先后顺序。但其中的"二"兼有双重功能,既为序数词,又与"令"字具有一种"拆字"关系,"二"、"令"合为"冷"字。因此谜的谜面、谜意突出的是"人"字,故需将"令"字的下半部分"折"去,将"二"、"令"合成"二人"。

将"二人"重新植入谜中,此谜的谜面则成了"一从二人三人木"。去掉"一"、"三"序数词,则成了"从二人休"。至此,此谜的谜底已初露端倪。"二人"即为此谜的谜眼、关键。

何谓"二人"?"仁,亲也,从人二。"(《说文解字·人部》)"亲者,密至也。"(段玉裁注)"仁",从二从人,原意为二人相揖行礼,二人亲密相耦合为"仁"。将"仁"字再嵌入判词中,则最终的谜底应为:"从仁休"(因"仁"而休)。

准确地讲,"从仁休"不是针对凤姐个人的判词,而是针对民族——国家,或中国封建社会特定的文化形态所作出的带有浓重文化反思与批判意味的理性判定。作者是借凤姐其人之形、之性、之行,寓褒贬,别善恶,大展春秋笔法,其手中的"刀斧之笔"直指封建礼教的核心——

"仁"及"仁学",通过对其的"搜剔刳剖"来实践作者离经叛道、指奸责佞、绝仁弃义、毁儒反孔的创作主旨。

秦可卿与王熙凤,是《红楼梦》一书中作者借春秋笔法塑造出的两个观念化的人物。作者借秦可卿影射"和"。① 借王熙凤影射"仁"。在作品中,秦可卿是"和"的化身,王熙凤是"仁"的化身。"和"为封建诗教之旨,"仁"为封建礼教之宗。秦可卿的"淫丧"是作者给"中和观"安排的可悲下场;王熙凤被冤魂缠绕而死,是作者在红楼世界中以形象化的方式给"仁"安排的可悲结局。

王熙凤与"仁"之间的联系,在作品中还可找出其他例证。王熙凤之胞兄名曰王仁。书中一百零一回,贾琏曾向凤姐提及王仁。"你打谅你哥哥行事像个人呢!你知道外头人都叫他什么?"凤姐道:"叫他什么?"贾琏道:"叫他什么,叫他'忘仁'!"凤姐扑哧一笑:"他可不叫王仁叫什么呢?"贾琏道:"你打谅那个王仁吗?是忘了仁义礼智信的那个'忘仁'哪!"

"忘"隐"王"字,而去掉"忘"字下边那"意悬悬半世心",则成了"亡"字。"亡":亡也,无也。王仁,即忘仁也,亡仁也,无仁也。忘人、忘义、忘礼、忘智、忘信,无仁、无义、无礼、无智、无信,这方是曹雪芹眼中及笔下的凤姐,也是作者借凤姐之形勾勒出的末世文化的魂灵。

　　　　哭向金陵事更哀

在此句判词及"《红楼梦》十二支曲"有关凤姐的唱词中,作者将个人的命运、家族的命运、国家及时代的命运一并合写,又以"叹人世,终难定!"一并收住。

在中国封建社会特定的"家国同构"的文化建构中,个人、家族、国家、天下的安危盛衰围绕着儒家的"修齐治平"的道德科条与经世方略,构成了一个互为条件、互为因果的循环圈。

---

① 参阅赖振寅《眼泪与冷香丸》、《刀斧之笔与菩萨之心》,载《红楼梦学刊》1999 年第 1 期、第 2 期。

古之欲明明德于天下者，先治其国；欲治其国者，先齐其家；欲齐其家者，先修其身；欲修其身者，先正其心；欲正其心者，先诚其意；欲诚其意者，先致其知；致知在格物。物格而后知至，知至而后意诚，意诚而后心正，心正而后身修，身修而后家齐，家齐而后国治，国治而后天下平。（《大学》）

此段道德说教，其中不乏古代人道主义的光辉。但这种泛道德主义一旦与封建皇权联手，便成为其影响所及的每一个人必须遵守的官方意识形态（礼治秩序）。中国人的生活"变成现在这样的生活，无自由，无节制，一切在礼教的面具底下实行迫压与放恣，实在所谓礼教早已消失无存了"①。

细究凤姐"哭向金陵"的个人悲剧、贾府"家亡人散"的家族悲剧及"忽喇喇似大厦倾"的时代悲剧的根源，"从总的方面说，个体的修身养性与政治上的道德重整——它的目的依然落实在修心养性之上，经过从孔子开始的朝野共同经营，终于卷起了日后历史上越来越汹涌的道德化巨流——一切为了存天理，灭人欲；天理存，人欲灭就是治国平天下的大经络——直到这股巨流把封建王朝冲到崩溃的边缘"②。

凤姐的个人悲剧是时代悲剧的缩影，贾府的家族悲剧是历史悲剧的写照。一场欢喜忽悲辛。叹"仁"是，终难定。

四　"青冢骷髅骨"与"红楼掩面'仁'"

贾瑞名瑞，字天祥。此人姓、字、名合称，则为"贾（假）祥瑞"也。照理，凤凰出则祥瑞至，但当末世凤凰现于一片冰山上时，其结果却是——凤凰至则祥瑞丧。

见凤姐贾瑞起淫心，王熙凤毒设相思局。贾天祥自投罗网，受尽凤姐折磨，最终命丧黄泉。贾瑞命当该绝，在劫难逃。即便有二两独参汤，一柄风月鉴，也救不了他的性命。

贾天祥之死，具有独特的文化象征作用。"假祥瑞"遇上"掩面'仁'"，"掩面'仁'"的实质在于正心、反情、灭人欲、存天理。贾瑞生邪念、纵淫心，

---

① 《周作人早期散文选》，上海文艺出版社1984年版，第27页。
② 刘再复、林岗：《传统与中国人》，安徽文艺出版社1999年版，第282页。

必会为其所害。最终,"假祥瑞"因"仁鸟"而死,"祥瑞"死则末世终。

蒙古王府本第十二回在写贾瑞临终前叫道"让我拿了镜子再走"一句旁有一条批语:"这是作书者之本意,要写情种,故于此试一深写之。在贾瑞则是求仁而得仁,未尝不含笑九泉,虽死亦不能解脱者,悲矣。"

贾瑞求仁得仁,必会含笑九泉。但他因"仁"而死,临死亦未醒悟,悲矣!但这只是个人的悲哀。在整个中国封建社会中,同贾瑞一样执迷不悟且有着同样遭遇的人可谓是数不胜数,悲矣。这是时代的悲哀。

一部《红楼》,犹如一柄"风月宝鉴"。此镜由曹雪芹所制,两面皆可照"仁",专去邪思谬说之毒,有济世保生之功。此镜的正面影像是风情万种、摄人魂魄的"红楼掩面'仁'",镜子的背面是恐怖狰狞、令人毛骨悚然的"青冢骷髅骨"。此镜千万不可正照,只照它的背面。"观者记之,不要看这书正面,方是会看。"(第十二回己卯夹)

可"谁人识得此句"、"都云作者痴,谁解其中味",世人以假为真,只照镜子正面的假象,惧怕镜子背面的真相。只接受正面的"掩面'仁'"。排拒背面的"骷髅骨"。要知那"青冢骷髅骨"便是"红楼掩面'仁'"。因此"仁"幻化为人,矫饰伪装且半掩其面,故常使人有些看不真切。

那么,此"仁"是何面目,是何心肺呢? 让我们沿着作者的视线,先来看看其正面的镜像:

> 仁者憯怛爱人,谨翕不争,好恶敦伦,无伤恶之心,无隐忌之志,无嫉妒之气,无感愁之欲,无险诐之事,无避讳之行。故其心舒,其志平,其气和,其欲节,其事易,其行道,故能平易合理而无争也。如此者谓之仁。(董仲舒《春秋繁露·必仁且智》)

仁者亲也;仁者爱人;仁者人也,亲亲为大;仁者心也。仁之实在忠信而博爱,敦厚而好礼,在爱人而无害人之心。是为"仁"之正面,"仁"之假象。是为镜中身着华服、恍如神妃仙子的"掩面'仁'"——王熙凤的正面镜像。

看完了正面,如尚存理智,魂魄尚未被凤姐勾摄去,那就让我们遵从作者的告诫,来看看其背面的镜像吧。

镜中映出的是一具骷髅,一具文化的骷髅,悚立于末世的背景中。面目狰狞,形体枯槁,灵魂出窍,心肺全无。此骷髅生前心已碎,死后性空灵。

末世之仁者,与人为恶,暴虐无道,包藏祸心,招权纳贿,利欲熏心,争风吃醋,恣意妄行。有伤恶之心,有隐忌之志,有嫉妒之气,有感愁之欲,有险恶之事,有避讳之行。故其心不舒,其志不平,其气不和,其欲不节,其事不易,其行不道。故不能平易合理而无争也。如此者,谓之末世之仁。

"俗学陋行,动言名教,敬若天命而不敢逾,畏若国宪而不敢议。嗟乎!以名为教,则其教已为实之宾,而绝非实也。又况名者,由人创造,上以制其下,而不能不奉之,则数千年来三纲五伦之惨祸烈毒,由是酷焉矣。"①

"酷吏以法杀人,后儒以礼杀人。"②书中贾瑞,因凤姐而死;末世文化,从"仁"而休。"人死于法,犹有怜之;死于理,其谁怜之!"③这便是镜子背面的"骷髅骨"的真相。

　　一步行来错,回首已百年。古今风月鉴,多少泣黄泉。

结　语

蒙古王府本第十二回有回前诗一首:

　　反正从来总一心,镜当至意两相寻。有朝敲破蒙头瓮,绿水青山任好春。

走出《红楼》世界,徜徉于绿水青山之间,神清气爽,怡然自得。再回头想想凤姐,何玄幻缥缈之极。是书皮里春秋,微密久藏;作者苦心孤诣,披阅增删,以此作一新样情理,以助解者生笑,以为痴者设一棒喝耳!

---

①　《谭嗣同全集》下册,中华书局1981年版,第299页。
②　戴震:《孟子字义疏证》卷上,中华书局1982年版,第174页。
③　同上书,第10页。

反观《红楼》

列宁曾把托尔斯泰比喻为"俄国革命的镜子"。认为他的创作的最大特点"是最清醒的现实主义"。据此,我们亦可将《红楼梦》一书比喻为中国封建社会的一面镜子。与托翁有所不同,这面由曹雪芹精心铸造打磨的"宝鉴"既可"正照",亦可"反观"。"正照"可照封建社会之形;"反观"可观封建文化之神。"正照"与"反观",表里兼顾、形神毕露。然此镜宜"反观"不宜"正照"。是书表里皆有喻也。观者记之,不看这书正面方是会看。

——题记

一

从常规文学理论的角度来看,一部文学作品的构成,大致可分为语言、表象、意蕴这样三个层面。评价一部作品的优劣得失,亦可从这三个层面入手。古今中外,各类优秀的文学作品如恒河之沙,积数不可测度。其中或以语言出色,或以表象见长,或以意蕴取胜。然于这三个方面均出类拔萃堪称经典者则少之又少、微乎其微。

《红楼》一书,为小说中无上上品。其词甚显,其象甚华,其旨甚微。实为其他说部所不能比肩。观者无论阅其词,观其象,探其旨均会大有收获。

然历来研"红"者,多着眼于对是书的察言观色,常落笔于词、象这两个层面,少有深入其间探幽抉微之作。历史上的索隐派以《红楼梦》为一部变相的春秋经,力图从历史学及政治学的角度"索"出书中隐去的本事、真事及微言大义,但因其对《红楼梦》一书的错误定位及研究方法上的牵强附会、捕影捞风,终背上了"笨伯猜笨谜"的骂名,致使这方面的后续研究难以为继。王国维论"红",借叔本华氏之学说,从美学、哲学视角切入红学。慧眼独具,卓逸不群。其见解之高,为历来评《红楼梦》所未曾有。他提出的"解脱说"、"悲剧中之悲剧说"在一定程度上触及了《红楼梦》一书的深层意蕴。"在中国文学批评史上,王国维最早发现了《红楼梦》的悲剧美学价值,是《红楼梦》研究中用悲剧理论和科学分析方法写出的第一部系统专著,具有开拓性的意义。"[1]但王国维的红学论著仅粗具梗概,宏观有余,微观不足,读来有虚论高议之嫌。鲁迅先生评"红",高屋建瓴,见解精辟,切中要害,深得是书三昧。但因鲁迅先生并未专治红学,只有零散的评点遗世,未成大观。

《红楼》一书,文则是虚敲旁击之文,笔则是反逆隐曲之笔。作者伏脉千里,大有深意存焉。长久以来,《红楼梦》一书的意蕴、微旨犹如深埋于地下的宝藏,研"红"者明知此山必有矿,却因矿脉奇诡、深藏不露,究不知宝藏之所在。虽攀崖坠谷,搜岩剔穴,却异宝未获。故历来少有一贯之发明。究其原因,这其实与我们看《红楼梦》的方式、角度有直接的关系。

《红楼梦》又名《风月宝鉴》。风月者,男女情场之事也。宝鉴者,古镜也。相传古镜可以照妖、辟邪、远小人、去诸恶。此镜系曹雪芹所制,两面皆可照人,专去邪思谬说之毒,有济世保生之功。是书表里皆有喻也。读此书,照此镜,既可"正照"亦可"反观"。因作者用笔狡猾之甚,书中各种奇笔妙法齐备,故"正照"易被书中诸多虚笔假象迷惑。所谓"反观",亦即透过书中的语言、表象层,深入作品的意蕴层去把握其内在主旨。此书大有深意存焉,如《春秋》之有微词,史家之多曲笔,故不看正面为幸。若仅从表面草草看去,便可惜了作者行文之苦心。

二

《红楼梦》传世,已历时二百多年。早在此书刚刚问世时,便屡闻禁毁之声。那些封建卫道士们视之为诲淫诲盗之书,屡屡上书要求禁毁烧绝。腐儒毛庆臻公更是灵机一动,提出了一个中国文学史上最大胆离奇且又最荒谬绝伦的创意:"莫若聚此淫书,移送海外,以答其鸦片流毒之意,庶合古

---

① 聂振斌:《王国维美学思想述评》,辽宁大学出版社1986年版,第122页。

人屏诸远方,似亦阴符长策也。"①所谓你有鸦片,我有《红楼》;你毒我身,我攻尔心。兵家之道,攻心者为上。

毛庆臻之语,愚则愚矣,谬则谬矣,却给我们提供了一个反观《红楼》的最佳视角。

"一部作品的价值,往往在对立面的咒骂中可以测定它的分量。"②毛庆臻非书中贾瑞,作为一有深厚理学功底的腐儒,他是绝不会被镜子正面的假象所迷惑的。

接下来,就让我们从毛庆臻的视角而不是贾瑞的视线,反照《风月宝鉴》,来细细端详镜中那具让人毛骨悚然的"骷髅"。

为了能让我们看得更深、更广、更清楚一些,在此,笔者姑且先摘引几段文字来给这次观照确定一个历史的景深、文化的坐标及思想的聚焦点。

引文一:中国古代读书人几乎没有对自己认同的文化理论体系与价值观念体系以及理论模式进行反思的习惯和能力。圣人说过的话,没有人敢站出来说是错的。他们总是跪在"理"的面前,并且心甘情愿地成为"理"的奴隶。③

引文二:明清之际的王船山、戴震等思想家,对理学表示很大的怀疑并展开批判,戴震甚至极为尖锐地指出理学"杀人",但他们只是针对"宋儒"的程朱理学而发的。这种对封建文化的某个局部的突破是很宝贵的,但它并不是对传统的整个"理"的文化体系进行怀疑。④

引文三:《红楼梦》的价值,可是在中国底小说中实在是不可多得的……总之,自有《红楼梦》出来以后,传统的思想和写法都打破了。(鲁迅:《中国小说史略》)

引文四:故《桃花扇》:政治的也,国民的也,历史的也;《红楼梦》:哲学的也,宇宙的也,文学的也。此《红楼梦》之所以大背于吾国人之精神,而其价值亦即存乎此。(王国维:《红楼梦评论》)

以上四条引文在内涵上呈现为一种递进的关系。引文三、四早已为人们所熟知。引文一、二摘自刘再复、林岗《沿着鲁迅开辟的文化方向继续探索》一文。鲁迅与曹雪芹,虽为分属两个不同时代的文化巨匠,但他们通过

---

①　毛庆臻:《一亭考古杂记》,据清光绪十七年石印本。
②　白盾主编:《红楼梦研究史论》,天津人民出版社 1997 年版,第 23 页。
③　刘再复、林岗:《传统与中国人》,安徽文艺出版社 1999 年版,第 24 页。
④　同上。

文学创作所追求的目标及意欲达到的目的却有相似相通之处。故他们二人间是有可比性的。

曹雪芹是一个旧时代的文人。我们可用"黎明前的黑暗"来形容他生活的时代。曹雪芹身处其间，却未被这种黑暗淹没。他的独特的个性、与众不同的生平遭际以及他所处的那个特定的时代把他塑造成了一个彻头彻尾的叛逆者的形象。这种形象在中国文化史上可谓是极为罕见，屈指可数。在中国封建时代更是绝无仅有。"可知野鹤在鸡群"、"傲骨如君世已奇"。就在那些对中国封建文化缺乏反思能力和习惯的末世文人们纷纷跪在"理"的面前，并且心甘情愿地成为"理"的奴隶之时，在那万马齐喑、文网恢恢的最黑暗年代，独此人横空出世，一骑绝尘，对封建文化大加挞伐、大开杀戒。"醉余愤扫如椽笔，写出胸中魂垒时"，试想，这是多么大的气概，这需要多么大的勇气。

关于《红楼梦》一书的题旨，学界有很多说法。对于一部思想深邃、内容宏阔、结构繁复的鸿篇巨制而言，同时具有多个题旨，这本是一件很自然的事，不足为奇。但需要说明的是，拥有多个题旨并非意味着它们之间是一种平行对等的关系。就像书中"金陵十二钗"有"正册"、"副册"、"又副册"一样，是书的各个题旨间亦存在着"正"、"副"、"又副"这样一种非并列不平等关系。

那么，什么是《红楼梦》一书统摄全篇的主旨呢？关于这个问题，我们可暂且避开专家的争论，从读者的角度去作一番探讨。任何作品的成败得失都有待于读者的检验。同理，一部作品在经读者阅读后所产生的社会反响应被视为确定该部作品题旨及价值的首要标准。回想《红楼梦》一书最初问世时，恰如一"石"激起千层浪，招来"极度推崇"与"疯狂咒骂"两种截然相反的评价。这种社会反响虽呈现出两极分化的走向，却始终围绕着"维护传统"或"反传统"这一核心问题展开。由此观之，彻底地反传统，全面审判父辈文化，建立有悖于末世文化的"大观园文化"理念，方为此书的立意本旨。书中的其他题旨均服从或服务于"反传统"这一主旨的最高要求。

通常意义上的文化反思与文化批判大致是在以下三个互相关联的层面上展开的：对传统政治结构的反思与批判；对传统文化观念体系的反思与批判；对传统文化对个体的心理模塑所形成的国民性的反思与批判。

《红楼梦》一书对传统文化的反思与批判可以说是前无古人的。作者

采用春秋笔法,对封建文化进行了深刻而全面的批判。"是书表里皆有喻
也。"所谓"表喻",即明喻;"里喻",即隐喻。"表喻"多通过人物形象、故事
情节间接地表现出来(如南巡等);"里喻"则属于书中的深层建构。《红楼
梦》一书对传统的反思与批判及其核心价值主要体现于这一层面。以往学
界对于"《红楼梦》与传统文化"这一命题的研究大多是从作品表象层入手,
借助人物形象的分析、故事情节的剖解及一些"外证"来完成相关推论的。
这种研究由于未能深入到作品的意蕴层中去把握隐于其间的"超感性意
义"(里喻),致使《红楼梦》一书的内蕴及思想价值在很长一个时期内一直
是微秘久藏、无人识破。

三

《红楼梦》一书博大精深,"里喻"甚多。非一二篇文章所能尽述,亦非
我辈所能尽解。因笔者能力所限,在此仅从书中两条谜语谈起,以管窥豹,
抑或可见一斑。

书中第五回中,作者虚构了一个形而上的神秘世界——太虚幻境,以隐
晦曲折地传达某种意图。这一回中,作者刻意表现的人物除警幻与宝玉之
外,另外一个便是乳名"兼美"的秦可卿。此人物在书中乃是一个与作品内
蕴直接相关的要害人物。作者在她身上施以幻笔、寓以隐意,致使此人身上
疑点颇多。第五回《金陵十二钗正册》及《红楼梦十二支曲》中关于秦氏的
"判词"及"唱词",即为其中两条令人费解之谜。

> 后面又画着高楼大厦,有一美人悬梁自缢。其判云:
> 情天情海幻情身,情既相逢必主淫。漫言不肖皆荣出,造衅开端实
> 在宁。
> 〔好事终〕画梁春尽落香尘。擅风情,秉月貌,便是败家的根本。
> 箕裘颓堕皆从敬,家事消亡首罪宁。宿孽总因情。

作者在"判词"及"唱词"中借助隐喻的方式暗透出秦氏命运的相关信
息。对于读者而言,其中隐含着两大疑点。疑点一:"判词"的第一及第二
句均是紧紧围绕着秦氏来写的。但在三、四句中,作者笔锋一转,陡然扯出
荣国府及宁国府来。读者的疑惑由此而生。秦氏为宁府中人,从书中内容

来看,荣府与秦氏之死几乎无任何关系,作者又为何让荣府来任其咎呢? 荣府的"不肖"与秦氏的"淫丧"两者间有什么因果联系呢? 此为于理不通之处。疑点二:"唱词"中同是写秦氏命运。其中"箕裘颓堕皆从敬,家事消亡首罪宁"两句令人费解。既然作者在判词已点明"漫言不肖皆荣出",为何又在唱辞中替荣府开脱,将家事消亡的责任尽皆归咎于宁府,而对荣府的责任为何又只字未提呢? 此为前后矛盾之处。更有甚者,贾敬为一出家修道之人,一味好道,只爱烧丹炼汞,余者一概不在心上。作者又为何将可卿之死、箕裘颓堕的责任尽归于他呢? 此为于情不通之处。

秦可卿乃书中一要害人物,秦氏之死乃书中一大关节,秦氏的死因及葬礼乃书中一大谜团。脂砚斋在"箕裘颓堕皆从敬"一句旁加批曰:"深意他人不解。"那么,作者在此处究竟隐含了什么深意? 对以上所提及的自相矛盾及疑惑费解之处若仅从书中的规定情境去解释,则殊难破解。但假如我们能换一个角度,跳出该书的"圈子",以逆向思维的方式去思索,从文化学的角度去审视,则书中有关秦氏的谜团并不难解。

《红楼》一书,大旨谈情。《红楼》一梦,皆由情生。作者是因情提笔,传情入梦,撰成一部绝世"情文"。"情"为此书的总纲,秦可卿为"情"之化身。那么,就让我们从"情"(秦)谈起。

情天情海幻情身

此句"判词"讲的是秦氏来历。这个乳名"兼美"字可卿的女子可谓是大有来头。她原本是警幻仙姑的妹妹,在警幻宫中是钟情的首座,掌管"痴情"一司。此人出自情天、情海,管的是风情月债,降临人世,自当为天下第一情人。秦可卿作为情之化身,她身上所禀有的天然之情正是作者在作品中刻意追求、着力表现并大加褒扬的东西。从这个意义上讲,秦可卿实为一个"根正苗红"的珍奇女子。那么,当这个纯情女子降临人世时,等待她的命运又将是什么呢? 让我们接着往下看:

情既相逢必主淫

有情女面临的是无情世。就在警幻仙妹可卿刚刚降临人世时,便遭到被人遗弃的不幸命运。"可儿出自养生堂","可见来历亦甚苦矣"(第八回甲戌夹)。天然纯正之"情"降临尘世,化身为人,不仅未被珍爱,反遭遗弃,可悲可叹。"出自养生堂"的可卿后虽所幸被人收养,但不幸的是,收养她的并不是什么好人家,而是夫人早亡,膝下无儿无女,眼看就要断子绝孙的"营缮郎"秦业。

"妙名。业者,孽也,盖云情因孽而生也。"(第八回甲戌夹)秦业,情孽也。孽者,邪恶,灾殃之意。情孽,即情之灾孽。

"官职更妙,设云因情孽而缮此一书。"(同上)营缮郎,营者,经营、贩卖之意。缮者,修缮、修补、修改之意。三字合称即为:专职从事修缮、修补人性、人情的小官僚。(在中国封建历史中经营此行当者可谓是数不胜数,孔、孟、董、韩、周、程、张、朱可谓是其中佼佼者。)

此处作者可谓是寓意深远。秦可卿的天然纯正之"情"碰上了秦业的邪恶世俗之"情",纯正之"情"因无力自救,任由邪恶之"情"修补、扭曲。尽管你"情天情海幻情身",但"情既相逢(纯正之情与邪恶之情)必主淫"。正不压邪,邪必驱正。擅风情,秉月貌,被看作是败家的根本。凡心、真情、爱情被视为洪水猛兽。"有人之形,无人之情"方为做人之本。

正是在这样一个家庭中,秦可卿渐渐长大。她秉性中的天然纯正之"情"也正是在这样一个环境中渐渐被扭曲、被异化。"长大时,生的形容袅娜,性格风流。"甲戌本此处有批语云:"四字便有隐意。《春秋》字法。"

秦氏的悲剧并没有就此终结,更为不幸的是,这种"情"在其后的经历中又遇到了"假"(贾)。让我们接着往下看:

漫言不肖皆荣出,造衅开端实在宁。

"因素与贾家有些瓜葛,故结了亲,许与贾蓉为妻。"(第八回)真可谓是"才出狼窝,又入虎穴"。任你是"擅风情,秉月貌","情天情海幻情身"终究逃脱不了"画梁春尽落香尘"的可悲结局。在贾府,秦可卿终于由一个性格风流的女子出落成一个淫荡之妇。从情的化身变成了淫的化身。这种变化作者虽未明示,但作者在对此人形容、性格、举止、结局,乃至对她的居室的描写,无处不在突出一个"淫"字。

观秦氏一生,此人由情而生,因淫而夭。作者之意,非写一人即作此一人看,而在总摄千古世情,写尽人间悲情。由秦氏一人遭际而至"千红一哭"、"万艳同悲"。"又知作者是欲天下人来共哭此情字。"(第八回甲戌夹)此时之"情",已由秦氏一人一身之"情"抽象为普世众生之"情"。此时之景,也已超越书中一时一地之景,而成为对历史人生的全景式写照。身为读者,唯有跳出该书的"圈子",从文化的而不是文学的视角去观照、去思索,方能弄清秦氏判词"漫言不肖皆荣出,造衅开端实在宁"的言外之意。

这两句"判词"同贾家的家族文化有直接关系。在书中,贾府一分为二,东为宁国府,西为荣国府。两府中荣为主,宁为辅。若从文化学的角度来审视贾家,我们发现,这个所谓的"天下望族"实质上是一个儒道并举、玄礼双修的封建大家族。儒家和道家这两种异质文化在贾家兼而有之,和睦相处,构成了儒道一家这种极具文化示范作用的家庭文化格局。荣国府作为主流文化的象征,更多地显现出儒家格物致知的文化特质;宁国府作为非主流辅助性文化的象征,则处处弥散着道家参玄悟道的文化气息。这在书中可以找出大量例证。从儒、道两家的文化功能来看,儒家侧重于经世致用、修齐治平的实践理性,可谓是确保封建体制长盛不衰的"荣国之道"。道家安时顺处、少私寡欲的处世哲学,则又是使封建王权得以长治久安的"宁国之道"。一荣一宁,深意便在于此。而中国封建文化"家国同构"的文化特征又决定了家道等同于国道,国道来自于家道。从这个意义上来讲,贾家便是封建国家的微缩模型。书中贾家儒道兼综、玄礼双修的家族文化格局便是这种大一统的封建文化格局的缩影。曹雪芹是在以家喻国,用家文化来影射国文化。是书表里皆有喻也。作者用心可谓深矣、险矣。

《红楼》一书,作者之意原只写末世。"吾家自国朝定鼎以来,功名奕世,富贵传流,虽历百年,奈运终数尽,不可挽回者。""如今的这宁、荣二门,也都萧疏了,不比先时的光景。"可见,此已是贾府之末世了,此已是中国封建社会之末世了。就贾家一家而言,"漫言不肖"皆出自荣国府,"造衅开端"实出于宁国府。就封建国家而言,"漫言不肖"皆由儒家文化而出,"造衅开端"实由道家文化而至。儒家文化,以修身恕道为根,以忧世济民为本。仁义礼智信的道德科条长久以来压抑了理性的生长,异化了人性,禁锢了真情,模塑了虚伪矫饰自私自利的国民性,导致了公德的阙如,私德的泛滥。这样,当封建社会走向没落之时,儒家伦理便也在所难免地走入衰落和僵化的死胡同。经天纬国,忧民济世的大道理最终落实为六个字——存天理,灭人欲。道家文化,表面上看上去很玄妙,很唯美,很人性化。实为一种反进化、反选择、反人性倾向很强的没落腐朽的文化观。儒道两家,互相冥契,互为补充,合力围剿人性、禁锢善类、戕残真情。儒家将人性、人情、人欲视为建立礼治秩序时的最大障碍,采取以礼节情、以道制欲的方式,从外在强制的方面去抑制、扑灭之。道家将其视为人在自我实现时的最大敌人,采取坐忘、心斋、吾丧我的方式,从内在心性修养的方面去控引、取消之。儒道两家,千虑一致,均视"情"为败家、败国的根本。儒道两家,殊途同归,目的皆在于取消"人"、扑灭"情"。书中秦氏由情至淫,因淫而丧。究其悲剧成因,以宁(道)荣(儒)为代表的末世文化难逃其责。《红楼》一书,大旨谈情,作者意在为"情"翻案,旨在借"情"来实践其毁儒谤道的初衷。作者以荣国府隐射儒家,以宁国府隐射道家,借秦氏之死曲折隐晦地展示出人间真情被末世(儒道)文化异化、扭曲,乃至扼杀的大体历程。"漫言不肖皆荣出,造衅开端实在宁"表面上针对宁荣两府,实为作者对以儒道为代表的末世文化作出的"判词"。

接下来,让我们聚焦于贾敬,来解读寓于"箕裘颓堕皆从敬,家事消亡首罪宁"两句中的隐义。

贾敬身为宁府掌门人,虽进士出身,却无心功名。一味好道,只爱烧丹炼汞,余者一概不在心上。他把官职让儿子贾珍袭了,自己在都中城外玄真观中和道士们胡羼,幻想有一天会飞升。即便是寿辰之日,也不归家,却叫儿子贾珍将上等可吃之稀奇珍品装满十六大盒送去,供其和道士们享用(道家厌世却贵生,坐忘心斋的同时却不舍弃感官享乐)。后在一次守庚申时,吞金服砂,烧胀而殁。可以说,贾敬是毕其一生实践着道家"虽有荣观,燕处超生"的逃避主义人生哲学。从本质上看,道家是一种反选择、反进化、反人性倾向很强的文化。在漫长的历史演变中,老庄哲学中无为而治,超然于真假、善恶、美丑之上的人生观,一方面诱发并孕育了中国人自欺欺人、麻木不仁、苟且偷生的逃避主义处世方法;另一方面,这种学说在被市朝化、庸俗化之后,则又直接导致了中国人道德精神的腐化,助长了中国人放肆地追求低级感官享乐的混世主义、纵欲主义哲学的泛滥。

曹雪芹在贾敬这个人物的塑造上可谓是用心良苦,立意深远。一方面,贾敬是道家文化的活标本,作者意在借贾敬形象化地演示道家文化。另一方面,贾敬又是一个活靶子,作者意在借这个靶子实践其"谤道"的创作意图。在贾敬这个人物身上更多地体现着道家遁世主义的人生哲学,而在贾珍、贾蓉、贾芹这些颓堕子孙身上则更多地体现出道家混世主义、纵欲主义的处世信条。

原初的"宁国之道""其坠地矣"。由此看来"此已是贾府末世了",此已是封建文化之末世了。由宁而乱,因宁国文化而颓堕,这便是败家的根本,也是败国的根本。

在中国封建社会那场千年的不散的"吃人筵席"上,道家,尤其是经过郭象改造后的道家文化,既是杀人礼教的帮凶,同时也是食人者。在扑杀、扭曲、泯灭人性,塑造国民性中的主奴根性,阻滞中国社会的进步等方面,道家所起的作用比儒家有过之而无不及。

或许,在某一个时期,某一个领域,道家文化确曾起到过一些积极的、好的作用,但到了封建社会末期,道家确已沦为一种"形同槁木,心如死灰"的末世文化。对于贾家的由盛而衰,以至最终败落,贾敬是罪魁,他理应承担主要责任。"箕裘颓堕皆从敬",这种指责一点也没有冤枉他。而对于华夏民族的衰落,"家事消亡首罪宁"。宁府所代表的道家文化便是败家的根本,是祸首。

　　　　生死穷通何处真?英雄难遏是精神。微密久藏偏自露,幻中梦里语惊人。(第五回回前)

试想,此人多大胆量,敢作如此之文。

四

今年(2003 年)是曹雪芹逝世二百四十周年。

"入阴界者,每传地狱治雪芹甚苦。"如若毛庆臻的消息可靠,则屈指算来,雪芹已在地狱中受苦整整二百四十年了。想此人生前落魄,郁郁不得志,槁死牖下,身后萧条,更无人稍为矜惜。皆因此人编造淫书,启人淫窦,诱坏他人身心性命,乃天报以阴律耳。

二百四十年前,雪芹抱着一生惭恨泪尽而逝,留给后人一部未完成的《石头记》。

二百四十年来,造物主咨啬,未再出一芹一脂。然一部《红楼》却不胫而走,由手抄而付梓,由稗官野史而至文学经典,由街谈巷议而演为洋洋红学,由官方、私家合力围剿而成国宝家珍。前后巨变,令人顿生万千感慨。

二百四十年后,曹雪芹"当年深埋在《红楼梦》里的对未来社会的全新的理想,对人类伟大的爱,到今天,终于为人们所破译、理解和接受了"①。

虽然,当今的文化史、思想史并未给这位伟大作家安排一个他理应得到的位置,但我们仍有充分的理由对他及《红楼梦》一书作出如下评价:

曹雪芹既是一个伟大的文学家,也是一个伟大的思想家。

在中国文化史上,曹雪芹是第一个对传统理论体系和观念体系进行全面反省的文化斗士。《红楼梦》是第一部对古代文化传统进行彻底批判的文学巨著。中国近代文化中的个性及主体价值观萌生于《红楼梦》一书。中国近代思想史理应开始于曹雪芹。总之,自有《红楼梦》出来以后,传统的思想和写法都被打破了。

"还原《红楼梦》一书的价值,还原曹雪芹对中国文化所作出的贡献",这既是红学研究最终目的,也是我们纪念这位伟人的最佳方式。因为:

> 苦闷的灵魂无须墓地,
> 但需在一个感觉充实的高境筑巢。②

---

① 冯其庸:《伟大作家曹雪芹逝世二百四十周年祭》。
② 昌耀:《命运之书》,青海人民出版社 1994 年版,第 289 页。

"钗黛合一"辨析

清人解弢在其《小说话》中有云：

> 山蕴宝藏，光泽外泄，矿师争入，求之未得，斯时也，知此山必有矿，而究不知其矿脉之所在，于是攀崖坠谷，搜岩剔穴，虽异宝未获，而奇景已大增其眼福矣。今世之读《红楼》者，乃大类是。争谓其底里有极大之秘密，为世之所乐闻者，皆欲首先探出，供饷社会，以鸣奇功。推敲字句，参校结构，恍惚迷离，妄加比附，人持此说，纷然聚讼，迄未有一贯之发明，钳息众喙。然从事于此者，仍爬罗剔抉，辛苦不舍，良由其文字有大足动人者在。不然，虽有珍秘之文，而蒙以拙劣之文字，正如西子蒙不洁，人皆掩鼻而过之矣。①

好书不厌百回读，经典常招聚讼至。《红楼梦》一书，小说中之最佳品也，人人无不喜读之，且无不喜考订之，批评之。

是书内蕴宝藏，外泄光泽。治红学者，有如"矿师"，面临"宝山"，蜂拥而入。及至身临其境，方知此境非寻常之境，乃是一烟云模糊、神奇险峻之幻境也。虽攀崖坠谷、搜岩剔穴、推敲参校、辛苦勘探，却因此山矿脉奇诡，深藏不露，故历来少有一贯之发明。更有"矿师"于恍惚迷离间妄加比附，隔山断脉，郢书燕说，执一而论，终招致纷然聚讼。常闻人曰："喜《红楼》而厌红学。"又闻人云："《红楼》门前有三多：是非多、争执多、误会多。"斯言信矣！

红学"三多"，由来已久，成因复杂，非治红学者有意为之。若深究起来，实由《红楼》一书的深、奇、险、秘所致。作者曹雪芹著此书，

---

① 摘自朱一玄编《红楼梦资料汇编》，南开大学出版社1985年版，第884页。

有意瞒蔽、难为观者，狡猾之甚。是书不仅工于叙事述真，且善于影射致幻，似谲而正，似则而淫，如《春秋》之有微词，史家之多曲笔，伏脉千里，大有深意存焉。故观者难解其中味，难辨虚实真假，便也在情理之中。但身为治红学者，则不应一味地以此为搪塞、推诿之由。红学境况不佳，遭人非议，除了有作品本身的原因之外，还与当代红学研究在学术形态、学术导向及研究方法上存在的一些深层次问题的久拖不决有着直接的关系。

　　本文将要论及的"钗黛合一"，即为一典型且著名的"三多"话题。为避免对其的研讨成为新一轮争执的开始，为避免新的是非、新的误会，笔者在开篇之际，先将与此命题相关的主要证据、资料实录如下，将"宾语"前置，"主语"后退，让证据先出场，让事实先说话，笔者将此举戏称为"本末倒置话《红楼》"。

　　"钗黛合一"或曰"二美合一"，并非后人凭空杜撰，而是《红楼梦》一书中固有的事实。

　　《红楼梦》一书中，有关"钗黛合一"的内证（正文）、旁证（脂批）主要出于第五回中。是回写宁荣二府女眷家宴小聚，于宁府内花园赏梅。席间宝玉倦怠，欲睡中觉。贾蓉之妻秦氏遵贾母之嘱，引宝玉来到自己房中歇息。宝玉刚刚合上眼，便惚惚地睡去，犹似秦氏在前，遂悠悠荡荡，随了秦氏，来到"朱兰白玉，绿树清溪"，"人迹希逢，飞尘不到"的太虚幻境。

　　在太虚幻境二层门内配殿"薄命司"中，宝玉首次见到了"金陵十二钗"正册、副册、又副册。簿册中以诗配画的形式记录了金陵省中一些女子的命运信息。

　　宝玉先取出"又副册"来看，看了不解，遂掷下又取出"副册"翻看，看了仍不解，便又掷了，再去取正册看。只见头一页上便画着两株枯木，木上悬着一围玉带，又有一堆雪，雪下一股金簪。也有四句言词，道是：

　　　　可叹停机德，堪怜咏絮才。玉带林中挂，金簪雪里埋。

　　甲戌本在"可叹停机德"一句旁加批曰："此句薛。"在"堪怜咏絮才"一句旁加批曰："此句林。"在"玉带林中挂，金簪雪里埋"两句旁批曰："寓意深远，皆非生其地之意。"

在"金陵十二钗正册"首页中，钗黛二人合为一图，合咏为一诗，作者寓深意于其中。是为"钗黛合一"一主要证据。

亦是本回中，警幻仙姑受宁、荣二公先灵之嘱，欲以情欲声色等事警宝玉之痴顽，以使其能跳出迷人圈子，归于正途。警幻设摆酒馔，款待宝玉，饮酒间有十二个舞女上来，演唱新制的"《红楼梦》十二支曲"，宝玉非个中人，不知其中之妙，听完"正曲"，竟尚未悟。

> 警幻便命撤去残席，送宝玉至一香闺绣阁之中，其间铺陈之盛，乃素所未见之物。更可骇者，早有一位女子在内，其鲜艳妩媚，有似乎宝钗；风流袅娜，则又如黛玉。（甲戌本此处加批曰：难得双兼，妙极！）正不知何意，忽警幻道："尘世中多少富贵之家，那些绿窗风月，绣阁烟霞，皆被淫污纨绔与那些流荡女子悉皆玷污。更可恨者，自古来多少轻薄浪子，皆以'好色不淫'为饰，又以'情而不淫'作案。（蒙旁：'色而不淫'四字已滥熟于各小说中，今却特贬其说，批驳出矫饰之非，可谓至切至当，亦可以唤醒众人，勿为前人之矫词所惑也。）此皆饰非掩丑之语也。好色即淫，知情更淫。是以巫山之会，云雨之欢，皆由既悦其色、复恋其情所致也。（甲旁：'色而不淫'，今翻案，奇甚！）吾所爱汝者，乃天下古今第一淫人也。"（甲旁：多大胆量，敢作如此之文。）宝玉听了，唬的忙答道："仙姑差了。我因懒于读书，家父母尚每垂训饬，岂敢再冒淫字？况且年纪尚小，不知淫字为何物。"警幻道："非也。淫虽一理，意则有别。如世之好淫者，不过悦容貌，喜歌舞，调笑无厌，云雨无时，恨不能尽天下之美女供我片时之趣兴。此皆皮肤滥淫之蠢物耳。如尔则天分中生成一段痴情，吾辈推之为'意淫'。'意淫'二字，惟心会而不可口传，可神通而不可语达。汝今独得此二句……是以特引前来，醉以灵酒，沁以仙茗，警以妙曲，再将吾妹一人，乳名兼美，（甲旁：妙！盖指薛林而言也。）字可卿者，许配于汝。今夕良时，即可成姻。不过令汝领略此仙阁幻境之风光尚如此，何况尘境之情景哉！而今后万万解释，改悟前情，留意于孔孟之间，委身于经济之道。"说毕，便秘授以云雨之事，推宝玉入房，将门掩上自去。

此段引文，乃是证明"钗黛合一"为书中固有事实之另一证据。细读所引正文及脂批，可以断定，作者确有不便明示的"深意"隐于其间。

另庚辰本第四十二回回前有一条长批："钗、玉名虽二个，人却一身，此幻笔也。今书至是回时已过三分之一有余，故写是回，使二人合二为一。请看黛玉逝后宝钗之文字，便知余言不谬矣。"

此段脂批中，批书人明确指出"钗黛合一"乃作品中原有事实，其中确然体现着作者的某种创作意图。此条脂批，可视为"钗黛合一"为书中固有事实之一条补充性证据。

从以上所引书中正文及脂批中可以看出，所谓"钗黛合一"并非后人凭空杜撰，无中生有，而是《红楼梦》一书中一毋庸置疑的事实。自从《红楼梦》问世以来，这一书中事实便一直存在着。从脂批的提示可以看出，"钗黛合一"乃是在作品中被物化、客观化了的作者的一种创作构想，其中隐含着作者不便明示的某种意图、构想。因作者对其的命意深藏不露，且因其出现于令人恍恍迷离的"太虚幻境"之中，故在《红楼梦》问世以来的很长一段时间内，无论是读者还是研究者均被作者的"瞒笔"障眼，未能发现这一书中玄机，未能参透作者的用意。"钗黛合一"一直是微秘久藏，隐而不露，藏于"幻境"人未识，一直到20世纪初叶被著名红学家俞平伯先生率先发现。

在1923年亚东图书馆版的《红楼梦辨》一书"作者的态度"一节中，俞平伯先生首次披露《红楼梦》一书中"钗黛合一"的有关证据，并就此发表了自己的见解。

在阐发、论证"《红楼梦》是为十二钗作本传的"这一观点时，俞先生首先对"《红楼梦》的作者糟蹋闺阁"这一旧有观点提出质疑，继而将笔锋转向"钗黛之争"这个重要话题，并就此对"左钗右黛"的传统红学观念提出批评，对书中流露的作者的态度作出了与以往不同的推断。俞先生在文中这样写道：

> 还有一种很流行的观念，虽较上一说近情理一点，但荒谬的地方却并不减少。他们以为《红楼梦》是一部变相的《春秋经》，以为处处都有褒贬。最普通的信念，是右黛而左钗。因此凡他们认为是宝钗一党的人（如袭人凤姐王夫人一类），作者都痛恨不置的。作者和他们一唱一和，真是好看煞人。但雪芹先生恐怕不肯承认罢。

我先以原文证此说之谬，然后再推求他们所以之谬的原因。作者在《红楼梦》引子上说："悲金悼玉的《红楼梦》。"

"是曲既为十二钗而作，则金是钗玉是黛，很无可疑的。悲悼犹我们说惋惜，既曰惋惜，当然与痛骂有些不同罢。这是雪芹不肯痛骂宝钗的一个铁证。且书中钗黛每每并提，若双峰对峙双水分流，各极其妙莫能相下，必如此方极情场之盛，必如此方尽文章之妙。"①

在 1953 年棠棣出版社出版的《红楼梦研究》一书《"寿怡红群芳开夜宴"图说》中，俞先生对先前自己的观点又作了进一步阐发：

红楼一书中，薛林雅调，堪称双绝，虽作者才高殊难分其高下，公子情多亦曰"还要斟酌"。岂以独钟之情遂移并秀之实乎。故叙述之际，每每移步变形，忽彼忽此，都令兰菊竞芳，燕环角艳。殆从盲左晋楚争长脱化出来。或疑为臆测，试以本书疏证之。

从大处看，第五回太虚幻境的册子，名为十二钗正册，却只有十一幅图，十一首诗，钗黛合为一图，合咏为一诗。这两个人难道不够重要，不该每人独占一幅画儿一首诗么？然而不然者，作者的意思并非显明，就是想回避这先后的问题。或者有困难，或者故弄狡狯，总之他是不说哩。至于新制《红楼梦曲》除首尾各一支不算，十二钗恰好得十二支。那总应该分了先后罢。不然，"它的安排也很有趣味的，始终被他逃避过了这先后的问题。因为第一支《终身误》钗黛合写；第二支《枉凝眉》独咏潇湘，在分量上黛玉是重了一点，但次序上伊并不曾先了一步。可见作者匠心，所以非泛泛笔也"②。

此段文字之后，俞先生还特别加了一条注释，原注如下：

此外还有一说当时没有想到的，即第四十二回脂砚斋评所谓"钗黛合而为一"之说。这似乎很奇不可信，但从十二钗正册图钗黛

---

① 俞平伯：《红楼梦辨》，人民文学出版社 1973 年版，第 89—90 页。

② 《俞平伯论红楼梦》，上海古籍出版社、三联书店（香港）有限公司联合出版 1988 年版，第 568—569 页。

画在一幅上，所以只有十一个图，这个暗示来看，此说也有它的道理。况且脂砚斋他看过后部红楼，至少也看过一大部分，自然要比咱们知道得清楚了。

俞平伯先生是"钗黛合一"这一书中事实的发现者，"钗黛合一"是20世纪红学研究的一大发现。

从《红楼梦》一书问世，到"钗黛合一"被发现，这期间大体经历了一百五六十年的时间。在这段相当长的时间里，"钗黛合一"这一事实及其内涵一直是微秘久藏、无人识破。相对于《红楼梦》这样一部旷世稀逢、意蕴深邃的"奇书"而言，能够发现其中的一些幽微隐秘处，这本身就是一件很了不起的事情。所以，将俞先生对"钗黛合一"的发现视为20世纪红学研究的一大发现，这种提法并不为过。

"钗黛合一"的发现，标志着对《红楼梦》一书的研究已摆脱了旧红学的羁绊，而进入到一个注重作者思想、作品风格研究的新时期。

俞平伯先生最初发现并引用"钗黛合一"这一书中事实，原只为抨击旧红学中以《红楼梦》为一部变相的《春秋经》，左钗而右黛的谬误。依俞先生的理解，作者的态度既然是悲金悼玉，那么他对钗黛二人便自然是无褒贬、无轻重。此二人在书中是"各极其妙，莫能相下"，"虽作者才高殊难分其高下"。可见，给宝钗及"钗党"平反，是俞平伯先生援引"钗黛合一"这一书中事实的初衷。换句话讲，俞平伯先生之所以借用这一书中内证，原只为论证他作为《红楼梦》的研究者对作者态度的推断的合理性。这样，"钗黛合一"这一书中事实在经俞平伯先生释义之后，便自然而然地变成了书外的"钗黛合一说"。前者是"曹说、脂说"，后者是"俞说"。

在此需特别说明的是，文学研究中的发现，非同于科学上的发现，而是一种带有发现者个人主观色彩的发现。俞平伯先生作为一名红学研究者，他在发现并提出"钗黛合一"的同时，便会不可避免地将自己对其的主观化感悟与理解掺入其中，使之成为一种带有发现者个人主观色彩的作品事实。在这种情况下，作品中原有的事实与释义者对其的释义两者间往往是会出现一定偏差的。关于这一点，俞平伯先生《红楼梦辨》一书"《红楼梦》底风格"中也曾特别提到过：

　　　　原来批评文学的眼光是很容易有偏好的，所以甲是乙非了无标准。俗话所谓"麻油拌韭菜，各人心里爱"，就是这类情景的写照了。我在这里想竭力避免那些可能排去的偏见私好，至于排不干净的主观色彩，只好请读者原谅了……我极喜欢读《红楼梦》，更极佩服曹雪芹，但《红楼梦》并非尽善尽美无可非议的书。所以，我不愿意因我底个人私好，来淹没本书的真相。①

　　文学的眼光不同于科学的眼光，文学鉴赏不同于科学研究。批评文学的眼光是很容易有偏好的。相对于常规的文学鉴赏而言，甲是乙非、见仁见智本是一件极平常的事情。对于"钗黛合一"这一书中事实及隐于其间的作者的意图，读者完全可以依个人的理解在尽量不违背作品"质规定性"的前提下，对其作出个人化的推断及释义。读者完全可以将个人的偏见私好带入阅读的过程中去获得一种个人化的体验与领悟，而不必对原作或他人负责，也不必以放弃个人主见为代价去追求并获得一种群体认同。从这个意义上讲，"钗黛合一"这一构想及作品事实实际上就是一种激发读者想象与领悟的素材，一千个读者完全可以有一千种对"钗黛合一"的理解与释义。

　　但需要指出的是，对于文学文本确定性含义的追求，虽非文学鉴赏的终极目的，却是文学批评及学术研究的基本起点。文学批评，尤其是学术研究，有义务为文学阅读提供一个较规范的背景和客观性证据，有义务给读者的审美消费行为提供必要的引导与指导，有必要剔除作品中各种原生性或寄生性的歧义、误解，在作品的客观规定性与读者的主观差异性之间寻找到一个最佳契合点，以达到最佳的文学效果。在这种情况下，批评家、研究者的行为便已不再是一种纯个人的行为。他的研究、批评行为既要对原作负责，又要对读者负责。他的批评应尽可能针对作者的意图展开，他的研究应尽可能地去迫近并重建作者的意图，而不因其个人的私好偏见，歪曲作者的原意，湮没原书的真相。

　　"钗黛合一"是当代红学研究中一敏感话题，俞平伯先生对"钗黛合一"的解说曾在当代红学史上引起过重大争议。今天，我们在重新审视

_____

　　① 《俞平伯论红楼梦》，上海古籍出版社、三联书店（香港）有限公司联合出版1988年版，第189页。

这段历史、重新研究这个命题时，首先应将书中观点（曹说、脂说）与书外观点（俞说）严格区分开来，将作者的原意与释义者的释义区分开来，将"钗黛合一"与"钗黛合一说"区分开来，然后再去深入探究《红楼梦》一书的作者赋予"钗黛合一"的真实命意，研核俞平伯先生对于"钗黛合一"的释义的妥当性。以往的研究之所以未能在这个命题上取得突破，关键在于没有将"钗黛合一"和"钗黛合一说"区别开来，没有将书中事实与书外观点厘定清楚，结果便导致了一系列的误会，造成了诸多的遗憾。

"批俞"运动与"钗黛合一说"

"20 世纪 50 年代的'批俞'运动不仅是《红楼梦》研究史上值得大书特书的一页,即在中国文学史,乃至文化思想史上都是值得记下的一页。"① 此言不谬,足可信矣。

"批俞"运动是中华人民共和国成立以后在思想文化战线开展的一场大规模的政治运动。

"批俞"运动首开其后一系列政治运动之先河,成为以文艺批评的方式触发并开展政治运动的一个典型案例。

"批俞"运动在很大程度上影响,甚至决定了当代中国审美文化及学术文化的发展走向。

"批俞"运动引发了一场红学史上,乃至中国文学史上规模最大、波及面最广、参与者最多的群众性文学普及及批评运动……

试想,一部在传统文学观念中难登大雅的稗官野史,一本由文人写就的论"红"著作,两个"小人物"的率先发难,竟能在当代中国文化思想史上掀起一场如此波澜壮阔的政治运动、文学运动,而这场运动又是如此深刻地影响到那个时代人们的思想,影响到当代中国政治文化、审美文化、学术文化的发展走向,此等史无前例之奇事,的确值得大书特书一番。

荏苒代谢,世事变迁,倏忽之间,五十年光阴飞逝。"批俞"运动早已是硝烟散尽,为人们所淡忘;当年运动中的一些热点、焦点话题也为层出不穷的时尚新学所代替。

"批俞"运动虽为陈迹,但这场运动带给红学研究、当代文学史,乃至当代思想史的影响却远未消除。与此同时,红学界,乃至更大范围内对

---

① 白盾主编:《红楼梦研究史论》,天津人民出版社 1997 年版,第 356 页。

"批俞"运动的研究、评述工作也一直没有停止。经诸多研究者历时数十年的"搜剔刳剖，批阅增删"，如今，"批俞"运动这一页在各类红学论著及当代文学史中已有了较为详尽的记述，"批俞"运动台前幕后的"故事"也已基本上大白于天下。但由于一些众所周知的原因，这"一页"至今尚未定稿。尚有一些是非未能澄清，一些误会未能消除，一些问题未能解决。

在彻底摆脱了"政治功利论"与"庸俗社会学"的束缚之后，当代红学研究在如何评价"批俞"运动这个关键问题上虽已取得很大进展，却未有实质性突破。用一个形象的比喻，"批俞"运动是水已落，"石"却未全出。尚有一些"暗礁"有待勘察，有待排除。

本文所论及的"钗黛合一说"即为其中最大且隐藏最深的一块。可以这样讲，数十年来红学界对"钗黛合一"及"钗黛合一说"解说及定性的困难，是造成"批俞"运动至今尚无定论的最直接原因。

众所周知，"钗黛合一说"既是"批俞"运动的触发点、焦点话题，又是"批俞"运动的遗留问题。五十年前的"批俞"运动在很大程度上因之而起。运动中，"钗黛合一说"被当作俞平伯先生诸多红学观点中的代表性观点而成为运动的焦点及其后由批"俞"而批"胡"的转折点。对"钗黛合一说"的批判贯穿"批俞"运动始末，成为"批俞"运动的发起者借以实现其政治目的的主要手段。可以这样讲，对"钗黛合一说"的批判在很大程度上成就了"批俞"运动，但"批俞"运动仅只是以少数服从多数的大批判方式在政治层面上对"钗黛合一说"进行了"盖棺"，却未从学术层面上对其予以"论定"。从新中国成立初期政治文化建设的角度来看，"批俞"运动在政治上可谓是大获成功，但这种成功却是以损害甚至牺牲学术为代价的。其后，当"批俞"运动的政治功利色彩随时光的推移而渐渐消失殆尽之后，其在学术上的局限性及所造成的缺憾便在所难免地彰显出来，终使"钗黛合一说"成了"批俞"运动的遗留问题。

从今天的角度来看，五十年前的"批俞"运动就像是一项为赶工期而匆匆完工的工程，它虽然提出并解决了一些问题，却也制造并遗留下了很多问题。解决的是政治问题，遗留下了学术问题。而"钗黛合一说"即为"批俞"运动遗留下的诸多问题中最大的一个。

这不是一个无关要紧的枝节问题，而是一个大是大非的原则性问题。

对"钗黛合一说"的评价事关重大,既关乎对"批俞"运动的历史评价,对俞平伯先生几十年红学研究成果的总体评价;也关乎对"批俞"运动中的一些当事人(如李希凡、蓝翎等)在那场运动中是非功过的评判。与此同时,由于"钗黛合一说"源自《红楼梦》一书,故对它的定性也关乎对《红楼梦》一书艺术及思想价值的总体评价。从这个意义上讲,这同时又是一个牵一发而动全身的要害问题。

靖藏本《石头记》第十三回回前诗中有这么两句:"一步行来错,回首已百年。"如将其中的百年改为五十年,倒很适合用来评价"批俞"运动。诗中流露出的那种不堪回首的悔意颇似今人对"批俞"运动的复杂感情。

一部红学史,从来就不乏因时代及个人的局限而造成的缺憾,好在后浪推前浪的红学研究从来也不乏面对错误的勇气和改正错误的决心。

自20世纪80年代以来,红学界,乃至更大范围内的一些专家学者本着一种拨乱反正、正本清源的动机,对"批俞"运动这一历史事件进行了深刻而全面的反思,对"批俞"运动的一些遗留问题进行了重新研核考察,并就此提出了许多新的观点见解。这种富于建设性的研究剥离了长期以来附着于红学之上的种种非学术的、不规范的干扰性因素,使得长期以来受"左"倾思想影响的红学研究重又回到了规范而严谨的学术研究的正轨上。具体到对于"钗黛合一"及"钗黛合一说"的研究,经许多学者扎实而卓有成效的研究,澄清了许多长久以来被掩盖或忽略了的书里及书外的事实,消除了一些历来人们对这个命题的误解、误会,重新恢复了该命题作为一红学命题的本来面目,沟通了其与《红楼梦》一书作者创作意图的内在固有的联系,并在此基础上提出了许多很有见地、很有价值的新说、新解。这些新说新解对于我们重新认识"钗黛合一"这个命题的内涵与外延,深刻领会作者寓于其中的创作命意,正确解读《红楼梦》一书的思想内涵,乃至于重新认识与评价"批俞"运动,均具有重要的参考价值。针对此命题,红学界已就以下几点达成了基本共识:

第一,"钗黛合一"或曰"二美合一",并非后人凭空杜撰、无中生有,而是《红楼梦》一书中固有的事实。

第二,"钗黛合一"作为一体现于作品中的作者的艺术构思,其中隐含着作者不便明示的某种特定的动机,属《红楼梦》一书的深层建构。

第三,"批俞"运动中对于俞平伯先生"钗黛合一说"的批判,在一定程度上存在着将书里与书外、"曹说"与"俞说"、政治与学术混为一谈的失误。

第四,"批俞"运动中对于"钗黛合一说"的定性是不恰当的,将一个普通的学术问题无端升格为政治问题,这种做法是不利于学术文化建设的。

近二十年来,有关"钗黛合一"、"钗黛合一说"、"批俞"运动的话题不断有学者论及,就目前红学界对于这些命题的研究成果来看,我们似只能作出这样一个阶段性结论:有很大进展,却未有实质性突破。

如俗语云:冰冻三日,非一日之寒,亦非一日可解。"钗黛合一"作为一红学命题,属《红楼梦》一书的深层建构。其在作品中的存在方式颇类似于西方文学理论中所谓的"冰山效应",露出水面的只是冰山的一角(现象、线索),隐于水下的巨大山体(意蕴、观念)才是作品的主要建构。但就《红楼》一书而言,"钗黛合一"即为一难解之谜,更兼"批俞"运动将其复杂化,使之成为一集现实与历史、文学与政治、学术与人生、书里与书外诸多因素为一体的复合命题。故学术界对此命题的研究就难免会出现顾此失彼、郢书燕说、执一而论、论甘忌辛、管见豹窥的错误。近些年来,红学界对此命题的研究虽新说、新解迭出,"惊人发现"、"水落石出"的呼声不绝于耳,但客观地讲,目前对此命题的研究在以下几个问题上尚未有实质性突破:

其一,"钗黛合一说"究竟是"俞说"还是"曹说"?究竟是书中事实还是书外观点?"批俞"运动是否是"曹"冠"俞"戴,批错了对象?

其二,俞平伯先生对于"钗黛合一"这一书中事实的解说是否与曹雪芹的原意相符?

第三,"钗黛合一"作为体现于原作中的作者的一种创作构想,其中究竟隐含着什么寓意?

第四,如何看待并评价《红楼梦》一书中"钗黛合一"的构想及俞平伯先生对其的解说?

与此同时,近些年来红学界对这一命题的研究也呈现出一些新的值得关注的走向。

以上所有问题的关键(瓶颈)在于对"钗黛合一"的解说上。对"钗黛合一"解说的困难造成了对"钗黛合一说"定性的困难,对"钗黛合一说"定性的困难则又导致了对"批俞"运动定论的困难。"钗黛合一说"之所以成为"批俞"运动的遗留问题,且这个遗留问题之所以长久以来悬而未决,归根结底,关键在于我们未能探明作者的意图,未能彻底揭开"钗黛合一"之谜。

有学者在谈到"批俞"运动的起因时认为这场运动纯属一场误会,甚至是天大的误会。误会的起因是"批俞"运动的发起者、参与者基于一种对于"钗黛合一说"的错误定位及定性,将《红楼梦》一书中作者及批书人的观点当作是俞先生的观点批来批去。由此得出"批俞"运动批错了对象,俞平伯先生是在替古人(曹雪芹、脂砚斋)受过这样一个结论。

这种在当今红学界是具有一定代表性的观点,对"钗黛合一说"进行了重新定位与定性,认为"钗黛合一说"非俞平伯先生首创,而是原书中固有的观念事实。它的对与错、是与非,只能由作者或批书人承担,而不应由任何其他人任其咎。这种观点虽在一定程度上把握住了"批俞"运动的起因及特点,并就此彻底洗去了俞平伯先生长期以来所蒙受的冤情,以快刀斩乱麻的方式了结了一桩红学公案。但相对于"钗黛合一"这样一个深奥复杂的命题,此种做法是不是显得过于简单了些?会不会把案子矫枉过正了呢?会不会在消除旧的误会之后又制造出新的误会呢?更有甚者,如果在评价"批俞"运动时过分强调误会、夸大误会,会不会在平反今人替古人受过的冤案的同时,又制造出新的古人因今人而蒙冤的冤案呢?如果说"批俞"运动纯属一场误会,那么,这其中除了运动的发起者、参与者对俞平伯先生红学观点的误会之外,是否也存在着俞平伯先生对于原著及作者意图的误解呢?俞平伯先生在他的文章中是否仅只是如实转述了作者及批书人的观点,俞平伯先生本人对"钗黛合一"的理解是否与作者的原意相符?应该说,这才是问题的关键。这才是我们在对"批俞"运动下结论之前首先需要弄清楚的问题。如果俞平伯先生在自己的著作中仅只是如实转录了作者的观点,或他对作者原意的理解是正确的,那么,"批俞"运动的确是批错了对象,纯属一场误会。但假如俞平伯先生在转述作者的观点时有意无意地掺入了自己的主观色彩,或俞平伯先生对"钗黛合一"的理解与作者的原意相左,在这种情况下,如果我们仍坚持认为"批俞"运动纯属一场误会的话,那么,这其中的误会就大了。除了"批俞"运动的发起人、参与者对俞平伯先生的误会之外,这里面甚至还可能有俞平伯先生对作者原意的误解……这种情况下的误会,已不再是单向的,而是一种双向的,甚至是多向的误会。

　　这种误会是我们不愿意见到的,但相对于《红楼梦》这样一部超乎于我们的认知能力之上的奇书而言,这种误会又并非是不可能的。这种假设是我们所不情愿的,相对于俞平伯先生在"批俞"运动中所蒙受的冤情而言,这种假设是有悖人情的,甚至是不道德的。但对于以认知性、客观性、规律性为根性的学术研究而言,超越人情及道德的范围去求证某一假设、揭示某种真相,则又是必需的。

　　在对于"钗黛合一"这个命题的研究上,误会是必然的、在所难免的,尤其当这种误会是一种双向的或多向的时。既然误会不可避免,既然误会已经很深,在这种情况下,唯有彻底揭开"钗黛合一"之谜,才是彻底消除误会的唯一办法,除此之外,别无他法。

　　将"批俞"运动这一历史事件与"钗黛合一"这一学术命题合而写之,这是一件出力不讨好的事情。本文作者无意于干涉时政,只留意于学术。但因二者如"钗黛合一"一样,属一"学政合一"的命题,要还原其学术的本色,就不得不剥离附着其上的政治"硬壳",故在此还需对"批俞"运动再赘述几句。

　　五十年前的"批俞"运动开创了当代中国政治运动的先河,但这场充满了火药味、洋溢着战斗精神的运动与其后那些政治运动相比,毕竟还是有所不同。这种区别主要体现于"批俞"运动所独具的学术性特征上。学术性与政治性混杂,这既是"批俞"运动的与众不同之处,也是我们在研究、评价"批俞"运动时不能忽略的一点。虽然,"以阶级斗争为纲"的政治动机及要求决定了这场运动的根本性质,但由于当时特定的时代背景、文化环境及参与主体(知识分子阶层)的特殊性质使这场运动自始至终均不同程度地体现出了一定的学术性。

　　即便是在今天,当我们重读五十年前的那些"批俞""檄文"时,仍能准确无误地体味到其中浓郁的学术气息。

　　如由"批俞"运动的发起人李希凡、蓝翎合写的《关于〈红楼梦简论〉及其他》一文,虽然此文从今天的角度来看存在着一些时代及个人的局限,但"文章写得有深度、有气势、有文采,显出作者的才华与实力"①。此文及其后发表的《评〈红楼梦〉研究》等文,无论就立论还是论点而言,都是极富开创性和建设性的。在对于俞平伯先生的一些红学观

　　① 白盾主编:《红楼梦研究史论》,天津人民出版社1997年版,第362页。

点的批评上，一针见血，切中要害，具有极强的理论穿透力与说服力。文中除了对"钗黛合一说"等观点的批评存在着一些失当之处外，其他大部分观点即便是从今天的角度来看，仍是能站得住脚的。

与李、蓝二先生的文章相似，"批俞"运动中由一些相关学科的专家学者写就的评"红"批"俞"的文字，或引入马克思主义文艺观，或借鉴苏俄文艺理论，或罗列举证相关史料，或宏观、或微观，虽立论的角度、依据、方法各有不同，但这类文章均不同程度地体现出写作者一定的学术素养及学术旨趣，均具有一定的学术价值。实事求是地讲，"批俞"运动在学术上还是有所建树的。它虽然制造并遗留下很多问题，毕竟也提出并解决了一些问题。

笔者在此无意于提出"学术的批俞运动"这个概念，更无意于为"批俞"运动翻案。上述文字，可视为是在正式开篇之前的一个楔子，在接下来的文字中，本文作者将由政治而学术，力求从学术角度揭开"钗黛合一"之谜，以彻底了结这桩红学公案。

"钗黛合一"与秦可卿

　　"钗黛合一"诱发了一系列的误会，虽然，导致误会的诱因较为复杂，有来自作品本身的，也有来自作品之外的，但归根结底，这场误会还是源于释义者对作者意图的一种误读与误解。具体到作品中，其实就是释义者对"钗黛合一"在书中所指的误解及对于其中隐义的一种误读。客观地讲，这种误读与误解并非出于读者的无知，而是作者在书中有意设置的烟云模糊处。即脂砚斋所谓的："做人要老实，作文要狡猾。"

　　《红楼梦》一书，真真假假，虚虚实实，文则是虚敲旁击之文，笔则是反逆隐曲之笔。作者一方面恣意游戏于文字笔墨之间，惯于擅起波澜，又惯于故为曲折，处处设玄机，埋伏笔，有意瞒蔽观者，狡猾之甚。另一方面却又于书中时时发出"都云作者痴，谁解其中味"的感叹。在书中的一些紧要处，自言深谙作者之用心的脂砚斋不但没有替作者道出原委，澄清事实，点醒观者，反而一味地搅浑水、卖关子，用一些"深意他人不解"、"唯批书人知之"诸如此类的话来搪塞、愚弄观者。因《红楼梦》并非一部内容浅俗的释闷之书，作者在创作时常常隐大义于微言之中，故观者在看此书时便不能不察其原委，究其真相，这样一来二去便横生出许多误会。有人认为《红楼梦》是一部"悟书"，此言差矣。对于大部分读者来说，《红楼梦》其实就是一部"谜书"。读此书就如制谜人与猜谜人之间的一场智力游戏。著书人津津乐道于与读者的斗智斗法，书中处处隐含玄机，处处设谜，甚至谜中套谜。"钗黛合一"即为其中一大谜。此谜谜面隐晦，内蕴深邃，乃是一难解之谜。是故，因猜谜者执迷不悟或各执己见而横生出许多误解、误会便也在情理之中。

　　从 20 世纪 30 年代"钗黛合一"首次浮出水面至今，无论是一般的读者还是专家学者，对于书中"钗黛合一"构想的理解与释义均不约而同地走入了一个误区，即把"钗黛合一"在书中的指称对象仅从字面上理解为宝钗、黛玉二人。在具体诠释中将"钗黛合一"混同于"钗黛合好"，以为曹雪芹是在钗黛二人身上做文章，是想以此来暗示钗黛二人在以后的情节里互相摒弃前嫌，化干戈为玉帛。故在研究中将所有注意力集中于对钗黛二人关系演变的考察及二人合好的相关证据的搜集上，用"钗黛合好"释"钗黛合一"，最终得出作者对此二人是一视同仁、等量齐观，此二人在作品中是各极其妙、莫能相下的结论。

把"钗黛合一"在作品中的所指认定为钗黛二人，并进而将其混同于"钗黛合好"，用"钗黛合好"释"钗黛合一"，这实在是一个天大的误会。如果说，五十年前的那场著名的运动是因一场误会而起，那么，这场误会则在很大程度上肇始于当时的人们对"钗黛合一"的误读及对作者原意的误解。

从《红楼梦》一书中相关正文及脂批来看，"钗黛合一"明指钗黛二人，暗指太虚幻境中警幻仙姑的妹妹、乳名兼美的秦可卿。也就是说，作者对"钗黛合一"的命意是体现于秦可卿而非钗黛二人身上。秦可卿才是"钗黛合一"这一艺术构思的焦点和原型，由此人物入手，才是破解"钗黛合一"之谜，探究作者意图，澄清因之而起的一系列误会的唯一途径。

书中第五回，作者先是在"金陵十二钗正册"中将钗黛二人同置于一诗一画中。按脂砚斋的提示，此二人在太虚幻境中名虽两个，人却一身。此处，作者"钗黛合一"、"二美合一"的构想已初露端倪。随后，作者并未在钗黛二人的身上大做文章，而是陡然引出一位乳名"兼美"、字可卿者的绝色女子。

> 警幻便命撤去残席，送宝玉至一香闺绣阁之中，其间铺陈之盛，乃素所未见之物。更可骇者，早有一位女子在内，其鲜艳妩媚，有似乎宝钗；风流袅娜，则又如黛玉。（甲戌本此处右侧批曰："难得双兼，妙极。"）
>
> 警幻谓宝玉云："……是以特引前来，醉以灵酒，沁以仙茗，警以妙曲，再将吾妹一人，乳名兼美，（甲戌侧：妙！盖指薛林而言也。）字可卿者许配于汝。今夕良辰，即可成姻。"

在远离尘俗、虚无缥缈的太虚幻境中，钗黛二人名虽两个，人却一身，此人便是集钗黛二美于一身、乳名"兼美"的秦可卿。

"兼美"二字，作为秦氏乳名，听上去似有些不伦不类，脂砚斋却反以为妙。"兼美"，从字面上解，即兼而有之之美，或曰完美、大美。作者意在借此二字准确概括出秦可卿之美。既鲜艳妩媚，又风流袅娜；既具宝钗之美，又兼黛玉之美。作者之所以在太虚幻境中将钗黛二人同置于一画一诗中，之所以虚构出一个难得双兼的绝色女子，意在以"钗黛合一"之美来比拟秦氏之美，意在借"二美合一"来影射秦可卿身上所谓的"兼美"。秦可卿才是"钗黛合一"的真正所指。从"钗黛合一"的构想到乳名兼美的秦可卿，其间大体经历了一个由虚到实、由此及彼、偷梁换柱的隐喻过程：即由"钗黛合一"而至"二美合一"，再由"二美合一"而至"兼美"，最终将"钗黛合一"、"二美合一"式的"兼美"赋予秦可卿一身。由此便完成了从钗黛二人之美到秦可卿的"兼美"的艺术转换过程。

与宝钗、黛玉相比，秦可卿确然是一个"难得双兼"的妙极女子。此人"生得袅娜纤细，行事又温柔和平"。"其鲜艳妩媚，有似乎宝钗；风流袅娜，则又如黛玉。"是一极标致、极妥当之人。贾府阖府上下，无不对此人交口称赞、关爱有加。"这么个模样儿，这么个性情的人儿，打着灯笼也没地方找去。他这为人行事，那个亲戚，那个一家的长辈不喜欢他？"此人虽出身卑贱，在贾府中辈分最低，但在贾母眼中，却是重孙媳中第一个得意之人。在宝玉眼中，此人是一个可亲可爱之人。在众人眼中，则是个极妥当之人。就连贾府中最最目中无人的王熙凤，对此人也是另眼相待、关爱有加。此人乳名兼美、表字可卿，鲜艳妩媚，有似乎宝钗，风流袅娜，则又如黛玉。在贾府中可谓是一个既"可亲"（可卿）又"兼美"之人。

《红楼》世界，众美云集，薛林雅调，堪称双绝。可就是此二人，性情中也难免美中不足的缺漏之处，难以与秦可卿的"兼美"相匹敌。金陵十二钗"正册"、"副册"、"又副册"中所收录的女子可谓是千娇百媚、美不胜收，但在她们当中，能兼众美于一身、能集众爱于一体、能得交口称赞者，唯秦可卿一人。

读者每每读到此处，便会自然而然地生出许多疑惑，作者曹雪芹为什么要在书中设置这样一个人物？为什么要用钗黛之美来比拟秦氏之美？秦可卿非书中正人，且是一行为不端的流荡女子，作者为什么要将此人之美置于钗黛二人的美之上？为什么要让此人身兼钗黛之美？作者在着力描写、极力推崇钗黛之美的同时，为什么又于书中刻意描写、渲染秦可卿的"兼美"？此人及其美同钗黛及其美是什么关系？在作者眼中、心中秦可卿到底是一个什么样的角色？她的美究竟是一种什么样的美？作者是否认同此人及她的美？作者究竟想借此人表达什么隐意？

在太虚幻境这个虚幻的世界中，钗黛二人合咏为一诗，合为一图，名虽两个，人却一身，"此幻笔也"。作者意在由此幻化出二美合一、美轮美奂、"难得双兼"的妙极之人秦可卿。而在现实世界中，钗黛二人却二美分离，两山对峙，双水分流。二美合一的原型被打破，所谓的"兼美"被一分为二，还原为美中不足的钗黛之美。从这分分合合之中可以看出，钗黛之美，源于秦氏之美；秦氏之美是钗黛之美的原型，钗黛之美是对于秦氏之美的摹拟。作者曹雪芹是以秦氏为原型、为范本、为参照，塑造出钗黛之美的。而要探究钗黛形象之源，把握作者"钗黛合一"的创作命意，就需从秦可卿此人入手。

"钗黛合一"在书中隐指乳名"兼美"的秦可卿，这同样也是《红楼梦》一书中毋庸置疑的事实。以往的研究者之所以未能将"钗黛合一"与秦可卿联系起来，未能从秦可卿入手去探究作者对于"钗黛合一"的真实命意，一来是因为未能领会作者在此处采用的移花接木，或曰金针暗度的手法；二来主要是出于对钗黛二人形象的维护，不愿或不敢将钗、黛与秦氏相提并论，担心由此会混淆美与丑、情与淫、是与非之间的界限，将正面形象与反面形象合而为一、一视同仁，终导致审美价值标准的混乱。

应该说，研究者的这种担心并非多余，就作者于书中对秦可卿这个人物的形象界定、艺术处理及总体评价来看，他显然没有认同该人物及她的"兼美"，没有把秦氏之美视为超乎钗黛其上的美去加以表现。在书中，钗黛二人同秦氏在人物形象的内部根性上存在着天壤之别。宝钗、黛玉属正面人物，是理想之美、纯真之情的化身，她们的身上显现着与作者审美价值取向、情感追求相一致的正价值；"兼美"秦可卿在作品中则属反面人物，是颓靡之美、皮肤滥淫的化身，她的身上暗透着与作者审美价值观相悖的负价值。在研究中如将钗黛二人与秦可卿混为一谈，势必会造成情淫不分、美丑不辨、以淫伤情、以丑代美的可怕后果。历来在对于"钗黛合一"这一命题的研究中，正是出于这种合乎情理的担心，终使研究者每每至此，便裹足不前，屡过秦氏之"门"而不入，心中时时惦念着作者"作速回头要紧"的警告，不敢再越"雷池"半步。正是这于紧要处未敢迈出去的"半步"，便造成了研究者为维护钗黛形象的完美，而不惜放弃秦可卿这条唯一线索的结果，致使"钗黛合一"这一书中疑案及红学公案长期悬而未决。

"钗黛合一"是《红楼》诸梦中一难解之梦。"此梦文情固佳，然必用秦氏引梦，又用秦氏出梦。"看来，若要破解此梦，研究者只能硬着头皮进入秦氏之门。除此之外，别无他法。

"进房如梦境。"刚至房门，便有一股细细的甜香袭了人来。（甲旁：此香名引梦香。）秦氏之房，艳极、淫极。壁上挂着唐伯虎的《海棠春睡图》，两边有宋学士秦太虚（情太虚）写的一副对联，其联云：嫩寒锁梦因春冷，芳气袭人是酒香。案上设着武则天当日镜室中设的宝镜，一边摆着飞燕立着舞过的金盘，盘内盛着安禄山掷过伤了太真乳的木瓜。上面设着寿昌公主于含章殿下卧的榻，悬的是同昌公主制的连珠帐。除此之外，还有西子浣过的纱衾，红娘抱过的鸳枕。宝玉至此境，眼饧骨软，刻骨吸髓，刚合上眼，便惚惚地睡去，悠悠荡荡，随秦氏梦游太虚境，与"兼美"共享云雨情。此梦亦艳极、淫极。常言说，梦感外物，情由景生，非秦氏之卧房淫靡奢华的氛围，不知"淫"字为何物的无知小儿宝玉是断断做不出此等淫梦的。

同宝玉的遭际相仿，当研究者斗胆进入秦氏之门，方才发现，此处原有另一更大的让人惝恍迷离、不辨东西的梦境。作者一路设譬、处处隐喻，观者只得步步留心、时时在意。但此等淫靡之气、浮华之象，迥非《石头记》大笔所屑，作者之意，别有他属。其中的玄机妙关，就连脂砚斋也自叹不知，更何况初入此门的研究者。置身此烟云模糊之幻境，研究者原初的迷惘与担心不但未有丝毫消解，反而又横生出许多新的疑惑、新的担忧。

既然秦可卿在书中是一位难得双兼的妙极女子，既然秦可卿的美压倒了钗黛之美，那么，作者又为何退而求其次，舍秦氏而取钗黛呢？既然秦可卿的"兼美"在书中无人能比，作者又为何让这种美尚未充分展现便使其草草收场，且是以一种出人意料的方式——"淫丧"收场呢？作者弃秦氏的"兼美"（完美）于不用，转而去追求钗黛二人的"美中不足"，这不是舍本逐末、蔽美扬丑吗？这不是点金成石，化神奇为腐朽吗？这不是美学追求上的倒行逆施、自甘堕落吗？

此即《红楼梦》一书之迷津也。深有万丈，遥亘千里，中无舟楫可通。此即《红楼》之梦境也，奇奇怪怪之文，令人摸头不着。云龙作雨，不知何为龙，何为云，又何为雨矣。读者身陷此境，难辨东西，忧心忡忡。书中宝玉正在犹豫之间，忽见警幻后面追来，告道："快休前进，作速回头要紧。"

迷津无边，回头是岸。这也是作者给观者的警告。当我们遵从告诫，跳出幻境，回到问题的起始处，通览全书，在对曹雪芹的美学观及价值追求进行一番全面考察之后，就会发现，这种担心和疑虑其实是不必要的、多余的。

从书中作者对秦可卿这个人物的艺术处理及总体评价而言，作者并未认同并褒扬她身上所谓的"兼美"。相反，在是书开篇第十三回，作者便用手中的"刀斧之笔"彻底了断了秦氏的性命，并就此终结了"二美合一"式的"兼美"。秦氏在贾母眼中虽为"重孙媳中第一个得意之人"，在家人眼中虽为一极妥当之人，但在作者笔下却是一由情至淫，兼情兼淫，因情而生，由淫而丧的流荡女子。她身上所谓的"兼美"并不能代表作者的审美理想，她的既鲜艳妩媚又风流袅娜并非作者所刻意追求的理想中的女性美。钗黛形象源于秦氏，钗黛之美源自秦氏之美，这是《红楼梦》一书中不争的事实，但前者并非是对后者的正面模拟和遵循，而是建立在对后者的逆向参照及彻底背叛基础之上的。从秦可卿的"兼美"（即"钗黛合一"之美）到"二美分离"的钗黛之美，这其中隐含着作者曹雪芹惊世骇俗的美学追求，预示着一场美学上的革命。

由此观之，"兼美"二字才是"钗黛合一"这一命题的要害所在，才是开启玄机妙关的唯一一把钥匙。唯有彻底弄清"兼美"的确切含义，挖掘出隐于其中的深层意蕴，才是揭开"钗黛合一"之谜，探明作者原立意的根本所在。

"兼美"与"中和之美"

　　"钗黛合一"在书中隐射秦可卿及她身上所谓的"兼美"。这着实算不上什么新发现，早已有人提出。清人孙渠甫在其《石头记微言》一书中就曾明确指出："秦氏影钗黛二人。"

　　近人香港吴晓南先生在他的《"钗黛合一"新论》一书中，不仅发现了"钗黛合一"与"兼美"的内在关联，而且还于书中专辟一节加以论述。①

　　在此书中，吴晓南先生虽发现了问题，抓住了要害，却未能参透作者的意图，未能从中国古代哲学、文化学的角度对"兼美"一词的内涵作出具体解释。而是把"兼美"当成是作者的观点及立场，当成是作者对秦氏之美的褒扬，对之进行了正面的、肯定的解释与评价。

　　说到"钗黛合一"、"二美合一"式的"兼美"，着实不是曹雪芹的发明或专利。其作为一种特定的审美观，古已有之。若要究其渊源，至少可以上溯到先秦时代，若要落实一个发明人，此人非万世师表孔圣人莫属。"兼美"二字，从字面上来解，即"兼而有之"之美，或可称之为完美、大美、理想美。就其文化渊源及内涵而言，所谓"兼美"其实就是先秦儒家中庸哲学孕育出来的，以乐而不淫、哀而不伤、怨而不怒、美而不刺、温柔敦厚为规范，以节情以中、以礼节情、以道制欲、反情从志、存天理灭人欲为旨归，统摄中国人审美观念达几千年之久的以"中和"为美的"兼美"观。由对于乐而不淫、哀而不伤、怨而不怒、美而不刺（其逻辑建构是 A 而不 B）的"兼美"的追求而衍生出的"兼美观"，其实就是先秦儒家中庸哲学中的"中和观"在儒家美学中的代名词。"钗黛合一"、"二美合一"是"中和之美"在《红楼梦》一书中的形象化写

---

① 吴晓南：《"钗黛合一"新论》，三联书店香港分店 1985 年版。

照，或曰象征形式。作者曹雪芹寓思想于形象之中，通过一系列的形象转化和观念递进来体现其创作意图。"秦氏影钗黛二人"，这其中的"影"具有"影子"和"影射"的双重含义。秦氏是钗黛二人的影子，钗黛二人身上亦有秦氏的影子。"钗黛合一"影射的是秦可卿身上的"兼美"，"兼美"则影射"中和之美"。由秦可卿而至"钗黛合一"，再由"钗黛合一"而至"兼美"，最终由"兼美"而至"中和之美"，以"中和之美"及"中和观"作为"钗黛合一"构想的最终影射对象，这才是作者曹雪芹的真实用意。曹雪芹在此处采用的方法，颇类似于西方古希腊哲学中柏拉图对于他的"理念说"的解释，理念是世界的本原，现实是理念的影子，艺术又是现实的影子，那么，相对于理念与艺术的关系而言，艺术就是"影子的影子"。借此"他山之石"，来攻"钗黛合一"，则可作出这样一个推论：秦可卿是"钗黛合一"的影子，"钗黛合一"是"兼美"的影子，"兼美"又是"中和观"的影子，就"中和观"这一核心理念与"钗黛合一"的关系而言，"钗黛合一"则是"影子的影子"。

由此观之，要彻底弄清曹雪芹对于"钗黛合一"的真实命意，就须对"中和观"这一范畴的内涵、实质及其在中国封建社会中审美文化历史发展中的地位、作用及影响作一番全面而深入的考察。

"中和"作为中国古代美学中最主要的审美范畴，发轫于上古时代，代表着古代先民们朴素的唯物主义宇宙观。认为宇宙万物不断运动变化，同时又共处于一个和谐的统一体中，具有一种相生相克、相辅相成的特定关系。其内在规定性便是"和"。"和"作为事物潜在的、有价值的属性，它的实现，需要主体的消融、调剂。在世间万物相生相克的对立统一关系中，中国古代先民们将他们的价值诉求明显偏向了相生与和谐的一边，就此形成了华夏民族"尚中贵和"的价值观。认为"和"既是宇宙的根本，也是人在实践中应尽力去追求并达到的理想状态。即对自然之和、人伦之和与审美之和的追求所达到的境界。与此同时，"和"也是实现"和"的一种手段，其主要功能在于"济其不及，以泄其过"。以使对立的两极协调一致，达到一种没有太过或不及的理想状态。"清浊、大小、短长、疾徐、哀乐、刚柔、迟速、高下、出入、周疏、以相济也。"（《左传·昭公二十年》）"中国古代美学所讲的'和'极大地强调了对立面的均衡统一，而把均衡的破坏，对立面的互相'斗争'，看作是应当竭力避免的灾难。"① "中"既体现出古人直道中行，不偏不倚，不执于一的"尚中"观念，同时也代表着天道人事所能达到的最佳状态，它是实现和谐的根本途径。就"中"与"和"的关系而言，"中"是理想，是主体的行为准则（中行）；"和"是事物的内在规定性，是实现"中"这一理想的必要手段。

到了先秦时代，儒家率先将这种观念引入其学说中，并对其进行了伦理化改造，注入了特定的社会政治和伦理道德内涵，使之成为儒家中庸哲学的核心理念之一。孔子论"中和"，偏重于以道德教化规定其内涵，将其视为主体修身恕道、践仁履义的手段，以实现"仁"的境界为旨归。这样，"中和"便由一自然哲学范畴演变为一道德哲学范畴，由五行杂错之美而进入到社会生活的道德、审美等诸多领域。其主要特征为个体道德准则及行为方式上的居中不偏、兼容两端；审美、情感方式上的"乐而不淫、哀而不伤"。这种理论的实质便是以礼节情、以道制欲，控引人性，克己复礼。

从总体上看，儒家的中庸理论是以中和观念为其理论基础的。"礼之用，和为贵。先王之道，斯为美。"（《论语·学而》）"仁"是孔子学说的核心，"礼"与"仁"之间，存在着一种一体关系（礼仁一体），人通过"礼"去践行"仁"，唯有依据"和"、达成"和"，"礼"才可能升华为美。这种美，便是一种中正无邪，不逾礼、不逾矩的中和之美。反过来讲，美的内涵是由"礼"与"仁"所规定的。也就是说，人对于美的追求，应符合"仁"的要求，不应逾越"礼"的规矩，即"诗，发乎情，止乎礼义"。这种学说中存在着很明显的贬情、抑情，钳制个体自由，压抑人性的反人道主义的倾向。

其后的《中庸》对孔子的这一思想进行了进一步阐发，并将其推崇为至尊至圣的道德境界。"喜怒哀乐之未发谓之中，发而皆中节谓之和。中也者，天下之大本也；和也者，天下之达道也。致中和，天地位焉，万物育焉。"

喜怒哀乐，人之常情也。表情达志，艺术之本也。喜怒哀乐之未发，情郁以内也；发而皆中节谓之和，道之体也。《中庸》对"中和"的解

---

① 李泽厚、刘纲纪主编：《中国美学史》第一卷，中国社会科学出版社1984年版，第97页。

释，把儒家学说中重礼义、轻性情的特点推向了极端。孔子论"中和"并未完全舍弃人的感性欲求，到了《中庸》的作者论"中和"，则完全将其改造为远离尘俗、背弃人性的道德追求。按这种解释，所谓"中和"，其实就是个体在神秘的道德追求中的一种情志的自我克制。这样便使"中和"从原初的哲学范畴、美学范畴完全蜕变为一个带有准宗教色彩的道德范畴。从这一时期开始，"中和观"在封建审美文化领域的主导核心地位已基本确立。这种特定的观念对后世封建审美文化的发展产生了极其深远的影响。

就"中和观"的历史演变而言，汉代的董仲舒可谓是一个承上启下、继往开来的重要角色。董仲舒的"中和观"秉承了先秦儒家"中和观"中贬情崇德、重礼轻情的特点，但他在论"中和"时并未为将其仅局限于道德、审美领域，并未将其仅视为个体的道德追求及操守，而是将其推广到社会政治领域，将其推崇为统治阶级实施"仁政"的一种工具、手段。

"天地之道，虽有不和者必归之于和，而所谓有功；虽有不中者必止于中，而所谓不失。"（《循天之道》）在这里，"中和"已由一道德范畴变为一政治术语，成为董仲舒"王者法天"、"君权神授"思想的重要组成部分。从这一时期始，"中和观"由野而朝，由子学而荣登显学，由民间学术思想而进入官方意识形态，"中和观"成为封建意识形态的纲常、圭臬，成为那个时代人们从事审美活动时的天条戒律。

"酷吏以法杀人，后儒以理杀人。"到了宋代，以朱熹为代表的理学家，出于维护封建礼制秩序、禁锢社会进步思想的需要，极力推崇儒家的"中和"学说，并将这一学说中落后、保守的一面推向极致。

朱熹在注《中庸》中"喜怒哀乐之未发谓之中，发而皆中节谓之和"时指出："喜怒哀乐，情也。其未发，则性也。无所偏倚，故谓之中。发皆中节，情之正也。无所乖戾，故谓之和。大本者，天命之性，天下之理皆由此出，道之体也。达道者，循性之谓，天下古今之所共用，此言性情之德，以明道不可离之意。"（《四书集注·中庸》）

细心的读者看到这里或许会发现，朱熹的这段解说"中和"的文字，在《红楼梦》书中第一百一十一回《鸳鸯女殉主登太虚　狗彘奴欺天招伙盗》中曾出现过。

是回写鸳鸯殉主后魂魄正无所投奔时，遇见了警幻仙妹"兼美"可卿前来引她去太虚幻境掌管"痴情"一司。

> 鸳鸯不解，问道："我是最无情的，怎么就算我是个有情的人呢？"那人道："你还不知道呢，世人都把淫邪之事当作'情'字，所以做出伤风败化的事来，还自谓风月多情，无关紧要。不知'情'之一字，喜怒哀乐未发之时，便是个性；喜怒哀乐已发，便是情了。至于你我这个情，就如那花的含苞一样，欲待发泄出来，这情就不是真情了。"

警幻仙妹可卿的这段话，代表了续书者的立场，与曹雪芹的原意是不相符的。但其中暗透出的理念，却与朱熹对"中和"的解释如出一辙。

此处，警幻仙妹可卿扮演着朱熹"中和观"的代言人与践行者的双重角色。从中可看出"兼美"与"中和"两者之间的必然联系。可卿所谓的"未发之情"直接来自朱熹对"中和"的解释。

对于这种"中和"的实质，朱熹还作了进一步阐发："孔子之所谓克己复礼，《中庸》所谓致中和，尊德性，道问学，《大学》所谓明明德，《书》曰人心惟危，道心惟微，惟精惟一，允执阙中，圣人千言万语，只是教人存天理，灭人欲。"（《语类》卷十二）

"革尽人欲，复尽天理，方始是学。"至此，"中和"学说中以理杀人、以道制欲、反情从志、戕害人性、禁锢真情的阴毒丑恶嘴脸暴露无遗。

明代中叶以后，随着资本主义的萌芽和市民文化的兴起，传统美学受到了冲击，致使"中和"学说逐渐走向衰微。但到了曹雪芹生活的时代，这种没落的理论又死灰复燃，重新恢复了其在审美文化领域，乃至整个意识形态领域中的统治地位，成为清代统治者用以掩盖民族矛盾，愚弄民众，压制进步思潮的专制工具。清初康、雍、乾三朝皇帝均极力倡导程朱理学，推崇儒学中的"中和"学说。康熙皇帝曾称颂朱熹为："绪千百年绝学之传，立亿万世一定之规。"该时期的一些御用文人也将这一腐朽学说重新包装，为当时所谓"冲淡平和"、"温柔敦厚"的文化观念提供理论支持与精神动力。此时的"温柔敦厚"的中和之说及"含蓄蕴藉"的中和之境，已完全蜕变为维系纲常名教秩序的礼法工具，成为一种反进化、反选择、反人性倾向极重的腐败颓堕的审美观。

从"中和"这一范畴的历史演变来看，秦可卿身上所谓的"兼美"，正是以"中和"为核心的旧美学所极力标榜的理想美。所谓的"兼美观"，其实就是传统诗教中乐而不淫、哀而不伤、怨而不怒、美而不刺的审美畸趣培育出的一种病态的审美观。表面上看，这是一种"致广大而尽精微"的极高明之术，实质上其对中国文化所造成的破坏性远大于建设性。从社会学角度来看，这种文化观念"它力图使对立双方所达到的统一、平衡经久不渝，永远不超越'中'的度，这就成为阻碍事物发展的保守理论，也导致了中华民族性格中因循守旧、谨小慎微、缺乏冒险创新精神等特性"①。从中国封建社会审美文化的角度来看，这种观念直接催生了一种虚伪矫饰、粉饰现实、掩盖矛盾的病态心理。"其表现在思想上就是一种自欺欺人的精神胜利病，表现在艺术上就是掩盖矛盾的浅薄病。"② 作为一审美范畴的"中和"及与之相对应的观念，对中国封建审美文化所造成的负面破坏作用大致体现在以下几个方面：第一，"中和观"作为一纯粹意义上的道德范畴，从根本上体现着一种以礼控情、以道制欲、反情从志的价值诉求，这种观念在中国社会早期对于约束并规范人的行为、建设一种伦理化社会秩序曾起到过积极的促进作用。但随着文明的进步，社会的发展，这种观念逐渐显示出其对社会及人的一些负面影响和破坏作用。尤其是当其以一种极端化的方式进入审美领域，成为一种占主导地位的审美观之后，其先天所具有的古典人道主义色彩逐渐蜕化变质，终成为一种既与中国古代"缘情言志"的文学艺术传统背道而驰，又与严格意义上的艺术精神格格不入的审美文化观念与价值诉求。艺术与美，从根本上讲，是一种建立在对个性尊重基础上的，以表现及维护人类情感为目的的，具有一种解放的性质的人类行为，情感是文学的生命和灵魂，规定着文学的本质，文学是宣泄及交流情感的手段，"是人类情感的符号形式的创造"③。文学的整个过程都离不开情感，"缀文者情动而辞发"，"观文者披文以入情"（《文心雕龙·知音》）。"人作为对象性的、感情的存在物，是一个受动的存在物；因为它感到自己是受动的，所以是

---

① 钟明善、朱正威主编：《中国传统文化精义》，西安交通大学出版社1997年版，第28页。

② 鲁迅：《再论雷峰塔的倒掉》。

③ ［美］苏珊·朗格：《情感与形式》，中国社会科学出版社1986年版，第51页。

一个有激情的存在物。激情、热情是人强烈追求自己的对象的本质力量。"① 对于人类情感的抑制、甚至取消，实质上就是对人的本质力量的否定，对人的主体性的取消，对艺术精神的背叛。第二，"中和观"作为一种带有浓重道德意味的审美观，其重理轻情、以善为美的价值取向，不仅严重削弱了艺术的美悦、情感作用，同时也严重限制了艺术的认识功能与批评功能的发挥。诗，可以"观"，可以"怨"，但"中和观"所强调的只是通过艺术去观察人们的伦理道德的精神状态以及和治理国家的事有关的风尚、民情，并不重视对广大社会生活中各种人物及其复杂的矛盾冲突的再现，不去关注民生的疾苦，不去暴露社会的黑暗。而是掩盖矛盾，粉饰太平，长期沉湎于一种假想的和谐之中自欺欺人。"从而也就把审美和艺术限制在宗法伦理道德所划定的狭隘范围内，服从于'迩之事父，远之事君'这样一个极为有限的政治目的。"②

以乐而不淫、哀而不伤、怨而不怒、美而不刺、节情以中、温柔敦厚为其内涵与规范的"中和观"，"最为典型地体现了中国'古典美'的理想，这种理想支配了中国艺术发展的漫长时期"③。如果说早期的"中和观"中尚有一些古代人道主义色彩的话，到了中国封建社会末期，这种观念及理论已完全没有了公正居中的意味，已然变成偏执狂的同义词了。"这种理论，在被统治阶级教条化、神圣化、意识形态化之后，成了僵硬、专制的精神桎梏，成为统治阶级扼杀在审美文化中出现的任何新精神的堂皇而神圣的利斧。"④ 圣人原初用以摄天下邪心的"中和之美"，在经历了中国封建审美文化从"乐而不淫、哀而不伤"的中正无邪之美，到"哀不至伤，乐不至淫"（嵇康《声无哀乐论》），"哀而未尝伤，乐而未尝淫"（邵雍《伊川击壤集序》），"乐而不过于淫，哀而不及于伤"（朱熹《诗集传》）的逻辑发展及实际操作之后，最终沦落到情而不淫、好色而不淫、兼情兼淫、表面情、实质淫，以淫伤情，以淫代情的地步。诗发乎情，不仅没有止乎礼义，反而止乎淫。中国封建文化，始于对人的主体性及人性的维护，终于对人性及人的主体性的取消。

---

① 《马克思恩格斯全集》第42卷，人民出版社1979年版，第169页。

② 李泽厚、刘纲纪主编：《中国美学史》第一卷，中国社会科学出版社1984年版，第153页。

③ 同上书，第101页。

④ 叶朗主编：《现代美学体系》，北京大学出版社1988年版，第61页。

数千年来，"中和"的理念就像一种无处不在的病毒，渗透到中国社会的每一个角落，侵害着中国社会的肌体，荼毒着人们的思想、灵魂。"中和"的戒律，就像是一张疏而不漏的恢恢天网，封杀了无数美好的事物和进步的思想。

更可恨者，自古来多少轻薄浪子，皆以"好色不淫"为饰，又以"情而不淫"作案。此皆饰非掩丑之语也。（蒙旁："色而不淫"四字已滥熟于各小说中，今特贬其说，批驳出矫饰之非，可谓至切至当，亦可以唤醒众人，勿为前人之矫词所惑也。甲旁："色而不淫"，今翻案，奇甚！）

这便是曹雪芹眼中的"二美合一"式的"兼美"。这也正是秦可卿这一形象的实质。情而不淫、色而不淫，今翻案，批驳其矫饰之非，唤醒众人，使他们从此勿为前人之矫词所惑也，这才是曹雪芹借"钗黛合一"、借"兼美"秦可卿意欲达到的目的。

由此观之，以"兼美"为特征的"中和观"既不是曹雪芹的发明与专利，更不能代表曹雪芹的审美观。在书中，"钗黛合一"是一种文化象征，是"中和观"的形象化写照。乳名"兼美"的秦可卿既是这种没落审美观的活标本，又是曹雪芹在实践其美学超越时的活靶子。为了深刻而全面地暴露"中和观"的虚伪本质，同时也为了避免文字狱的迫害，曹雪芹在创作《红楼梦》时寓思想于形象之中，采用隐喻与象征的手法，大展春秋笔法，寓褒贬，别善恶，刀斧之笔直指"中和观"——这一诗教之正宗，审美之圭臬。通过对秦可卿这一人物的命运安排及艺术处理，最终将她及她所代表的"中和观"这一腐朽的审美观彻底逐出红楼世界。

读到这里，或许有人要问，"中和"之美，只不过是一区区美学观而已，值得作者这样微密久藏、含沙射影吗？又值得如此谨小慎微、瞻前顾后吗？这个问题并不难回答，只要看一下乾隆皇帝给孔庙的题匾便一目了然：

"齐家治国平天下，斯言信也，布在方策；率性修道致中和，得其门者，譬之宫墙。"

试想，"诗追李昌谷，狂于阮步兵"的曹雪芹多大胆量，敢作如此之文。

秦可卿早死之谜

　　秦可卿之死，于《红楼梦》一书而言，是此书开局部分的一场重头戏；于红学而言，是历来红学研究的一大热点、难点。不论书里还是书外，秦可卿之死均是一大疑案、悬案。此案案情复杂，疑点颇多，归纳起来，大致有四：

　　其一为"早死"之谜。秦可卿属"金陵十二钗"之一，乃书中一重量级人物，且是一"难得双兼"、美轮美奂、人见人爱的妙极之人。此等可心、可意、可爱、可亲之人，为何在开篇不久（第十三回）便草草收场，一命归西？细数可卿出场回数，不过寥寥三四回。作者为何"欲速可卿之死"？此人又为何"终有不能不夭亡之道"？

　　其二为"身世"之谜。书中只提及秦可卿出自养生堂，其他身世背景一概不详。此人后虽被秦业收养，但她卑微的出身与她在嫁到贾家后所受到的礼遇、关爱及她死后所享受的葬礼规格明显不相称。作者在此人身上大量使用"瞒笔"、"幻笔"，有意模糊了她的身世背景，刻意渲染她身上的神秘色彩，致使此人身世如云山雾罩，观者置身其间，难辨东西。

　　其三为"死因"之谜。秦可卿之死，死因不明，前后矛盾，"破绽"百出。按作者最初的预设，此人应以"淫丧天香楼"而终，但《红楼梦》最终成书后，此人之死却由"淫丧"而成"病丧"。曹雪芹在安排该人物命运时为什么一改初衷，使该人物不但没有"淫丧天香楼"反而"死封龙禁尉"呢？这一前一后的自相矛盾所形成巨大反差，成为此案最大的疑惑费解之处。

　　其四为"葬礼"之谜。秦氏不过是贾府中一出身低贱、地位卑微的弱女子而已，此等无足轻重之人，死则死矣，又何足惜？然作者却在此人丧事上大事铺陈，贾府在此人的葬礼上极度靡费。书里人与书外人联手合作，给此人操办了一个场面恢宏、规格类似于"国葬"的葬礼。围绕秦氏之死，贾府上下，远近亲戚，朝野内外，合演了一场《红楼梦》一书中绝无仅有的丧葬大戏。若从局外人的眼光来看，作者、贾府中人此举，既不合情理，更不合常规。其中究竟隐含着什么深意，作者到底是何居心？思来想去，愈觉作者隐无限丘壑于其中，着实令人费解。

以上四点，互相纠结为一体，案中有案，疑中生疑，致使案情扑朔迷离、复杂异常。同书中人一样，身为局外人的读者对此也"无不纳罕，都有些疑心"。试问，"作案人"曹雪芹究竟是何居心？有何用意？

让我们先从秦可卿的早死谈起。从第五回首次登台，到第十三回草草收场，屈指算来，乳名兼美的秦可卿在《红楼梦》一书中总共只存活了八回。这八回中她也只是偶尔露露脸，作作陪客，着实算不上书中正人。此间《红楼》大戏正处在开场阶段，书中形形色色的人物正忙于登台亮相，可唯有秦可卿与众不同，只是匆匆打了个照面，刚刚混了个脸儿熟，便草草收场，一命归西。想这可卿乃是一身兼二美、极为妥当之人，且是一"和肝益气浑闲事"之人，此等"鲜艳妩媚，有似乎宝钗；风流袅娜，则又如黛玉"的妙极之人，作者为何在开篇不久便痛下杀手，了断其性命，将其彻底逐出红楼舞台？作者此举，着实令人费解。

在红楼人物群体中，秦可卿虽非书中正人，却也绝非一无足轻重、可有可无之人。相对于《红楼梦》一书的创作而言，秦可卿可谓是一个肩负有特殊艺术使命的人物，按脂砚斋的说法，红楼一梦必用此人引梦，又必用此人出梦。相对于贾家宁荣二府而言，秦可卿则又是一个身份地位特殊且肩负重要家族使命的人物，此人临终前曾魂托凤姐贾家后事二件。相对于"金陵十二钗"这个特殊的人物群体而言，秦可卿则又是她们当中不可或缺的一个。相对于书中主人公贾宝玉而言，秦可卿是他在下凡造历幻缘、体味人生幻梦时的引梦、出梦之人和"性启蒙教师"。相对于统管普天之下"风情月债"的太虚幻境而言，秦可卿在其中则又扮演着警幻仙妹这一特殊角色，掌管着"痴情司"。此人在书中第五回的首次亮相，虽不及凤辣子、黛玉、宝玉的出场那样风光、隆重，却也因伴有贾母的一段"心中定评"而使她的登台同样非同凡响。"贾母素知秦氏是个极妥当的人，生得袅娜纤巧，行事又温柔和平，乃重孙媳中第一个得意之人。"以贾母在贾府所独享的无上权威，她对某人的评价，即为家族层面上对此人的最终"定评"。贾母曾在不同场合对书中一些重量级人物如黛玉、宝

钗、王熙凤等人下过评语，但她们所得到的评价尚不足以和对秦氏的
"定评"相媲美。此人虽出身卑微、地位低贱，在贾府中却是一口碑甚
佳、人见人爱之人。合家大小、远近亲友，没有一个对她不是交口称赞。
就连贾府中最最目中无人的凤姐，对她也是另眼高看、关爱有加。同书中
涉及的所有女子相比，此人身上最耀眼的亮点有二：一为容貌之美；二为
性情之美。其鲜艳妩媚，有似乎宝钗；风流袅娜，则又如黛玉。一身兼有
钗黛二人之美，同她的美相比，钗、黛二人之美姑且只能算是美中不足，
书中其他女子之美则更是难以与其比肩。

　　既然秦可卿在书中具有如此重要的作用，作者为何让此人草草收场
呢？既然秦可卿之美超越了钗黛之美，作者又为何退而求其次，舍秦氏之
"兼美"而取钗黛之"美中不足"呢？

　　戚序本第十回有回前诗一首："新样幻情欲收拾，可卿从此世无缘。
和肝益气浑闲事，谁识今朝寻病源？"

　　细读此诗，揣摩作者意图，就会发现，秦氏之死，作者早有安排。秦
氏是一早亡短寿之人，这种宿命从她第一次出面便已注定。书中第五回，
贾宝玉在秦氏卧榻上梦游太虚幻境，于"薄命司"中得见"金陵十二钗
正册"，其中有关秦氏的谶图及判词为：

> 后面又画着高楼大厦，有一美人悬梁自缢。其判云：
> 情天情海幻情身，情既相逢必主淫。漫言不肖皆荣出，造衅开端
> 实在宁。

　　此回随后的《红楼梦十二支·好事终》一曲中，对秦氏之死，又有
进一步交代：

> 画梁春尽落香尘。擅风情，秉月貌，便是败家的根本。箕裘颓堕
> 皆从敬，家事消亡首罪宁。宿孽总因情。

　　以上几点均无一例外地暗示出秦氏短寿早夭、不得善终的信息。虽
然，这些信息是以一种生关死劫早注定的宿命论方式显现出来的，但作者
在其中显然是扮演着全能全知的造物主的角色。正是他，一手缔造了
"其鲜艳妩媚，有似乎宝钗；风流袅娜，则又如黛玉"的"兼美"秦可

卿，而后又亲手毁灭了这个难得双兼、美轮美奂的妙极之人。

书中第十回"金寡妇贪利权受辱　张太医论病细穷源"是作者在可卿活着的时候为她专辟的一回。此回表面上叙写张太医给秦氏瞧病，实质上是在为秦氏早死作铺垫。

从这一回始，丧钟已为秦氏敲响，死神的阴影日益临近，秦氏之死进入了倒计时。秦氏之病，预示着秦氏之死。难为作者的仔细周到，若深究起来，秦氏之死，非病也，亦非悬梁自尽之"淫丧"也。秦氏之死，非自然死亡，而属他杀。作案者乃秦氏这一形象的始作俑者曹雪芹是也。对于一部小说而言，作者便是它的造物主。对于《红楼梦》中各色人物而言，曹雪芹便是他们的命运之神。杀伐决断，全在于作者手中的"刀斧之笔"。"作者欲速可卿之死"才是秦可卿的真正死因。所谓"作者叫她三更死，谁敢留人到五更"。这一点就连"受害人"秦可卿也心知肚明。第十一回中，凤姐来看望秦氏，秦氏于病榻上笑着对凤姐说道："任凭神仙也罢，治得病，治不得命。婶子，我知道我这病不过是挨日子。"可怜这女子红颜薄命，《红楼》大戏刚刚开场不久，此女子便莫名其妙地一病不起，未曾挨过冬天，便撒手人寰，一命归西。

都知"可卿从此世无缘"，但"谁识今朝寻病源"？若细究起来，致可卿早死的病因有二：其一，秦可卿的早死，盖作者大有深意存焉。曹雪芹欲借红楼舞台上演二美分离、两山对峙、双水分流、悲金悼玉的传世大戏，秦可卿所代表的乐而不淫、哀而不伤、美而不刺、怨而不怒、温柔敦厚的"中和"之美以及由此而衍生出的大团圆式的喜剧则只能是草草收场。此即所谓"病树前头万木春"、"古鼎新烹凤髓香"是也。《红楼梦》一书舍秦氏而取钗、黛，就作者用意而言，其目的在于借人物形象的取舍，实现审美方式从以和为美到以悲为美的根本转变。就作品的艺术效果而言，从秦氏的难得双兼、一枝独秀到钗黛二人的两山对峙、双水分流，可谓是作者化腐朽为神奇、点石成金的神来之笔，秦氏虚幻颓靡的"兼美"（完美）让位给钗、黛之美，《红楼梦》一书的审美观念实现了对中和之美的超越，实现了从玄幻之美向现实之美的还原。在曹雪芹看来，秦氏之美，固然完美，却是一种虚无缥缈的淫靡颓废之美；钗黛之美，固然是美中不足，却是现实生活中实有的至真、至纯之美。作者曹雪芹是将《红楼梦》一书的美学追求定位于"美中不足今方信"这样一种观念之上，如若秦氏不死，则钗、黛之美难以彰显；秦氏不死，则《红楼梦》

一书难以打破历来小说窠臼；秦氏不死，作者曹雪芹难以翻成千古未有之奇文。

其二，况钗、黛二人乃书中正人，秦为陪客，若不遣去，岂不因陪而失正耶？故必遣去，方好放笔写钗、黛二人。从《红楼》一书人物形象的安排取舍来看，秦可卿在书中扮演着极其特殊的角色，具体地讲，秦氏乃《红楼》一梦的引梦、出梦之人。此即批书人所言："此梦文情固佳，然必用秦氏引梦，又用秦氏出梦。"所谓"引梦"，乃是作者在著此书时"独寄兴于一'情'字耶"。此书大旨谈情，又名《情僧录》。秦可卿，乃"情可情"也（情榜中宝玉为"情不情"，黛玉为"情情"。）秦氏之弟，乃秦钟（情种）也。秦可卿是"情天情海幻情身"，在太虚幻境中掌管"痴情"一司，自当为天下第一情人。《红楼》一梦是因空见色，由色生情，传情入色，自色悟空。作者曹雪芹是因情捉笔，情里生情；借幻说法，幻中不幻。如此一篇传世"情文"，则必须用"情之化身"秦氏引梦。此书无秦（情）则不"文"，无秦（情）则无梦。所谓"出梦"，是书"将可卿之病将死，作幻情一劫"。由秦（情）而出，传情入色，方能自色悟空。再者，秦氏之情，属已发之情，皮肤滥淫之情，非天然纯正之情，秦氏"擅风情，秉月貌"，形容袅娜，性格风流，虽来自太虚幻境这样一个清新洁净之地，但此纯正之情从来到末世的那一刻起，便被世人抛弃，后又与邪恶之情相逢，在经世俗之情孽（秦业）改造扭曲之后，便由"情"而"淫"，便主"淫"（以淫为主）。此等颓靡淫邪之情，将那些绿窗风月、绣阁烟霞皆悉玷污，成为自古来多少轻薄浪子以"好色不淫"、"情而不淫"作案的饰非掩丑的幌子。故必须要将其从《红楼》世界中涤除出去。秦氏出局，钗黛登场，淫靡之情随秦氏而去，纯正之情随钗黛而至。若不将秦氏遣去，势必会造成"淫必伤情"的恶果。

"新样幻情欲收拾，可卿从此世无缘。"由此可见，秦氏之死，作者早有安排。作者欲速可卿之死，可卿便在劫难逃。就连"学问最渊博的，更兼医理极深，且能断人生死"的张太医也束手无策。曹雪芹在书中假借"张太医论病细穷源"，其目的却在于"欲速可卿之死"。至于张太医所谓的"忧虑伤脾，肝木特旺……水亏火旺"云云，只不过是作者的戏笔托词而已。而一剂"益气养荣补脾和肝汤"是断断敌不过作者手中生杀予夺的刀斧之笔的。可卿即便是一身兼二美的妙极之人，即便是一"和肝益气浑闲事"之人，即便是一极为妥当之人，也"终有不得不夭亡之道"。作者欲收拾"新样幻情","将可卿之病将死,作幻情一劫",方是秦氏之死的真正病因,也是"可卿从此世无缘"的关键所在。

正是鉴于此,在最初的构想中,作者曹雪芹给秦氏及她所代表的旧美学安排了一个可悲的结局——淫丧天香楼。

秦可卿身世之谜

在文学创作中，作者往往是根据作品题旨和情节发展的需要来设置人物并对其进行功能定位的。这就使文学作品与实际生活及历史间有着很大的区别。文学形象的虚构性决定了它可以脱离实存的背景，而进入到一个虚幻的、想象的艺术世界中，成为一个观念化的人物。在《红楼梦》一书中，乳名兼美的秦可卿就是一个这样的人物。她的著名的死，实质上就是作者创作意图在该人物身上的具体体现，是作者在作品中对该人物功能定位及艺术处理的必然结果。

那么，在最初的构想中，作者曹雪芹为什么要给秦可卿这个人物安排一个"淫丧"的结局呢？

谈到秦氏的"淫丧"，需先从秦氏的身世说起。关于秦氏的身世，历来有诸多解说，其中最为著名且为今人熟知的，即认为此人出身于皇家，藏匿于民间，乃某某朝废太子的私生女云云。这种秉承了索隐红学衣钵，以妄加比附、主观臆断为能事的解说把个原来甚为简单的问题说得神乎其神、骇人听闻。其实，关于秦氏的身世，书中第五回"金陵十二钗正册"有关秦氏的判词中作者即已作了明确交代：

> 情天情海幻情身，情既相逢必主淫。漫言不肖皆荣出，造衅开端实在宁。

从判词中可以看出，秦可卿出自情天、情海，是情天、情海孕育幻化出的一个情的化身、情的载体。所谓情天情海，即书中第五回中的"孽海情天"——太虚幻境是也。在书中，秦可卿是一个极为特殊的形象，她不是一个严格意义上的凡胎肉身，不是世俗意义上的人，而是一个观念化的人物。准确地讲，她不是以通常意义上人的生命的孕育过程和诞生方式降临于世的，而是从太虚幻境这个超验的神秘世界中幻化而出的。此人虽"出名秦氏"，却"究竟不知系出何氏"（甲戌本第八回夹批）。她没有赋予她肉身的生父母，没有家族血亲的传承，没有世俗生活层面上的人物功能。此人是情孽所孕、因情而生，在警幻宫中原是钟情的首座，专司古往今来的风情月债，统管普天之下的痴男怨女，秉有天然之情，肩负情之使命，终成情之化身。

《红楼梦》又名《情僧录》，是书"大旨谈情"，始于情根（青埂峰），终于"情榜"。作者是因情捉笔，因情造物，因情立体，滴泪为墨、研血成字，用他毕生精力和全部心血，在末世文化的暗淡背景上，绘制出一幅色彩斑斓、感人肺腑的人生情感画卷。堪称一部绝世"情文"、"情史"、"情论"。"情"为《红楼》血脉，"情"为《红楼》魂魄。千古言情，首推此书。

在书中，"秦"影"情"字。秦可卿即为"情可情"，秦钟即为"情种"，秦业即为"情孽"。书中的秦氏家族是作者在演绎其情感观念时以拟人化方式塑造的人物形象系列，故此三人均为观念化人物，他们的身上均承载着作者所赋予的特定的情感内涵和功能。秦可卿作为情天、情海孕育幻化而出的情之化身，自当为天下第一情人，自当受到世人百般的珍爱与呵护。可当她最初降临人世时，却不得不面对被人遗弃送入养生堂这样一个可悲处境。"情"之化身降临尘世，不但未被珍爱，反遭遗弃，处境可悲可叹。秦可卿"出自养生堂"，这个情节中隐含着一个巨大的文化象征。"余叹世人不识情字"，这其中既包含着作者对"情"之处境的一种悲叹惋惜之情，也流露出对世人、世情的一种怨怒愤懑之情。

从最初降临人世的那一刻始，秦可卿的人生悲剧就缓缓拉开帷幕。从表面上看，这似乎只是一场个人化的世俗生活层面上的悲剧，只是一个悲剧的个案。但当我们将其放置在一个更为纵深宏阔的文化视野里，从中国封建社会思想文化史的角度去审视，就会发现，这场悲剧与其说是秦可卿的悲剧，毋宁说是"情"的悲剧。书中秦可卿的现实遭遇只是悲剧的表象，她的悲剧人生实质上是"情"在一种以贬情、抑情、节情、反情、灭情为旨归的末世文化中悲苦遭际的形象化写照，或曰象征。也就是说，作者曹雪芹实质上是在以"秦"写"情"。借秦氏之悲剧（世俗形态的）来隐喻"情"之悲剧（观念形态的）。

启迪人性，播撒爱情，警幻世情是秦可卿所肩负的文化使命，也是她从太虚幻境降临人世的目的，但这种带有拯救意味的下凡却是以悲剧的方式开始和结尾的。秦可卿出自养生堂，这是悲剧的起始点。养生堂虽为收养弃婴的慈善机构，却是人间悲情的聚散地，或曰中转站。在这里，秦可卿从一个拯救者变成了被拯救者。从一个"圣婴"变成了"弃婴"。度人者自身尚且不保，更何谈去完成拯救世情的文化使命。秦可卿的这种带有荒诞意味的人生遭际中隐含着作者不便明示的"微言大义"。世人为情所困，故有可卿下凡拯救世情之举。但出自养生堂的现实遭遇，却使拯救的主题及使命被置换为：情为世人所弃，只能无奈地等待被人领养以摆脱困境。接下来，故事只能沿着"领养"这条线索发展，而可卿之命运也只能系于此。不出所料，可卿后来"所幸被人收养"，她的命运似乎出现了否极泰来的征兆，不幸似乎正在向幸运转化。且慢，当我们细细审视、体味这次饱含人际关怀的"善举"时，就会发现，这只不过是不幸与不幸之间的一次正常交接，只不过是从一个悲剧向另一个悲剧的一次递进。因为收养她的并不是什么好人家，而是年近七旬，夫人早亡，膝下无儿无女，眼看就要断子绝孙的"营缮郎"——秦业。

"妙名。业者，孽也，盖云情因孽而生也。"（甲戌本第八回夹批）秦业者，情孽也。"业"通"孽"字。孽者，邪恶，灾殃之意。情孽，即情之灾孽。"官职更妙，设云因情孽而缮此一书。"（同上）营缮郎，营者，经营、贩卖之意；缮者，修缮、修补之意。三字合称即为：专职从事修缮、修补人性、人情的小官僚。（在中国封建历史中经营此行当者可谓是数不胜数，孔、孟、董、韩、周、程、张、朱即为其中的佼佼者。）

此处作者可谓是寓意深远。秦可卿所代表的纯正之情碰上了秦业所代表的邪恶之情，其结果必然是正不压邪，邪必驱正。纯正之情因无力自救，任由邪恶之情修补、扭曲。尽管你"情天情海幻情身"；尽管你身为警幻仙妹，来自神界仙境；尽管你位列钟情的首座，专司"痴情"一司；终避免不了"画梁春尽落香尘"的可悲结局，逃脱不了被鄙俗邪恶的世情抛弃、扭曲、异化，乃至凌辱的可悲境地。有情人面对的是无情世，擅风情，秉月貌，被看作是败家的根本。凡心、真情、爱情被视为洪水猛兽。"有人之形，无人之情"方为做人之基；崇礼而贬情，方为齐家之道；"存天理，灭人欲"方为治国之本。

正是在这样一个家庭（其文化模型为"家国同构"）里，秦可卿渐渐长大。她禀性中的纯正之情也正是在这样一个环境中被渐渐扭曲、异化、泯灭。"长大时，生的形容袅娜，性格风流。"甲戌本此处有批语云："四字便有隐意。《春秋》字法。"此时秦氏之情已发生变异，原初的纯正之情已蜕变为淫亵之情。此人之身份，也已由情之化身而成淫之化身。此即判词"情既相逢必主淫"一句中的隐情及隐意。

作者如此写出，可见此人来历亦甚苦矣。但秦氏的悲剧并未就此终结，最为不幸的是，这种"情"在其后的成长历程中又遇到了"假"（贾），"因素与贾家有些瓜葛，故结了亲，许与贾蓉为妻。"贾家者，"假"家也。此处之"假"，乃是与真实相对的"虚假"的"假"，与"伪"字同义。被遗弃、扭曲、异化了的"情"（秦）又遭遇到了"假"，与"假"结了亲，其结果必然是"假作真时真亦假"，人间真情在经假文化、伪文化熏染、浸淫之后，最终难以避免地成为一种"虚情"、"伪情"，成为情的反面——淫。"漫言不肖皆荣出，造衅开端实在宁。"任你是"擅风情，秉月貌"，终究逃脱不了"画梁春尽落香尘"。在贾府，秦可卿终沦落为一个性格风流的淫娃荡妇。从情的化身变成了淫的化身。这种变化作者虽未明示，但在对此人形容举止、性格言语，尤其是在对她的卧房陈设的描写中，作者笔下无处不在突出一个"淫"字。

尽管这个乳名"兼美"的女子在书中是一个生得袅娜纤巧，行事又温柔和平的极妥当之人，是一个难得双兼、妙极之人，但由于她所代表的中和之美及她身上兼情兼淫的禀性正是末世文人曹雪芹深恶痛绝并欲置其于死地而后快的东西，故在最初的构想中，曹雪芹给这个人物及她所代表的文化理念安排了一个可悲的结局——秦可卿淫丧天香楼。此即脂砚斋所谓的："作者用史笔也。"

秦氏之死，无论就其表象层而言，还是就其观念层而言，均应是以"淫丧"而告终。"中和观"始于情而终于淫。秦可卿生于情而死于淫。"淫丧"可以说是曹雪芹为秦可卿和"中和观"有意安排的共同的宿命。也是他在实践文化突围、构建一种全新的文化理念时必须完成的一项基础性工作。

余叹世人不识情字，常把淫字当作情字；殊不知淫里无情，情里无淫，淫必伤情，情必戒淫，情断处淫生，淫断处情生。（蒙王府本六十六回回前。）

　　秦氏之死，可谓是"淫断处情生"。作者欲速可卿之死，实质上是欲速可卿所代表的那种观念尽早消亡。如此，秦可卿便必死无疑，中和观便在劫难逃。"秦可卿淫丧天香楼"是作者为秦可卿安排的可悲下场。"纵有千年铁门槛，终须一个土馒头"是作者给中和观安排的可悲结局。

　　以"中和"为美的美学观，可谓是封建诗教之宗旨。这种美学观在中国封建社会早期以道德礼仪为治国立邦之本的特殊背景下，确也起到了规范人性、教化民众、控引人情的积极作用。反映出中国古代先民的一种尚中贵和、作稽中德的审美价值追求。但这种理论在经过先秦儒家的伦理化改造之后，便逐渐失去了其原有的古代人道主义色彩，转而蜕变为一种反人性、反选择、反进化倾向很重的美学观。

　　我们知道，中国的审美文化在很大程度上源起于"缘情说"。对于情感的推崇、弘扬，注重情感的发抒及表现，是中国古代艺术的一个显著特征。"诗缘情"、"诗发乎情"，可以说，"缘情说"使中国古代艺术获得了一个良好的起始点和可持续发展的动力。中国古典美学非常重视主体情志在艺术创作及鉴赏中的作用。将"情"看作是艺术的第一要素，将表情视为艺术的首要功能，进而确立了以情本思想为核心的艺术本体论。中国古代的"缘情说"与先秦儒家的审美主张是格格不入的。先秦儒家旨在为当时礼乐崩坏的社会建立一套中规中矩的礼治秩序，而对于人性、人情的控引则是其第一要务。儒圣孔夫子率先在他的文化实践中开始了对传统"缘情说"的理论改造。孔子艺术观的核心在于"以礼节情"、"以道制欲"、"克己复礼"。他在评价《诗经》时提出了著名的"思无邪"说及"乐而不淫，哀而不伤"说。倡导以合乎伦理规范的礼义来节控人的情感、欲望，反对无节制地宣泄感情。强调抒情时要以中和、中庸为"度"，认为情感的发抒一旦超过度便会导致淫。应该说，孔子注重"和"的审美观在当时特定的历史条件下还是有其积极意义的。但孔子审美观、情感观总体趋向于消极方面，他所看到的更多的是人类情感的负面效应，故"贬情而崇礼"便成为他的学说的主要特色。自孔子之后，这种审美观、情感观被进一步发扬光大，终成为中国封建诗教的"心魂"所在。先秦儒学中洋溢着的那些济世的、实践的、人道主义的精神荡然无存。一股反人性、反进化、反选择的历史逆流终将中国封建社会审美文化导入歧途，将中国人的精神世界、情感观念导入误区。先秦时荀子提倡"以道制欲"。《中庸》提出"节情以中"的观点。《乐记》、《乐论》倡导"反情以和其志"。西汉儒者把"思无邪"作为法规定了下来。刘勰在《文心雕龙》中强调："诗者，持也，持人性情，三百之篇，义归无邪。"到了宋代，这种戕残人性、禁锢真情的理论经周敦颐、邵雍、二程（程颢、程颐）、朱熹等人的润色发挥，终达到登峰造极的地步。朱熹在自己的学说中将"情"这种人的社会性属性直接并入"人欲"（人的自然性属性）这个范畴之中，将情视为人的低级欲望，贬抑、排斥、诋毁人的情感。认为"情之未发"才是其最佳状态，情之已发，则会使人被一己私欲所蔽，迷失天理，堕入迷途。"情是遇物则发"，发而皆中节，无所乖戾，方为"情之正也"。宋代理学家严申天理与人欲不可并存，二者犹冰炭不能共器。"人之一心，天理存则人欲亡；人欲胜则天理灭。未有天理人欲夹杂者，学者需要于此体认省察之。"（朱熹《语类》卷十三）"孔子之所谓克己复礼，《中庸》所谓致中和，尊德性，道问学，《大学》所谓明明德，《书》曰人心惟危，道心惟微，惟精惟一，允执阙中，圣人千言万语，只是教人存天理，灭人欲。"（朱熹《语类》卷十二）至此，中国传统审美文化中的"缘情说"在经历朝历代儒家及官方的理论改造之后，终于变成了"灭情说"。数千年来，儒家殚精竭虑对于中国人情感世界的模塑，并没有如他们所愿达到"天理存"的至高境界。相反，这种历时漫长的精神改造工程，却使中国人的精神、情感世界被严重扭曲，产生了畸变，泛道德主义的浊流终将其熏染、浸淫为矫饰、虚伪、变态之情。其结果是天理未存而人欲尽灭。

《红楼梦》第五回中，警幻仙姑曾对宝玉说过这样一段话：

> 更可恨者，自古来多少轻薄浪子，皆以"好色而不淫"为饰，又以"情而不淫"作案。此皆饰非掩丑之语也。（蒙旁："色而不淫"四字已滥熟于各小说中，今特贬其说，批驳出矫饰之非，可谓至切至当，亦可以唤醒众人，勿为前人之矫词所惑也。甲旁："色而不淫"，今翻案，奇甚！）

从最初的"诗缘情"到"乐而不淫，哀而不伤"（A 而不 B），到"哀不至伤，乐不至淫"（嵇康《声无哀乐论》），到"哀而未尝伤，乐而未尝淫"（邵雍《伊川击壤集序》），再到"好色而不淫"、"情而不淫"、"情而淫"（A 而 B）、"兼情兼淫"（兼 A 兼 B），既情且淫（既 A 且 B），终至淫。诗发乎情，不仅没有止乎礼义，反而止乎淫。这可以说是自先秦至明清中国人情感世界的心路历程。这也是书中秦可卿这个人物的人生历程。生于情，是此人的来历；死于淫，是此人的结局。"悲夫！千古世情，不过如此。"（蒙王府本第四回旁批）

开辟鸿蒙，谁为情种？情为何物？厚地高天，堪叹古今情不尽；痴男怨女，可怜风月债难偿。一部《红楼》，总揽国人情感全域，写尽人间万种悲情。作者曹雪芹撰此书，独寄兴于一"情"字，落笔于一"情"字，执着于一"情"字。作者之意，是欲天下人共来哭此"情"（秦）字。

秦可卿死因之谜

    在魂托凤姐贾家后事二件、留下"三春去后诸芳尽，各自须寻各自门"这两句临别谶言之后，和肝益气浑闲事的蓉大奶奶终于殁了。殁于书中第十三回，殁在了作者的刀斧之笔下。秦氏之死，就其个人而言，是她悲剧人生的一个归结，纵然你"擅风情，秉月貌"，鲜艳妩媚似宝钗，风流袅娜如黛玉，终也难逃"画梁春尽落香尘"的悲剧宿命。红颜薄命，香消玉殒，哀哉伤哉！秦氏之死，对于贾府及贾府中人而言，是作者为这个百年显赫世家在"烈火烹油，鲜花着锦"的极盛之时提前敲响的丧钟，"月满则亏，水满则溢"，"登高必跌重"。即便你百般经营、万般筹划，终也难免"食尽鸟投林"、"树倒猢狲散"的可悲下场。秦氏之死，对于"金陵十二钗"这个特殊的人物群体而言，是"千红一窟（哭）"、"万艳同杯（悲）"的开始，是春残花落、红消香断的预兆。秦氏之死，对于《红楼梦》一书的创作而言，则标志着一种淫靡颓废的审美观念的死亡。是作者借人物形象的取舍传达其艺术观念、实现其美学追求的一种手段。旧的"二美合一"式的"兼美"（中和之美）随秦氏一同驾鹤西去，新的"两山对峙、双水分流"的钗黛之美旋即登上《红楼》舞台。传统的"兼美"的原型被击碎，"以和为美"的经典范式被"以悲为美"的全新观念所取代，弥漫于书中的"一团和气"荡然无存，历时数千年的团圆美梦就此终结。由此开始，"红楼"一梦被真正导向了噩梦，导向了冲突，导向了悲剧的深渊。在书中，秦可卿是一个关于死亡的象征符号。她的短暂的一生即是在演示着一个死亡的过程。秦氏之死，并非只是一种肉身的死亡，而是灵与肉的双重寂灭。秦氏之死，亦并非一个关于死亡的个案，而是个体生命与她所置身其间的那个社会文化的整体性毁灭。这种死，既是一种终结，更是一种开端。以秦氏之死为分水岭，《红楼梦》一书在"沉舟侧畔"扬起了新的精神风帆，在"病树前头"开辟出新的精神疆域。从这个意义上讲，秦氏之死，对贾府中人、对那个时代虽为一个不祥的哀音，但对《红楼梦》一书乃至对于当时及后世的读者而言，实在是一个天大的喜讯。

作者欲速可卿之死，此人便不能有不夭亡之理。书至第十三回，秦可卿终于死了。但此人死虽死了，死法却大大出人意料。按作者原初的构想，此人应以"淫丧天香楼"而收场，书中第五回"金陵十二钗正册"中关于秦氏的谶图、判词及《红楼梦十二支曲》秦氏的唱词"好事终"中均明确无误地传达了秦氏因"淫"而丧的信息。可到了第十三回，此人却是因"病"而亡。"淫丧"与"病丧"，虽同为一死，两者间虽只有一字之差，内涵却有云泥之别。若从世俗的眼光来看，前者属不得好死，后者属得以善终。在视"淫"为大逆不道，极端重视家庭婚姻伦理及妇女道德操守的中国封建社会，"淫丧"属最为世人所不齿、为礼法所不容的一种死法。从书中相关细节可以推断出，秦可卿是因她与贾珍之间的翁媳乱伦关系的败露而于天香楼上吊自尽的，这在作品正文及脂批中均多有暗示。但到了书中第十三回，秦可卿却是因"病"而丧，且死后尽享哀荣。从原初的"淫丧"到后来的"病丧"，从"淫丧天香楼"到"死封龙禁尉"，这一前一后的自相矛盾所形成的巨大反差，成为此案最大的疑惑费解处。秦可卿死因不明，疑点颇多；书中关于秦氏之死的描写前后矛盾，破绽百出；作者朝令夕改，讳莫如深。身为读者、研究者面对这一前一后巨大的变故，一时间如堕五里雾中，无所适从。

对此，"红楼"世界的"言谈主人公"脂砚斋为我们提供了一些线索。为使观者能对此案案情及相关线索有一个大致了解，现将有关脂批汇聚摘录如下：

> 秦可卿淫丧天香楼，作者用史笔也。老朽因有魂托凤姐贾家后事二件，嫡是安富尊荣坐享人能想得到处。其事虽未行，其言其意则令人悲切感服。姑赦之，因命芹溪删去。（甲戌本第十三回回后总评）
>
> 通回将可卿如何死故隐去，是大发慈悲心也，叹叹！壬午春。（庚辰本十三回回后）
>
> 十三回正文"彼时合家皆知，无不纳罕，都有些疑心。"一句处有这样几条批语。甲戌眉：九个字写尽天香楼事，是不写之写。庚辰眉：可从此批。靖藏夹：九个字写尽天香楼事，是不写之写。〈常〉

［棠］村。靖藏眉：可从此批。通回将可卿如何死故隐去，是余大发
慈悲也。叹叹！壬午季春，畸笏叟。

　　"秦可卿淫丧天香楼"，作者用史笔也。老朽因有魂托凤姐贾家
后事二件，岂是安富尊荣坐享人能想得到者？其言其意，令人悲切感
服，姑赦之，因命芹溪删去"遗簪"、"更衣"诸文，是以此回只十
页，删去天香楼一节，少去四、五页也。（靖藏本第十三回回前）

　　今秦可卿托□□□□□□□□□□□□□□□理宁府亦□□□□□□□□□□
□□□□凡□□□□□□□□□□□□□□□□□在封龙禁尉，写
乃褒中之贬，隐去天香楼一节，是不忍下笔也。（甲戌本第十三回
回前。）

　　第十三回正文"因忽又听得秦氏之丫鬟名唤瑞珠者，见秦氏死
了，他也触柱而亡。"一句后有批语云："非恩惠爱人，那能如是？
惜哉可卿，惜哉可卿！"（甲戌本第十三回旁批）

　　在以上诸条批语中，批书人明确无误地提到了"淫丧天香楼"的相
关线索，并交代了作者之所以一改初衷的原因。按脂砚斋的说法，作者改
"淫丧"为"病丧"，主要是听从了他的劝告，更准确地讲是听从了他的
"命令"。此处，脂砚斋以长者自居，倚老卖老，出于个人一己之想法，
对曹雪芹的创作进行了直接干预。照他的说法，他是因念及秦氏有"魂
托凤姐贾家后事二件"的善举，且其言其意则令人"悲切感服"。于是，
老先生慈悲之心大发，"因命芹溪删去"天香楼一节。而把秦氏的死从原
初丢人现眼的"淫丧"改为后面冠冕堂皇的"病丧"，致使此回正文"少
去四、五页也"。

　　读者每每读到此处，瞻前而顾后，其间反差之大，令人匪夷所思。仅
凭一点恻隐之心便给先前眼中的淫娃荡妇树立起一座贞节牌坊，仅凭秦氏
临死前做的那一点点"善举"，就对情节作了如此巨大的修改，且造成故
事情节的前后矛盾、破绽百出。作者、脂砚斋此举，既不合常规，也不合
情理。既然他们的慈悲之心到了如此地步，何不好人做到底，将书中有关
"淫丧"的线索悉数"删去"，将秦氏与贾珍间的乱伦之罪统统赦免。既
然作者难违长者之命，删去"天香楼一节"，又为何在字里行间遗下诸多
有关"淫丧"的蛛丝马迹？作者此举，不正是"自执金矛又执戈，自相
戕戮自张罗"吗？

　　"幻境无端换境生"，在书中，秦氏之死由原初的"淫丧"而改为后来的"病丧"，并非是出自第十三回的"突发事件"，而是一个金针暗度、循序渐进的过程，这个过程始于书中第十回。此回回目是"金寡妇贪利权受辱　张太医论病细穷源"。蒙王府本此回有回前诗一首："新样幻情欲收拾，可卿从此世无缘。和肝益气浑闲事，谁知今日寻病源？"这首诗中即已明确点出可卿从此"世无缘"的原因是"病"而非"淫"。秦氏命运从这一回始发生了微妙变化，在读者的不经意间，"淫丧"被导向了"病丧"，情节发生了逆转。在这一回中，"和肝益气浑闲事"的秦氏突然间莫名其妙地染上了经血不调之症，此事在贾府虽为一件不足挂齿的小事，却惊动了上上下下；此病虽为一寻常妇科之病，却来势凶猛，如山峦颓倒。虽有"学问最渊博的，更兼医理极深，且能断人生死"的张太医为其把脉诊疗，虽有一味"益气养荣补脾和肝汤"为其养心调经，虽有贾府上下众人前后奔忙，可这秦氏之病不但未见好转，反而日甚一日，终成绝症。蒙王府本第十一回回末有批语云："将可卿之病将死，作幻情一劫。""幻情"者，虚妄玄幻之情也，与"真情"、"实情"相对。秦氏作为此种"幻情"的化身及代言人，她的死实际上是作者为这种"幻情"作的一"劫"，此"劫"为一"死劫"，"劫材"是"病"而非"淫"。生关死劫早注定，可卿从此世无缘。这从批语"将可卿之病将死"一句及第十一回相关情节中便可看出端倪。此回写凤姐同宝玉来看望秦氏，此时的秦氏已是病入膏肓，"脸上身上的肉全瘦干了"，虽不时有众人探望劝慰，可秦氏对她的病及她的命却是心中有数，不抱任何幻想。"任凭神仙也罢，治得病，治不得命。婶子，我知道我这病不过是挨日子。"可见，从第十回开始，秦氏的命运就已在作者笔下发生了逆转，围绕她的死的相关情节线索出现了微妙变化，原初的"淫丧"被逐渐过渡、置换为"病丧"，此即所谓的"金针暗度法"。从剧情发展的前因后果及基本脉络看，秦氏死因的前后巨变并非《红楼梦》一书写至第十三回时的"突发事件"，也非出于脂砚斋等人的恻隐之心，而是作者早有预谋，早有铺垫，有意为之。也就是说，可卿之死，由"淫丧"而至"病丧"，完全是曹雪芹一手策划、制造的，与他人无干。脂砚斋等人关于秦氏死因变化的几条批语，于《红楼梦》一书，尚不能为其弥补破绽、自圆其说；于观者，且不能给他们一个满意的答复、合理的解释。反而使该案案情变得更为复杂，使观者猎奇心大增。于是，探究秦氏死因，揣摩作者意图，澄清事件真相便成了红学界的一个热门话题，也成了红学研究中一大悬案。

　　从诸多研究秦氏死因的文章著述的立意来看，研究者大多不认同脂砚斋等人的解释，在研究中大都抛开"病丧"这条明线，扬弃了脂砚斋所谓的"慈悲"之说，而是循着"淫丧"这条暗线去探询其中的隐情、隐意的。迄今为止，对这一命题的研究从方法上总体可归纳为"补白法"、"开脱法"和"推卸责任法"这样三种。所谓"补白法"，即读者及研究者因循书中正文中的相关情节，参考脂砚斋等人的批语，并辅之以合理想象，弃"明线"投"暗线"，试图还原作者原初的意图，复现秦可卿与贾珍之间偷媳爬灰的丑事及此二人的奸情败露后秦氏于天香楼悬梁自尽的相关情节，曝宁国府的家族隐私，揭贾珍的"爬灰"丑事，还"淫丧"以本来面目。至于"开脱法"，即研究者多认为秦氏之死前后反差太大，常使观者难以接受，便站在维护和开脱作者的立场上，从字里行间寻找能让观者信服的理由。如：曹雪芹确有同情秦氏的心理，况且她又是警幻仙姑的妹妹，贾宝玉的"情（性）启蒙教师"，故没有让她承担乱伦的责任云云。也有认为秦氏乃警幻之妹，如把天香楼乱伦一节赤裸于读者眼前，会使读者感到警幻仙妹的美好形象与天香楼上的吊死女鬼的形象反差太大，终不忍下手等等。所谓"推卸责任法"，即在替曹雪芹开脱责任时，迁怒于脂砚斋等批书人，见到"淫"，觉得有失大雅，而命"芹溪删去"，雪芹难违这些道学家长者之命，便违心地一改初衷，致使原初的"偷媳爬灰"、"淫丧"如此伟大的直面现实、实录其事的现实主义构想胎死腹中。这三类文章，或以猎奇心见长，或以想象力著称，或自占地步，或处作者立场，对秦氏死因的前后变化各抒己见。应该说，这些文章的论点及述论均有一定的可取之处。但迄今为止，所有文章所挖掘、罗列出的诸多旁证材料仍不足以彻底消除读者心中的疑团，仍不足以彻底破解此案，且其中的不能自圆其说、自相矛盾之处，恐怕连研究者本人也心知肚明，秘而不宣。而且，这类文章大多有一个明显的缺陷，即文章的作者在潜意识中都不同程度地认为曹雪芹在处理秦氏之死时的确有不严谨之处、缺漏之处。正所谓："智者千虑，必有一失。"而正是这关键的"一失"，便留下了很多"空白"和"遗憾"需要后人去弥补。既然曹雪芹未能自圆其说，那么后来人就有责任去替作者打圆场。

　　试想，曹雪芹若有幸看到这些文字，必会慨叹："都云作者痴，谁解其中味。"而脂砚斋等人则又会调侃："深意他人不解。"（甲戌本第五回回侧。）"唯批书人知之。"（同上）"足见作者之笔，狡猾之甚。后文如此者不少。这正是作家用画家烟云模糊处，观者万不可被作者瞒蔽了去，方是巨眼。"（甲戌本第一回眉批。）

以曹雪芹的艺术功力及他在《红楼梦》一书的创作过程中"披阅十载，增删五次"所付出的辛劳、心血，在秦氏之死这个问题上出现如此大的纰漏是绝对不可能的。退一步讲，即使出现破绽，作者也会在增删五次的过程中将其处理得天衣无缝。很显然，作者在此处的确使用了画家的"烟云模糊处"，故意给观者卖了一个破绽。"做人要老实，作文要狡猾。"作者之笔，的确狡猾之甚。如脂砚斋等人所言，此中的确大有作者不便明示的隐情、隐意。在秦氏之死这个问题上，作为知情人的脂砚斋同作者曹雪芹两人之间始终有着一种默契，彼此心照不宣。书中有关秦氏之死的脂批，时而在为作者打掩护，言辞闪烁，欲言又止；时而又在替作者卖关子，吞吞吐吐，欲罢不能。关于这些，从书中第十三回回前那几条前后连贯而又前后矛盾的批语便可看出端倪。

按照脂批的说法，作者在写第十三回时使用的是"史笔"。所谓"史笔"，即如古代史官之写史，秉笔直书，不溢美，不隐恶，不遮丑。既为"史笔"，作者又为何对脂砚斋等人曲意奉承，又为何违背自己"实录其事"的创作原则？可见，作者曹雪芹"不忍下笔"是虚，"别有寓意"是实。"此回可卿梦阿凤，盖作者大有深意存焉。可惜生不逢时，奈何，奈何！然必写出自可卿之意也。则又有他意嘱焉。"（庚辰回前。）在秦可卿这个人物的艺术处理上，作者曹雪芹可谓是颇费心机，立意深远。其所采用的手法，正是脂砚斋在第一回批语中所提到的"明修栈道，暗度陈仓"和"背面傅粉"两法。

或许，唯有采用弃明投暗、背其道而行之，才是进入此命题的正确路径，才是揭开秦氏死因的关键所在。其实，关于这一点，无论曹雪芹还是脂砚斋在书中都曾多有暗示。"观者记之，不看这书正面，方是会看。"那么，曹雪芹借秦可卿之死到底明修什么？暗度什么？秦可卿这个人物身上又隐含着什么深意？带着对这些问题的思考，让我们重新进入《红楼》世界，探幽访暗，蹑迹追踪，从是书的背面去探究秦氏死因，弄清事件真相。

若要彻底破解秦可卿的死因之谜，需从以下几个问题入手并找出答案：

第一，在最初的构思中，作者曹雪芹为什么给秦氏设置了"淫丧"这样一个结局？

第二，剧情发展中，秦氏之死出人意料地由"淫丧"而变成"病丧"，是什么原因导致了该人物命运的巨变？这种巨变中隐含着作者怎样的创作意图？

第三，既然秦氏"病丧"已成定局，作者又为何在书中故意留下许多"淫丧"的蛛丝马迹而造成前后故事情节的自相矛盾呢？

让我们先从秦氏的"淫丧"谈起。谈到秦氏的"淫丧"，我们首先想起的是贾珍。正是这个衣冠禽兽，一手制造了秦氏的人生悲剧，毁掉了这个一身兼有"二美"（钗黛之美）的妙极女子。画梁春尽落香尘。纵然你擅风情、秉月貌，"鲜艳妩媚，有似乎宝钗；风流袅娜，则又如黛玉"，纵然你和肝益气浑闲事，处处小心世无争，终也难逃被纨绔所淫污、被世俗所唾弃的可悲命运。从书中相关情节推断，秦氏是在她与贾珍之间偷媳爬灰的乱伦之事败露后，而于天香楼悬梁自缢，走上不归路的。蒙王府本第七回回末有这样一条批语："焦大之醉，伏可卿之病将死。"这条批语及此回回末正文中均暗示出导致秦氏淫丧的相关线索。

此回写凤姐携宝玉去宁府赴宴，宴毕，贾蓉送凤姐的车出来，遇见家奴焦大正乘着酒兴闹事，大骂宁府中人。

> 众小厮见他太撒野了，只得上来几个，掀翻捆倒，拖往马圈里去。焦大越发连贾珍也说出来，乱嚷乱叫说："我要往祠堂里哭太爷去。那里承望到如今生下这些畜生来！每日家偷狗戏鸡，爬灰的爬灰，养小叔子的养小叔子，我什么不知道？咱们'胳膊折了往袖子里藏'！"众小厮见他说出这些没天日的话来，唬得魂飞魄散，也不顾别的了，便把他捆起来，用土和马粪满满的填了他一嘴。
>
> 凤姐和贾蓉等也遥遥的闻得，便都装作没听见。宝玉在车上见这般醉闹，倒也有趣，因问凤姐道："姐姐，你听他说'爬灰的爬灰'，什么是爬灰？"凤姐听了，连忙立眉嗔目断喝道："少胡说！那是醉汉嘴里胡吣。你是什么样的人，不说没听见，还倒细问！等我回去回了太太，看捶你不捶你！"唬得宝玉忙央告道："好姐姐，我再不敢了。"

此段文字，暗透出宁府的许多肮脏龌龊之事，也暗伏秦氏淫丧的重要信息。"爬灰"之意，宝玉虽不明白，可但凡能读懂《红楼梦》一书者，恐怕没有人会不解其意。准确地讲，正是贾珍（公公）与秦氏（儿媳）之间的"爬灰"（乱伦）关系，伏可卿之死。

蒙王府本第十回回后有批语云：

> 欲速可卿之死，故先有恶奴之凶顽，而后及以秦钟来告，层层克入，点露其用心过当，种种文章逼之。虽贫女得居富室，终有不能不夭亡之道。

贫家女得嫁富室郎，可卿似是一厚福之人，无奈宁府家风颓堕，"贾珍居长，不能承先启后，丕振家风。兄弟问柳寻花，父子呼幺喝六，贾氏宗风，其坠地矣，安得不发先灵一叹？"（蒙王府本第七十五回回前）且这秦氏形容袅娜、性格风流，贾珍人面兽心、放浪淫邪。秦氏身卑位低，自觉低人一等，贾珍仗势压人，欺小凌弱，这二人便很自然地勾搭成奸，招致祸端。贾蓉虽知二人奸情，却也无可奈何。及至某一日奸情败露，贫家女可卿就只有一条路可走了——淫丧天香楼。所谓"福善祸淫，古今定理"。"大凡古今女子，那'淫'字固不可犯，只这'情'字也是沾不得的。"（第一百二十回。）秦可卿是既沾情又沾淫，兼美、兼情、兼淫，居于"兄弟问柳寻花，父子呼幺喝六"，家风颓堕的宁国府，又集美、情、淫为一身，其结果便可想而知了。"但见荆榛遍地，虎狼同群"，可卿处境危矣！"迎面一道黑溪阻路，并无桥梁可通。"可卿结局必将惨矣！虽有警幻"快休前进，作速回头要紧！"的警告，终不免堕落迷津、命丧黄泉的结局。书中第五回宝玉在噩梦中曾有"可卿救我"的呼救，试问，可又有谁能救可卿？

这些均是读者借助书中相关情节线索及脂批从作品表象层推导出的结论，故自然而然地把致秦氏之死的所有罪责均归咎于贾珍。但在此需要说明的是，文学作品是作者在现实生活基础上依照自己的想象所构建的一个全新的艺术时空，文学作品中的人物往往承载着作者赋予他（她）的某种使命和功能，作品中人物的思想、情感及行为均有承担并执行作者意图的义务，均须服从并服务于作者的意图、作品的主旨。从这个意义上讲，贾珍与秦可卿翁媳间的乱伦事件已脱离现实的框架而成为一个承载并传达作者意图的文学事件，也就是说，秦氏和贾珍是作者为体现某种创作思想而设置的文学人物，"乱伦"与"淫丧"是作者为传达某种创作意图而设置的故事情节，从表面上看，贾珍是秦氏人生悲剧的制造者，但实质上她的悲剧却是由作者一手制造的。秦氏之"淫丧"，除了有其在感性层面上所呈现出的世俗生活画面及意趣之外，更有其更深层的理性追求和观念内涵。

在书中，秦可卿是一个集世俗意趣与观念内蕴于一身的特殊人物。她既是一个自然人，一个活体、一个肉身；又是一个超自然人，一种观念的载体、化身。作为一个生活在世俗世界中、具有七情六欲的自然人，她的现实身份及功能被定义为：贾蓉的妻子、贾珍的儿媳、贾母的侄孙媳妇、秦业的女儿、秦钟的姐姐，等等。但作为一个超自然的人，她的身份则是警幻仙妹。在太虚幻境中掌管"痴情"一司，是钟情的首座，是第一大情人，来自情天情海，是情的化身。她的功能是由仙界下凡人间，警幻、拯救颓堕淫靡的世情，为普天之下那些为情所困的痴男怨女们指明一条解脱的路径。综合秦氏的这两种身份，她实际上就是一个人神混合体。半人半神，兼人兼神，亦人亦神。与此同时，她在作品中也兼有神与人的双重功能。鉴于此人身份及功能的特殊性，在探究其死因时，就不能只着眼于作品的表象层及此人的世俗身份及功能，不应仅从她与贾珍的乱伦关系这个世俗层面去寻找答案，还应兼顾到她的另一重身份及功能，从此人作为一个负有拯救使命的超世俗、超自然的神，为何在现实中最终以"淫丧"而收场，这样一个层面去探究悲剧的成因及过程。关于这个问题，笔者在前文论及秦氏的"身世之谜"时曾有详细论述。简而言之，在此层面上，秦氏的"淫丧"呈现为这样一个过程：出自情天情海的情之"化身"可卿受警幻仙姑的委托下凡造历幻缘、拯救世情，但此情却为世俗所不容，初临人世即遭遗弃（可儿出自养生堂），后又被情孽（秦业）扭曲、异化，被假"真"（贾珍）及假文化玷污，终落得个"画梁春尽落香尘"的可悲下场。作者意在借秦氏一生的遭际实现其破"旧情"立"新情"的创作意图，借秦氏的"淫丧"传达这样一种全新的情感理念："余叹世人不识情字，常把淫字当成情字。殊不知情里无淫，淫里无情；淫必伤情，情必戒淫；情断处淫生，淫断处情生。"书中"情之化身"秦可卿平生的遭际，亦即一个"情断处淫生"的过程，而她的淫丧，对于《红楼梦》一书的创作而言，则又是该书"淫断处情生"的一个契机，预示着一种以宝、钗、黛及大观园中的诸多女子为载体，以真诚、善良、平等、博爱为内核的"大观园情感理念"的新生。秦可卿因情而生、因淫而夭的人生经历之中暗含着一个"毁灭"与"新生"的巨大的文化象征。作者是欲"将可卿之病将死，作幻情一劫"。"幻情"者，虚幻缥缈之情也，与真情相对，与曹雪芹所崇尚、所追求的情感观念相悖，故在全方位展示"大观园情感理念"之前，须将它及它的化身秦可卿彻底涤除于《红楼》世界之外。此即脂砚斋所谓的："盖作者大有深意存焉。"

　　秦氏"淫丧"，无论从世俗层面还是观念层面均属命该如此、理所当然，但令人遗憾的是，此人"淫丧天香楼"的一幕并未以一种直观的方式呈现在读者面前，相反，这原本可以掀起一个悲剧性小高潮、满足读者的多方面心理欲求的重头戏却被冗长的"病丧"的过程所取代。这个不死不活、病恹恹的过程居然持续了数回，把个读者也拖得神倦力疲。期待中的"淫丧"并未如期而至，却变成平淡无奇的"病丧"，戏剧性荡然无存，好奇心被愚弄，窥视欲被封杀。在这种情况下，探究秦氏死因的思路和方法也就不得不作相应的调整：从原初的"淫丧"到后来的"病丧"，是什么原因导致了秦可卿人物命运的巨变，这种巨变中又隐含着作者怎样的创作意图？应该说，这是我们在对作者意图进行心理重建时所遇到的一个最复杂、最具有挑战性的问题。因为它既涉及作者创作心态中最隐秘的部分，同时也是"秦可卿之死"这个命题中最为核心的区域。如果我们把《红楼梦》比喻为一部谜书，把对它的阅读比喻成制谜者与猜谜者之间的一场智力游戏的话，那么，这个死因之谜就是其中最难猜难解的一个。关于这个谜的谜底，作者在书中正文中只字未提，更无暗示，唯有几条散见于不同章回里的脂批可供参考，这便使我们在先是否弃了脂砚斋的"大发慈悲说"，之后却又屈尊求到了他的门下。作为《红楼梦》一书创作的直接参与者，作为"红楼"世界的"言谈主人公"，毕竟只有他离作者的心灵世界和创作意图最近。故在破解此谜时还需借助他去寻找可以进入作者内心世界的路径。除了第十三回回前、回后那几条不足采信的批语之外，有关秦氏死因变化的批语大致有这样几条：

　　书中第五回"《红楼梦》十二支曲中"，关涉秦氏的曲名是〔好事终〕，词文如下：

　　　　画梁春尽落香尘。擅风情，秉月貌，便是败家的根本。箕裘颓堕皆从敬，家世消亡首罪宁。宿孽总因情。

甲戌本在此处有一条特批，云："是作者具菩萨之心，秉刀斧之笔，撰成此书，一字不可更，一语不可少。"

第八回中，有一段文字介绍了秦氏的身世：

> 她父亲秦业，现任营缮郎，年近七十，夫人早亡。因当年无儿无女，便向养生堂抱了一个儿子并一个女儿。谁知儿子又死了。只剩女儿，小名唤可儿。长大时，生的形容袅娜，性格风流。

甲戌本在"小名唤可儿"一句处有夹批、眉批各一条。夹批云："出名秦氏，究竟不知系出何氏，所谓'寓褒贬，别善恶'是也。秉刀斧之笔，具菩萨之心，亦甚难矣。如此写出，可见来历亦甚苦矣。又知作者是欲天下人共来哭此情字。"眉批云："写可儿出身自养生堂，是褒中贬。后死封龙禁尉，是贬中褒。灵巧一至于此。"在"性格风流"后有旁批："四字便有隐意，《春秋》字法。"

结合具体语境，细读以上诸条批语，有三点需引起我们的重视：第一，照脂砚斋的说法，曹雪芹在塑造秦可卿这个形象、展现她的著名的"死"时，采用了"寓褒贬，别善恶"的《春秋》字法。文笔曲折而意含褒贬，隐大义于微言之中。故在探究此人死因时不能仅局限于作品的表象层（是书的正面），而应深入其间去挖掘其深层意蕴，索出其中隐情、隐意，辨析其中所褒所贬，把握作者的善恶是非观念。第二，就褒贬而言，从以上诸条脂批中可以看出，作者对秦可卿此人的态度是复杂的，或者说，此人禀性中是非善恶的构成是复杂的，故作者对她的褒贬也就不再是单向度的或褒或贬，而是时而褒，时而贬，褒中有贬，贬中有褒。如脂砚斋所言："写可儿出身自养生堂，是褒中贬。后死封龙禁尉，是贬中褒。"这里的"褒中贬"或"贬中褒"并非小说的叙事技巧，而是作者复杂的创作心态的真实写照。在此处，我们需关注作者的这种复杂的创作心态与秦可卿此人的性格及形象特质间的对应关系。即她身上哪些东西值得去褒，哪些东西又必须去贬，以及这种"褒中贬"或"贬中褒"与她的死因前后变化之间的关系。"写可儿出身自养生堂，是褒中贬。"此处的"褒"，针对的是她的出身、她的来历及她作为"情"之化身先天秉有的纯正之情。此处的"贬"，贬的是世俗之情（情孽），贬的是世人将秦氏原有的纯真之情扭曲、异化为一种淫亵之情，而使她成为"性格风流"的"淫的化身"。"后死封龙禁尉，是贬中褒。"此处之"贬"，贬的是世人不识"情"为何字，常把"淫"字当作"情"字，以淫代情、推崇淫而贬抑情的荒唐之举。褒的是秦可卿作为"情"之化身、天下第一大情人的英年早逝。其中暗透出作者对她所秉有、所代表的"情"被末世文化戕害的一种激愤哀叹之情。"惜哉可卿，惜哉可卿！"此话虽是脂砚斋所言，却代表了曹雪芹的心声。第三，在上引的脂批中屡次提及"秉刀斧之笔，具菩萨之心"，"刀斧之笔"即"史笔"也。直言记叙，秉笔直书，"笔则笔，削则削"（《史记·孔子世家》）。不溢美，不隐恶，不遮丑。作者既秉刀斧之笔，便具杀伐之心。但奇怪的是，在如何处理秦氏之死这个问题上，作者却迟疑不决、犹豫再三，手中的刀斧之笔迟迟没有落到秦氏的脖子上。看来，正如脂砚斋等人所言，作者的确是动了恻隐之心。如果我们仍需循着这条线索去探个究竟，接下来的问题便是：作者的菩萨之心因何而生？或者说，是秦氏身上的什么东西触发了作者的恻隐之心？这个问题的备选答案有三个，答案一："老朽因有魂托凤姐贾家后事二件，岂是安富尊荣坐享人能想得到者？其言其意，令人悲切感服，姑赦之，因命芹溪删去'遗簪'、'更衣'诸文，是以此回只十页，删去天香楼一节，少去四、五页也。"答案二："宝玉早已看定可继家务者可卿也，今闻死了，大失所望。急火攻心，焉得不有此血？"（甲戌本第十三回旁批）答案三："如此写出，可见来历亦甚苦矣。又知作者是欲天下人共来哭此'情'字。"前两个答案即使与问题有关联度，那它们也只是"弱"相关，唯有第三个答案方为最终的正确答案。正是秦氏身上的"情"触动了作者，启发了他的菩萨之心、恻隐之心、不忍之心，改变了《红楼梦》一书的叙事手法和剧情，改变了秦可卿的命运。这种改变完全是出自作者本意、初衷，而非听人劝告或随机应变所致。改"淫丧"为"病丧"，作者之意，是欲天下人共来哭此"情"字。秦可卿之遭遇，即"情"之遭遇；秦可卿之死，即"情"之死。虽此"情"已被世人扭曲、玷污、异化，但纵观秦（情）之一生，可见来历亦甚苦矣，结局亦甚惨矣！使人不由自主地会对她生出一种恻隐之心。"惜哉可卿，惜哉可卿！"

接下来，我们对秦氏死因的探讨就会自然而然过渡到第三问题（疑点）：既然秦氏"病丧"已成定局，作者又为何在书中故意留下许多"淫丧"的蛛丝马迹而造成前后故事情节的自相矛盾呢?

　　秦氏"淫丧"的线索虽从第十回始即被"病丧"这条线索取代,但"淫丧"的线索并未就此终结,而是作为与"病丧"这条明线相悖的暗线如影随形、贯穿始末。"淫丧"这条线索弃明投暗,并非意味着其在书中重要性的减弱或作者态度的转变,相反,这条线索在转为暗线之后,仍然对秦氏此人的命运及对她的评价起着决定性作用,是一条主导性线索。虽出于如前所述的种种原因,作者最终选择了"病丧"作为秦氏的结局,但他始终没有放弃"淫丧"的初衷,甚至不惜冒情节前后自相矛盾这样的风险而执意保留下"淫丧"的相关线索。"淫丧"在作者心目中的重要性由此可见一斑。显然,作者是想让"病丧"(明)、"淫丧"(暗)这两条线索同时并存,通过两者间的交织、矛盾来传达某种特定的创作意图。

　　书中第十三回,得知秦氏死讯后,"彼时合家皆知,无不纳罕,都有些疑心",此为要紧之句,后附这样几条批语。甲戌眉:九个字写尽天香楼事,是不写之写。庚辰眉:可从此批。靖藏夹:九个字写尽天香楼事,是不写之写。〈常〉[棠]村。

　　此回因删去天香楼一节,故少去四五页。但不知出于什么原因,作者并未将所有与"淫丧"有关的线索悉数删去,而是用"无不纳罕,都有些疑心"这短短九个字,暗透机锋,写尽天香楼事,此即脂砚斋所谓的"不写之写"。根据回前批语的提示,在删去的四、五页中,有秦氏死前"遗簪"、"更衣"等重要细节。秦氏无子嗣,"簪"估计是遗给贾蓉的,"更衣"则是人死前的一项固定仪式,对秦氏而言,"更衣"亦有脱去身前淫污劣迹,死后做一洁身自好的新鬼之意。

　　秦氏死后,宁府里乱哄哄人来人往,里面哭声摇山振岳。"奸夫"贾珍如丧考妣,更是哭得泪人儿一般。对前来吊丧的贾代儒说道:"合家大小,远近亲友,谁不知我这媳妇比儿子还强十倍。如今伸腿去了,可见这长房内绝灭无人了。"说着又哭起来。众人忙劝:"人已辞世,哭也无益,且商议如何料理要紧。"(庚辰侧:淡淡一句,勾起贾珍多少文字来。)贾珍拍手道:"如何料理,不过尽我所有罢了。"蒙王府本此处有批语云:"'尽我所有',为媳妇是非礼之谈,父母又将何以待之?故前此有恶奴酒后狂言,及今复见此语,含而不露,吾不能为贾珍隐讳。"与贾珍的过激举止不同,当是时,"尤氏正犯了胃痛旧疾,睡在床上"。(庚辰侧:紧处愈紧,密处愈密。)尤氏之病,不在"胃"而在"心"。

　　秦氏死后，宁府倾其所有，大办丧事。除秦氏停灵之处外，还另设一坛于天香楼上。（甲旁：删却，是未删之笔。）作者在此回中一方面大事铺陈地写秦氏病丧，另一方面又屡屡提及"淫丧"的蛛丝马迹，有意遗留下一些"破绽"，竟不知立意何属。隐去天香楼一节，是于心不忍；而割舍天香楼一节，则又有些于心不甘。如果我们要从中归纳出一种创作手法，那么，此法应为"自相矛盾法"，或如脂批所言，为"自难自法"。作者有意将故事情节往难处写，故意留下一些破绽，刻意设置前后剧情的自相矛盾。很显然，这不是作者的疏漏，也绝非《红楼梦》一书的败笔，而是作者有意为之，是《红楼梦》一书的精彩绝伦之处。庚辰本第二十一回回前批语中录有据斋说是无名氏所写的一首诗："自执金矛又执戈，自相戕戮自张罗。茜纱公子情无限，脂砚先生恨几多。是幻是真空历过，闲风闲月枉吟哦。情机转得情天破，情不情兮奈我何?"《红楼梦》一书中，有许多类似"自执金矛又执戈，自相戕戮自张罗"的文字及情节。从表面上看，似为作者在创作时的疏漏、不严谨之处，但当我们联系上下文、结合特定语境细细审读品味，就会发现并感受到其中的无穷奥妙。正如脂砚斋所言："似自相矛盾，却是最妙之文。"（第十五回甲戌本夹批。）"这方是世人意料不到之大奇笔。"（同上批）在表现秦可卿死因前后变化这个事关宏旨的重大情节时，作者曹雪芹采用的正是这种"自相矛盾法"。让"病丧"与"淫丧"这一明一暗两条线索同时存在，并驾齐驱，使之在两个不同层面上传达两种完全不同的理念，产生两种截然相反的艺术效果，并就此达到"寓褒贬，别善恶"的创作初衷。"淫丧"，是作者为"中和"之美安排的结局，纵有千年铁门槛，终须一个土馒头。"病丧"，是作者为"情"安排的一个结局，作者之意，是欲天下人共来哭此"情"字。其中褒贬之情、善恶之辨，昭然若揭。

秦可卿葬礼之谜

　　说完了秦可卿的死因，接下来，让我们再来说说她的葬礼，说说围绕着她的葬礼在贾府乃至更大范围里上演的那场闹剧。中国自古即有"隆丧厚葬"的风俗，这种建筑在祖先崇拜及家族血亲关系基础上的，体现为一种特定的人际关怀和伦理内涵的丧葬观念一直延续至今，成为中国传统丧葬文化中一个主导性观念。但在中国封建社会的大部分时间里，"隆丧厚葬"的习俗是在礼教的严格制约、控引下延续着的。贵贱有别、尊卑有序的礼制也自然融入到丧葬文化之中，最终形成了中国封建社会"五礼"之一"凶礼"。作为一部记叙一个都门望族百年盛衰史的鸿篇巨制，《红楼梦》中写葬礼的事不少，粗略统计一下，仅贾府中就不下二十起。这些葬礼，有的明写，有的暗写，有的侧写，运用了不同笔法。其中大多数葬礼只是几笔带过、略作交代而已。如晴雯的葬礼，书中第七十八回写道："王夫人闻知，便命赏了十两烧埋银子"，"抬往城外化人场上去了"。草草几笔，就把一个奴婢的丧礼敷衍过去。从总体上看，《红楼梦》一书中葬礼描写的繁简厚薄程度基本上是与死者在贾府中的地位与名望相对应的。即：尊贵者的葬礼隆重，卑贱者的简单。正所谓：贵贱皆由命定，生死须以礼分。一个人从生到死，均无所逃遁于礼法编织的恢恢天网。但书中的秦可卿的葬礼却是个例外，一个大大的例外。"书中第十三回秦可卿之丧是《红楼梦》小说中写死的系列中的大特写，重场戏。所以其葬礼场面之大、规模之宏、时间之长、规格之高，是小说中所有丧事都无法比拟的。"更有甚者，她的葬礼规格、规模与中国古代"凶礼"的轨制及规范明显相悖，存在着违礼、逾制的嫌疑。秦氏不过是贾府中一个出身低贱、地位卑微的弱女子而已，既无高贵的身世背景，又无显赫的家族地位，此等无足轻重之人，死则死矣，又何足惜？然作者却在此人丧事上大事铺陈，贾府在此人的葬礼上极度靡费。书里人与书外人联手合作，给此人操办了一个场面恢宏、规格类似于"国葬"的葬礼。围绕秦氏之死，贾府上下，远近亲戚，朝野内外，合演了一场《红楼梦》一书中绝无仅有的丧葬大戏。若从局外人的眼光来看，作者、贾府中人此举，既不合情理，也不合常规，更不合礼法。其中究竟隐含着什么深意，作者到底是何居心？思来想去，愈觉作者隐无限丘壑于其中，着实令人费解。

接下来，让我们进入红楼世界，以局外人的身份全程观摩一下秦氏的葬礼，先将所有疑点一一罗列，然后再去进一步探究其中的隐情。同书中所描写的其他人的葬礼相比，秦氏的葬礼具有"篇幅（耗时）最长"、"场面（花费）最大"、"规格最高"、"疑点最多"这样几个显著的特点。首先是"篇幅（耗时）最长"，书中作者在描写秦氏葬礼时足足用了三回的篇幅，使用的可谓是"大肆泼墨法"或曰"浓墨重彩法"。若分别以八十回本或百二十回本计算一下其所占的百分比，则分别为 3.75% 和 2.5%。想这可卿在书中不过是一个戏份很少的次要角色，在"金陵十二钗"中也仅居末席，在贾府亦不过是一个无足轻重之人，况一部《红楼梦》人物关系错综复杂，故事情节千头万绪，作者不去秉要执本，却花了如此多的笔墨来写此人葬礼，其用意着实令人费解。就秦氏葬礼的耗时而言，秦氏死后，公公贾珍哭的泪人一般，如丧考妣。"一面吩咐去请钦天监阴阳司来择日，择准停灵七七四十九日，三日后开丧发讣闻。"按书中记载，秦氏死后停灵七七四十九日，送殡又花去整整一天，安灵于铁槛寺后，又作了三天的安灵道场。这前后加起来，共耗时近两个月。这两个月中，贾府可谓是全家总动员，大张旗鼓、全力以赴，为秦氏操办了一个风风光光的葬礼。与此形成鲜明对照的是，她的公公的父亲贾敬的葬礼则显得仓促草率得多。贾府只是勉强应付过去，作者只是闲闲数笔带过。想这贾敬虽为一出家之人，却是宁府中辈分最长、地位最高者，死后葬礼的规格及享受的哀荣却远远不及孙媳可卿，这不能不使人顿生疑窦。作者此举，是何用意？贾府此举，成何体统！

其次是"场面（花费）最大"，关于秦氏葬礼的花费，用贾珍的一句话来概括可谓是再合适不过。"如何料理，不过尽我所有罢了。"在秦氏葬礼上，贾珍是恣意奢华，宁府是极度靡费。中国自古便有"丧礼与其奢易莫若俭戚"的古训，且贾珍所说的"尽我所有"一句，"为媳妇是非礼之谈，父母又将何以待之？"（蒙王府本第十三回夹批）但公公贾珍仍执意给儿媳秦氏办了一个既悲戚且奢侈的葬礼，至于家人的议论，翁媳间的礼数，早已抛到九霄云外去了。殊不知排场已立，收敛实难。先是"按七作好事"，停灵七七四十九日。"这四十九日，单请一百单八众禅僧在大厅上拜大悲忏，超度前亡后化之魂，以免亡者之罪；另设一坛于天香楼上，是九十九位全真道士，打四十九日解冤洗业醮。然后停灵于会芳园中，灵前另外五十众高僧、五十众高道，对坛按七作好事。"紧接着是广发讣闻，合家大小、远近亲戚、朝野内外有头有脸者或亲来上祭，或差家人前来，"只这四十九日，宁国府街上一条白漫漫人来人往，花簇簇官去官来。"葬礼的操办，可谓夜以继日，即便是晚间，也未见消停，"大门上门灯朗挂，两边一色戳灯，照如白昼，白汪汪穿孝仆从两边侍立"。给亡灵伴宿之夜，更是请了两班小戏并要百戏为亲朋堂客伴宿。"一夜中灯明火彩，客送官迎，那百般热闹，自不用说的。"出殡之日，更是声势浩大、盛况空前。"至天明，吉时已到，一班六十四名青衣请灵，前面铭旌上大书'奉天洪建兆年不易之朝诰封一等宁国公冢孙妇防护内厅紫禁道御前侍卫龙禁尉享强寿贾门秦氏恭人之灵柩'。一应执事陈设，皆系现赶着新做出来的，一色光艳夺目。"那时来送殡的王公贵族不可枚数。来宾中仅"堂客算来亦有十来顶大轿，三四十小轿，连家下大小轿车辆，不下百余十乘。连前面各色执事、陈设、百耍，浩浩荡荡，一连摆三四里远"。"走不多远，路旁彩棚高搭，设席张筵，和音奏乐，俱是各家路祭。""一时，只见宁府大殡浩浩荡荡，压地银山一般从北而至。"及至到了寄灵之所铁槛寺，又是另演佛事，重设香坛，等作过三天安灵道场后，这场历时近两个月、耗费无数银两、把全家人个个弄得神倦力疲的丧葬大戏才缓缓降下帷幕。相形之下，宁府掌门人贾敬的葬礼则要寒酸得多，冷清得多。第六十四回写贾敬葬礼上的停灵、出殡事，作者却又惜墨如金，只用短短百十来个字便敷衍过去。贾府上下更是极尽应付，给这个家族掌门人草草办了一个俭而不戚的葬礼。而此时的贾府尚处在"鲜花着锦、烈火烹油"的极盛之时，并无任何衰败迹象，完全有能力给贾敬办一个像样的葬礼。但贾府并没有这样做，作者也没有这样写。不知用意何在。

接下来，让我们再来看看秦氏葬礼的规格。秦可卿的死讯传来，只见宁国府府门洞开，两边灯笼照如白昼，乱哄哄人来人往，里面哭声摇山振岳。彼时贾代儒带领贾敕、贾效、贾敦、贾赦、贾政、贾琮、贾瑞、贾珩、贾珖、贾琛、贾琼、贾璘、贾蔷、贾菖、贾菱、贾芸、贾芹、贾蓁、贾萍、贾藻、贾蘅、贾芬、贾芳、贾兰、贾菌、贾芝等都来了。也就是说，贾氏宗族里有头有脸者悉数全来。秦氏死后，公公贾珍哭得泪人儿一般，如丧考妣。蒙王府本此处有批语云："'尽我所有'，为媳妇是非礼之谈，父母又将何以待之？故前此有恶奴酒后狂言，及今复见此语，含而不露，吾不能为贾珍隐讳。"《清史稿·凶礼》有载"皇帝丧仪天命十年，太祖崩。远近臣民，号恸如丧考妣。"贾珍之悲，不亚于国之丧君之痛。更有甚者，这个小女子的死讯甚至惊动了朝廷，停灵首七第四日，早有大明宫掌宫内相戴权（甲戌侧批：妙！大权也），先备了祭礼遣人来，次后坐了大轿，打伞鸣锣，亲来上祭。戴权者，大权也。此人身份特殊、权倾朝野，实质上充当着皇家特使的角色，他的"亲来上祭"，一方面大大提升了秦氏葬礼的规格，同时也带来了对于秦氏的官方评价。这种评价在其后以捐官的形式得以兑现。在戴权授意下，奸夫贾珍花了一千二百银子给他的儿媳妇捐了一个五品龙禁尉的缺。于是这个"和肝益气浑闲事"的小女子死后摇身一变，成了朝廷命官——"防护内廷紫禁道御前侍卫龙禁尉"。其灵前供用执事等物，俱按五品职例。出殡之日，更是盛况空前。那时官客送殡的，有镇国公牛清之孙现袭一等伯牛继宗，理国公柳彪之孙现袭一等子柳芳，齐国公陈翼之孙世袭三品威镇将军陈瑞文，治国公马魁之孙世袭三品威远将军马尚，修国公侯明之孙世袭一等子侯孝康；当日所称"八公"只有缮国公孙石光珠因母亲亡故，守孝不曾来得。余者更有南安郡王之孙，西宁郡王之孙，忠靖侯史鼎，平原侯之孙世袭二等男蒋子宁，定城侯之孙世袭二等男兼京营游击谢鲸，襄阳侯之孙世袭二等男戚建辉，景田侯之孙五城兵马司裘良。余者锦乡侯公子韩奇，神威将军公子冯紫英，卫若兰等诸王孙公子，不可枚数。

送殡途中，路旁俱是各家路祭：第一座是王府东平王府祭棚，第二座是南安郡王祭棚，第三座是西宁郡王，第四座是北静郡王的……

秦氏的葬礼规格之高，实大大出人意料。若仅就秦氏葬礼的排场、花费而言，其中虽有很多悖情违礼之处，却尚未达到"逾制"的程度。丧葬礼仪，为中国封建礼教之重要组成部分。古称"凶礼"，为"五礼"之一。早在先秦时代，我国便已确立一套完整有序的丧葬礼仪系统。《礼记》中即有丧礼规格、程序的详细规定。中国自古便有隆丧厚葬的习俗，且历朝历代所颁行的"凶礼"中并无对丧礼奢俭程度的严格规定，故民间丧礼大多是贫富各异、奢俭由己。贫富差异并非统治者制定"凶礼"时的最高准则，贵贱等级才是其中的核心要旨。因"凶礼"事关国家典制、礼治秩序，故历朝历代对于不同阶层的丧葬规格、程序均有严格规定。明代末年，中国社会曾经历过一段礼乐崩坏、纲纪凌夷的特殊发展时期，古人定下的规矩几乎全被僭越，丧葬之风，更是颓靡不堪。有清一代，"凡丧葬、祭祀，贵贱有等，皆定程式而颁行之"（《清史稿·凶礼》）。作为一部全面记录清代社会文化的重要历史典籍，《清史稿·凶礼》中对自皇帝而至平民的丧葬仪制有极其严格的规定，任何人均不得僭越古人定下的规矩，不得逾制，违者严加治罪。参照《清史稿·凶礼》中的相关条目，我们发现，秦氏的葬礼，僭越、逾制之处甚多，其中当以贾珍为秦氏选寿材一节，最具代表性。

看板时，几副杉木板皆不中用。可巧薛蟠来吊问，因见贾珍寻好板，便说道："我们木店里有一副板，叫做什么樯木，作了棺材，万年不坏。这还是当年先父带来，原系义忠亲王老千岁要的，因他坏了事，就不曾拿去。现今还封在店里，也没人出价敢买。你若要，就抬来罢了。"贾珍听了，喜之不尽，即命人抬来。大家看时，只见帮底皆厚八寸，纹若槟榔，味若檀麝，以手扣之，玎珰如金玉。大家都奇异称赏。贾珍笑问："价值几何？"薛蟠笑道："拿一千两银子来，只怕也没处买去。什么价不价，赏他们几两工钱就是了。"贾珍听说，忙谢不尽，即命解锯糊漆。贾政因劝道："此物恐非常人可享者，殓以上等杉木也就是了。"此时贾珍恨不能代秦氏之死，这话如何肯听。

此处贾政之言不谬。棺材作为人死后尸体的盛殓之器，在等级森严的封建礼治秩序中，亦被赋予了特定的礼教内涵。在《礼记·丧服大记》中，即根据死者身份的不同，对棺椁的材质、尺寸均作了严格规定。

　　　君大棺八寸，属六寸，椑四寸。上大夫大棺八寸，属六寸。下大夫大棺六寸，属四寸。士棺六寸。君松椁，大夫柏椁，士杂木椁。棺椁之间，君容柷，大夫容壶，士容甒。君里椁虞筐，大夫不里椁，士不虞筐。

秦氏以士人之躯，盛殓于原系义忠亲王老千岁定做的"樯木"棺材里，此等"违礼"、"逾制"之事在当时是必会给贾珍招来杀身之祸，是必会给贾府带来灭顶之灾的。然贾珍愚则愚矣，却绝不可能愚到连身家性命全然不顾的地步。明目张胆地"违礼"、"逾制"，大张旗鼓地同老祖宗定下的规矩叫板，这种事情在现实生活中是绝对不可能发生的。因此，对于他及贾府诸人的失常、荒唐之举，我们是不可能从书中所记述世俗生活中找到答案的。另外，因书中无任何信息显示秦氏可能与皇家有牵连，故以"秦可卿是康熙朝废太子胤礽的私生女"这类妄加比附的观点来索隐释证秦氏身份及葬礼更为不可取。对于秦可卿葬礼中出现的"违礼"、"逾制"，我们只能借助对作者意图的探究与重建去深挖其中的隐情、隐义。也就是说，秦氏之死，根子在于作者，而非贾珍。我们只有把"贾珍为什么给秦氏操办了一场如此奢华的葬礼？"这个问题中的"贾珍"置换成"作者"，才有可能破解秦氏的"葬礼之谜"。

那么，曹雪芹为什么给秦氏操办了一场如此奢华的葬礼？从突如其来的早死到前后矛盾的死因，再到扑朔迷离的身世，最终是让人匪夷所思的葬礼，作者曹雪芹为什么在秦氏之死这个事件中作了如此多的文章，设置了如此多的玄机，制造了如此多的障碍。

甲戌本第五回"红楼梦十二支曲"中关涉秦氏的曲名〔好事终〕处有一条特批，云："是作者具菩萨之心，秉刀斧之笔，撰成此书，一字不可更，一语不可少。"

甲戌本第八回再谈及秦氏身世时有夹批、眉批各一条。夹批云："出名秦氏，究竟不知系出何氏，所谓'寓褒贬，别善恶'是也。秉刀斧之笔，具菩萨之心，亦甚难矣。如此写出，可见来历亦甚苦矣。又知作者是欲天下人共来哭此情字。"眉批云："写可儿出身自养生堂，是褒中贬。后死封龙禁尉，是贬中褒。灵巧一至于此。"

细细审读以上几条批语，循着秦氏早死——淫丧——病丧——葬礼这样一条线索去追踪蹑迹，按照"情"的化身——兼美——中和之美——"淫"的化身这样一条观念轨迹去探微掘奥，我们就会对作者隐于字里行间的"险恶用心"和良苦用心有一个大致的了解和体悟。

所谓"寓褒贬，别善恶"是也。作者是想借此人之死，寓褒贬于书中，别善恶于书外。

从深层意义上讲，秦可卿简直就是中国封建社会的审美理想和人格理想，并且责无旁贷地肩负着这种病态文化的历史使命，自觉或不自觉地成为这种病毒的携带者和传播者，是一个十恶不赦的人物。而她所代表的所谓的"兼美"（中和观）即为那个时代的天条戒律和核心价值。从作者在这个层面上反映出的创作心态来看，正如脂砚斋所言，作者是"秉刀斧之笔"，笔锋直指封建文化的核心要害。通过了断秦氏的性命，彻底终结了"中和观"这一封建文化核心理念及价值的阳寿。借助那场隆重的葬礼，彻底埋葬了末世文化及其代言人。秦可卿之死，是《红楼梦》一书中价值观念转型的一个分水岭，标志着传统价值观在书中的全面坍塌和彻底出局。预示着一种全新的以"大观园文化理念"为标志的，以崇尚真情、追求自由、平等博爱为宗旨的新型文化即将取而代之，登台亮相。从这一点来看，秦可卿是死得其所；"中和观"是死有余辜。

如此写出，亦甚难矣。想这女子来历，亦甚苦矣。更何况她又是在替人受过，是封建病态文化的受害者和牺牲品。出于对此人的同情、怜悯，曹雪芹手中的"刀斧之笔"则又略显迟疑。他的确是动了恻隐之心。作者痛惜其心目中美的原型、情的化身被世人作践得面目全非，并将这种痛惜之情借宝玉的行为得以传达。

> 听了秦氏说了这些话，如万箭攒心，那眼泪不觉就流下来了。（第十回）
> 如今从梦中听见说秦氏死了，连忙翻身爬起来，只觉心中似戳了一刀，不忍哇的一声，直奔出一口血来。（十三回）

伴随着秦氏的一命呜呼，作者对其人的"褒中贬"便告一段落。接着，曹雪芹的春秋笔法陡然一转，又开始在秦氏的丧事上大做文章。正如脂砚斋所言："秦可卿死封龙禁尉，是贬中褒。"秦可卿之死，若单就其个人而言，她只不过是那个时代的审美畸趣培植的一株病梅而已，死则死矣，死得轻如鸿毛，又有何惜。但就那个时代而言，她可谓是好大一棵树，曾几何时，这棵树盘根错节，枝繁叶茂，浓荫遮天。树下麇集着无数这种文化教化出的传人。有朝一日，当这棵大树一旦訇然倒地，变成一棵朽木时，带给树下那群猢狲们的震惊和打击也便可想而知。这便又使秦可卿的死变得非同寻常、非同小可且重于泰山。

这便是为什么秦氏死后，贾府上下，无不纳罕，无不震惊。一时间宁国府里"哭声摇山振岳"。以贾代儒、贾代修为首的有头有脸的人物悉数全来。贾珍更是哭得泪人一般，如丧考妣。"合家大小，远亲近友，谁不知我这媳妇比儿子还强百倍，如今伸腿去了，可见这长房里绝灭无人了。"贾珍此言，前半句不过是托词。死了个在贾府里辈分很低的儿媳，无足轻重。后半句却委实道出了实情，长房里从此要绝灭无人了，要断子绝孙了。古人云："不孝有三，无后为大。"祖宗创下的千秋基业毁于一旦，安身立命之处一朝尽失。贾珍一干人又如何向老祖宗交代，如何向后人交代。

但人死毕竟不能复生。"人已辞世，哭也无益。且商议如何料理要紧。"贾珍拍手道："如何料理，不过尽我所有罢了。"既然不能使她万寿无疆，何不让她永垂不朽。这样既不负皇天，又可告慰祖宗。既可让死者安息，又可昭示后人以继承遗志。于是，贾府阖家兴师动众，朝野上下齐心协力，一场空前隆重，极尽奢华，在《红楼梦》一书中绝无仅有的丧葬仪礼便拉开了帷幕。宁荣二府的那些文化传人们合力上演了一出白发人送黑发人，长辈送晚辈的荒诞剧。

公公贾珍更是"恣意奢华"。几经挑选终于给秦氏找到了一副"千年不坏，万年不朽"的樯木寿材。因此木过于贵重，贾政因劝道："此物恐非常人可殓，殓以上等杉木也罢了。"贾政此言谬矣。和忠义亲王老千岁相比，此物秦可卿不仅消受得起，且受之无愧。好在"贾珍如何肯听"。尽管如此，贾珍意犹未尽。为了让秦的葬礼更风光些，借大明宫掌宫内监戴权（官方代表）"亲来上祭"时，不惜花费一千五百两银子给秦氏捐了个"防护内廷紫禁道御前侍卫龙禁尉"（官方评价）。"灵前供用执事等物，俱按五品职例。"以秦氏承袭祖业、维系纲常之功绩，这等荣耀，她同样受之无愧。为她歌功颂德、树碑立传，理所当然。

秦可卿的死，并非贾府一家的不幸，在更为广阔的背景上暗示着一个时代的衰亡和文化的沦丧。因此，她的死所带来的惶恐感和末路感也绝不仅限于贾家一府之内。这便是为什么在秦氏停灵期间，各色束带顶冠、有头有脸者或亲来上祭，或差家人前来，以至于"宁国府街上一条白漫漫人来人往，花簇簇官来官去"。出殡时，更是盛况空前。"一时只见宁府大殡浩浩荡荡，压地银山一般从北而至。"各路王公侯伯、文臣武将倾巢出动，纷纷加入送殡大军。就连功高至伟的北静王也"不以王位自居，上日也曾探丧来上祭，如今又设路祭"。想这秦氏生前不过贾府一区区小人物，死后却荣极一时、风光无限。从表面看，这既不合常规也不合情理。但就是这个兼情兼淫、以淫代情的弱女子又确乎是那个时代的精神栋梁，是那些束带顶冠者安身立命的根本，也是他们奉为圭臬的最高信条。因此，给秦氏操办一个"国葬"规格的丧礼，绝不为过。

　　于是，这出荒诞剧终于达到了高潮。秦氏的用樯木棺材盛殓的灵魂出窍的腐尸，被一群痛心疾首的"孝子贤孙"们抬着，终于来到了寄灵之处——"离馒头庵不远的铁槛寺"。"前人诗云：纵有千年铁门槛，终须一个土馒头。"这便是秦可卿及她所代表的那个世界的最终归宿，也是作者给她及她所代表的文化理念撰写的再贴切不过的墓志铭。至此，围绕着秦氏的死在贾府、甚至更大范围内上演的这出荒诞剧终于在馒头庵落下了帷幕。这不能不说是一个大团圆的结局。只不过这个美满之"圆"是个句号。

　　面对这一结局，那位身居"悼红轩"中，披阅十载、增删五次，精心构筑"红楼"世界的曹雪芹又作何感想呢？作为秦氏死刑的宣判者和葬礼的目击者，此刻他必定是悲喜交加。喜的是，终于用手中的"刀斧之笔"，大展春秋笔法，涤瑕荡秽，去除心中一大隐患。而这无论是对于《红楼梦》一书，还是对于那个时代，都的确是一件可喜可贺的事情。但秦可卿的死，又毕竟是玉石俱焚、情淫两丧。眼看着自己尊崇的"情"的化身竟遭此劫难，成了没落文化的殉葬品，又不由得悲从中来。如此看来，秦氏之死，无论对于作者，对于《红楼梦》一书，还是对于那个时代，又无疑是一件可悲可叹之事。而作者的慈悲之心和褒扬之情恰恰又着意于"是欲天下人共来哭此'情'字"。

　　写到这里，我们有必要重温一下鲁迅先生的那段话："至于说到《红楼梦》的价值，可是在中国小说实在是不可多得的……总之，自有《红楼梦》出来以后，传统的思想和写法都打破了。"

历史的复现与思想的重演

——评孙玉明《红学：1954》

一

笔者在此想使用"感性史学"一词来作为评述这部红学新著的切入点，并想借用卡西勒评赫德尔历史哲学的话来尽可能简约地表述我个人的读后感——"他的著作不是单纯对过去的复述，而是对过去的复活"。

"感性史学"用以特指那些在描述历史事件时具备了生动性、丰富性且融汇了作者思想情感的史学著作。这实在算不上一个规范的历史学术语。笔者只是想借以表达本人对历史书籍的阅读兴趣是何以同《红学：1954》一书形成默契进而生成一次愉快的阅读体验的。虽然这部书所表现的内容同愉快毫不相干。但当阅读进入一种主客体者间的共鸣状态时，来自所表述内容的不愉悦是不会干扰阅读过程带给阅读者形式上的愉悦的。

回想起来，这的确是一次愉快的阅读。在这种阅读中，作为图书另一半价值创造者的读者，就像是1954年那场运动的当事人，走入被作者复活了的历史情境之中，徜徉其间，观察、感受、体验其全部的丰富性与生动性。最后又像个局外人一样抽身离去，返回现实，驻足省思……以往在阅读《万历十五年》这类史学著作时就曾有过类似的感受，却每每在兴尽之余找不出一个合适的词汇来概括之。因日前刚刚读完傅谨先生的《感性美学》一书，故在刚刚步入《红学：1954》的那一瞬间，脑海里几乎是本能地迸出了这个词。

二

"真正的史学必须是就史学家心中所提出的具体问题，根据证据来论证……史学有史学的义理，既不能用考据本身代替义理，也不能用考据的方式讲义理。只有通过思想，历史才能从一堆枯燥无生命的原材料中形成一个有血有肉的生命。只有透过物质的遗迹步入精神生活的奥堂，才能产生真正的史学。"①

窃以为，《红学：1954》一书在这方面是有建树的，且对于当代红学研究是具有启示作用的。

这不是一部靠剪刀和糨糊剪裁粘贴出来的史学著作，而更像是一部带有浓重反思意味的史论。它不是靠摘录和拼凑各种不同的权威们的证词来进行历史叙述的，也不是靠在遇到史料的冲突时删去一个保留另一个这类讨巧的方式来完成其历史推论的。相对 1954 年的那场运动而言，这部书涉及了太多的资料，亦需面对诸多的"权威"观点及"权威"释义者。但作者并未将自己置身于他们的羽翼下进行一种小心翼翼的历史叙事，更没有去重复权威们在此前已作出的"定论"。在这部著作中，作者甚至是在尽量削去"权威"的痕迹，以使这个词汇尽可能地从这部著作中消失。在叙述过程中，作者尽可能赋予"资料"以陈述之外的更多的功能与价值，使书中所引的资料已不再是这一历史事件简单的前后相续，而是结构性的。作者用这些资料完成的叙述，不是第二手的陈述，而是一种在不违背历史真实前提下的自律的陈述。这种陈述既生动真实地复现了 1954 年发生在中国大地上的那场学术、政治风暴的历史原貌，同时又在思想层面上复活了这一历史事件。使读者能将对这一历史事件的感知从史料上升到思想的层面。

今天的人们在谈论发生于 1954 年的那场运动时，如果只涉及事实，而不涉及思想，那将是不可思议的。"一切历史均是思想史。"这句柯林武德的名言对于评价这场运动尤为适用。"历史的过程不是单纯事件的过程而是行动的过程，它是一个由思想的过程所构成的内在方面；而历史学家所要寻求的正是这些思想过程。"② 不理解过去人的思想，也就不能理解并复活过去的历史，一切历史的研究对象都必须通过思想来加以说明，加以评判。《红学：1954》一书的作者对于 1954 年这场运动的历史叙事、

---

① 何兆武、张文杰：《译序——评柯林武德的史学理论》，载［英］柯林武德《历史的观念》，中国社会科学出版社 1984 年版，第 23 页。

② ［英］柯林武德：《历史的观念》，中国社会科学出版社 1984 年版，第 244 页。

历史推论恰恰是建立在这样一种特定的历史意识及历史思维基础之上的。

在这部以"红学"命名的书中，作者并未将他的学术视野和历史思维仅圈限在当代红学研究这一狭小的领域，亦未仅从政治或人事的角度去评说其中的是是非非、恩恩怨怨。而是将这一历史事件放置在一个更为宏阔的思想的视野里去俯瞰并透视之。从这样一个角度望去，发生在1954年的那场运动表面上看是一场关于《红楼梦》一书的研究批判运动，实为一场涉及意识形态各个领域的政治、思想运动。从运动之初的"评红"到"批俞"再到后来的"批胡"，这其间存在着一个从学术到政治再到思想的转换递进过程。当以学术的方式无法去解决某个思想的问题时，政治便取而代之，并通过对某种学术的批判、否弃而建立起某种特定的思想观念及意识形态。在这里，学术是表象，政治是手段，思想才是实质。正如《红学：1954》的作者所言："通过对胡适派资产阶级唯心论的批判，最终在中国普及马克思列宁主义，才是这场运动的真正目的。"①从这个意义上讲，两个"小人物"的率先发难只不过是这场运动的触发点、导火线，评"红"批"俞"也只是这场运动的"表面"文章。由批"俞"而至批"胡"，由群众性的评"红"批"俞"而至全民性的批判资产阶级思想、建立马克思主义社会主义世界观才是这场运动的主脉。

在对这一历史事件展开具体的历史叙事及历史推论时，《红学：1954》一书的作者紧紧把握住了这根主脉。着力于从思想的，而不仅仅是政治的或人事的层面上去复现这段历史，重演过去的思想。并将这种思想纳入自己的知识结构之中，通过作者本人积极的富于建设性的思考、反思去探究隐于其间的思想文化根源。唯有在思想和对于思想的反思这个层面上，这场运动的性质及作用才有可能得到最终的判定，这场运动所遗留下来的诸多纷争、是非、误解、恩怨才有可能得到最终的澄清与化解。也只有在这样一个层面上，历史学研究方才能够呈现出其真正的意义和价值。

三

在试图从思想的层面上复活并评价"1954"这段历史时，《红学：

---

① 孙玉明：《红学：1954》，北京图书馆出版社2003年版，第259页。

1954》的作者既未沿袭传统的批判历史学的方法，仅从政治或伦理层面上去臧否人物、指点江山；亦未轻率地将过去的思想纳入今人或自己的思想格局中，去追求所谓的政治、人事效应。这是一部以反思而不是批判为主要特征的著作。

历史思维总是反思。"为了使任何一种个别的思想行动成为历史学的题材，它就必须不仅仅是思想的一种行动，而且还必须是反思思想的一种行动。"① 作者不仅要在自己的著作中重演过去的思想，更为重要的是要在自己的思想中反思过去的思想。唯有如此，方能使某一历史事件真正成为历史学而不是政治学、伦理学的题材。对于某一历史人物或某一历史事件在政治或伦理层面上展开批判，这并非历史学研究的主要目的。历史事件是不可能重演的，但思想却是可以重演的。以历史研究的方式重演某种历史思想，通过对其的理性反思来作为当代及未来生活的一种历史参照，这才是历史学研究的根本任务。

以往的红学家或历史学家在描述并评价发生在 1954 年的那场运动时，多采用的是传统的批判历史学的方法。作者总是自觉或不自觉地将自己置于一个"权威"的地位，采用把证人分成好人或坏人，通过保留一部分人的发言权、剥夺另一部分人作出证词的资格的方法完成其历史叙事及推论。面对"1954"这一特定的历史事件，研究者似更为关注发生在台前的故事，更热衷于从政治或人事的角度对其作出个人的主观化判定，而很少去关注这场运动幕后的背景性的东西。在这种既缺乏对历史的反思亦缺乏研究者自我反思的研究中，研究者浓烈的批判意识使他很难与他的研究对象保持一种恰当的心理距离，而来自外部的干扰及局限又使他很难获得一种纯粹的历史视野。在这类著作中，所有的历史便也自然而然地成为夹杂着个人观点与倾向的当代史。历史学的内涵被抽空了，变成一个仅用来包容各种杂说的容器。这种研究因未能真正触及发生在 1954 年的这场运动的历史成因，未能在观念层面上把握其内在动因，故数十年来红学界对这场运动的研究少有突破性进展，对它的评述亦始终未能摆脱是是非非、恩恩怨怨这些政治及人事的因素的纠缠。虽然在此期间不时传出"大白于天下"、"水落石出"之类的"捷报"，但经事后研核，这些"捷报"均不同程度地存有局限，难以服众。

---

① ［英］柯林武德：《历史的观念》，中国社会科学出版社 1984 年版，第 349 页。

在通过对于历史的反思来考察、评价这场运动时，《红学：1954》的作者较为成功地把对于这一历史事件的研究重心从"是什么"转向了"为什么"。把对它的评价从政治、个人的层面提升到思想及对思想的反思这样一个思辨历史学的高度。从这样一个高度俯瞰这场运动，学术纷争只是这场运动的诱因，个人恩怨只是这场运动的毫末。评"红"批"俞"只是偶然地触发了一场势在必行的政治思想运动，思想的新旧更替才是这场运动的根本动因和主要脉络。这不是一场偶然发生的运动，亦不是发起者个人意志的产物。如果亲历过这一历史事件的人们仍耿耿于怀于这场运动带给他们的身心的创痛，那么，时至今日，无论是当事人还是局外人，我们都必须要接受这样一个观念事实：这是一种带有必然性的、不以人的意志为转移的、我们都必须要去经历和体验的历史的创痛。虽然它制造并留下了诸多的遗憾，但从本质上讲，这场运动仍不失为一种社会进步的标志或产物。因为它毕竟促成了新中国成立后第一次大的思想革命。鉴于新中国刚成立时特定的历史背景，这场革命是必要的、必需的。相比较于中国传统的思想观念，这场革命所传播的思想是具有先进性的。这场运动以一种粗暴的、破坏性的、大批判式的方式最终实现了发起者的意图，这是这场运动的局限与失误。但作为运动的发起者、决策者，他们所充当的并非个人角色而是历史赋予他们的特定角色，他们的行为非个人行为而是一种历史行为。既然是一种历史行为，那么，每一个无论以何种方式参与其间的当事人就都是这种行为的发出者或承受者，他们都有责任和义务为之作出努力或付出代价。

《红学：1954》的作者并未在书中直言其反思的结论，但隐于字里行间的作者的意图却在无形中引导并启发了读者的积极思考，使他们在自己的反思中得出与作者的反思相接近的结果。反思过去意在昭示未来。历史需要反思，红学同样需要反思。《红学：1954》只是一个开端，一个良好的开端。希望这种反思不要仅停留在1954这个特定的年代上，而应向着更为深广的红学领域进发。

四

最后，我想把话题再引到文首提出的"感性史学"一词上，想从一个读者的角度谈谈对《红学：1954》一书写作风格的个人体会。红学研究需要重新走近读者以摆脱目前的困境，寻找新的发展空间。历史学研究同样需要与读者距离的拉近。很久以来，无论是对红学史的研究还是纯粹的历史研究，均不约而同地走上一条逐渐远离读者，甚至放弃读者的纯学术的路子。这种远离和放弃一方面有悖于"为人生而学术"的宗旨；另一方面也导致了这些学科自身的衰微。"教科书式历史学"不仅打消了读者对历史书籍的阅读兴趣，同时还在他们之间设置了一层隔膜。在这种研究中，鲜活而生动的历史变成了一堆抽象而枯燥的符号被尘封到各类晦涩难懂的学术专著中，完全丧失了其应有的效应。阅读这些著作也已变成一种枯燥乏味的事情。

"一个完美的历史学家必须具有一种充分有力的想象力，使他的叙述动人而又形象化。"① 历史的想象并非仅承担使阅读变得生动有趣的义务，对于一部纯粹意义上的历史著作而言，这种想象甚至不是装饰性而应是结构性的。没有它，历史学家便很难在自己的著作中重建过去；没有它，读者就不能真正感知已成为过去的历史。历史的想象不同于艺术的想象，我们可称之为一种知觉的想象。这种想象除了要力求达到画面、细节的真实生动之外，还需与用来作为题材的证据（史料）保持一种互补的关系。过去的一切都活在史学家的心里，他必须要借助想象在自己的著作中重演过去。他应通过情境描写、动机展示、人物分析使他的作品成为一幅形象生动的历史画卷。

《红学：1954》一书为我们展示了这样一幅画卷。是书生动而富有想象力的历史叙事大大拉近了这段历史与读者间的距离，增强了该书的可读性、感染力。在这部著作中，我们又一次见到了那一串串"熟悉的姓名"和那一张张"鲜活的面孔"，感受到了书中人物及作者的溢于言表的多维复杂的思想感情。作者在前言中曾坦言"写书不带感情，是绝对不可能的"。任何历史，归根结底都是人的历史。历史研究如果没有涉足人的情感世界，如果没有创作者的情感介入其间，那么，它就不能全面还原复现历史的真实，不能体现出历史研究的真正价值。相对于"红学：1954"这一个集人生辛酸苦辣于一体的历史学命题，想要避免感情的介入，是断断不可能的，也是不必要的。《红学：1954》的作者虽尽力避免主观情感的介入，但写作者本人的敏感气质及所研究命题的特殊性均使这部著作不

---

① ［英］柯林武德：《历史的观念》，中国社会科学出版社 1984 年版，第 273 页。

可避免地沾染上了浓郁的感情色彩。仔细品味、辨析这些隐于字里行间的情感，我们能从中真切体会到一种"青山依旧在，几度夕阳红"式的历史沧桑感。书中第二章附有一张照片，照片再现了俞平伯、李希凡、蓝翎三人在 1980 年 5 月 20 日《红楼梦学刊》编委会成立大会上举杯共饮的场面，细细端详这张照片，再想想发生在五十年前的那场运动，不禁又使人想起了那首词结尾的几句——"一壶浊酒喜相逢，古今多少事，尽付笑谈中"。

愿历史不再重演，愿红学大同。

或许，这才是《红学：1954》一书创作的立意本旨，这才是弥散于字里行间作者的挥之不去的情愫。

红楼盛宴与文化狂欢

民间红学的异军突起、强势出击，是 2005 年文化艺术及大众传媒界的一道独特景观。如要编纂一部红学年鉴，我们似可将这一年命名为"民间红学年"。在这一年中，以刘心武的"秦学"为代表的民间红学大行其道、独霸红坛，剑锋直指传统主流红学，大有将后者逐出红坛并取而代之之势。而国内主流媒体对刘氏"秦学"的倾力推介及主流红学在关键时刻的缄默与缺席也大大助长了这种势头。

若仅就红学本身而言，我们可以将其视为一些民间红学的研究者、爱好者不满于长期以来被排挤、冷落，急切希望获得一种认同而向主流红学（红学家红学、亦有人称之为官方红学）发起的一次挑战，是自有红学以来就已存在的民间红学向长期把持红坛的文人红学的第一次认真的"开火"，"秦学"是刘心武作为民间红学的领军人物向主流红学阵营开出的"可贵"的"第一枪"，这一枪中隐含着反中心、反权威、平民化、反本质主义诉求和解构与颠覆传统主流红学的动机。这一枪的"可贵"之处并不在于是否击中主流红学要害，是否击中某一红学命题的靶心；而在于它所发出的巨大声响所具有的号召力（针对民间红学研究者、爱好者）和感召力（针对一般红学爱好者）。这一枪是否预示着一个红学研究新时代的到来，是否敲响了主流红学的丧钟，我们尚不能断言，我们将拭目以待。

若从更为宏观的文化视野来审视这场红学热，这其实是一场发生在传媒时代的文化盛宴或文化狂欢，它具有鲜明的后现代意识形态或文化形态的特征。策划人（话题制造者、脚本制作人）、媒介人、文化专家、网民、演员、编导、台下观众（群众演员）、场外观众等是这场盛宴的主角，是这场文化狂欢的制造者兼参与者。电视、互联网、纸介质媒体、公共出版物是盛放食物的容器、餐桌，这场饕餮盛宴的菜品为"满汉全席红楼宴"，主打菜是秀色可餐的秦可卿，喝的是"万艳同悲"酒，品的是"千红一哭"茶，赏的是《红楼梦》十二支曲。这场狂欢附着于一场混乱无序的、无法定夺的阅读的快感与游戏的花样，消解了学术与日常生活的界限，抹平了高雅文化与民间文化之间的分野，有意使用戏谑式的反讽手法，审美与消费互动，学术与市场推介交融，收视率是唯一真理，发行量是硬道理。在这场狂欢盛宴中，文化活动、审美活动、商业活动、社交活动之间并不存在严格界限，而且也无规则可言。多种话语可以相对自由地喧哗，各种观点（帖子）可以畅通无碍地发布，以至达到空前未有的思想、话语狂欢的地步。从学术研究的角度来看，这场持续升温、尚未有退烧迹象的红学热深刻体现了消费社会的文学性、学术性本质，其实就是一场以红学研究为招牌、以红楼为场景、以秦可卿为道具，在一个公共开放空间的学术性表演，它与形形色色的商业表演、政治表演、外交表演、文学表演等并没有实质的区别。将文学商品化，把学术标签化，寻找一个公共话题，经文学化叙述、学术化包装、另类化处理，以尽可能引起受众关注，产生轰动效应。至于行为的真实动机与目的则始终深藏于幕后，是看不见的。这种表演的学术性特征在于：1. 这场学术性表演空间是由台前和幕后两部分组成的，它是由策划人、导演、演员（言谈主人公）、台下观众集体参与、集体创作的产物，是在策划人或学术主体原创基础上进行二度创作及整体性包装之后推向前台的。在这个过程中，原初的学术性标记或被置换，或被掩盖，或被局部放大，学术主体在学术活动中的支配性地位已不复存在，已基本丧失了主体性，成为这次学术表演中的演员，他的表演必须服务于导演对主题的预设和对剧情的安排。2. 这场学术性表演并不以对某一红学命题的科学认知和理论阐释为旨归，也并不以满足大众的求知、求真需求为目的，它所追求的只是一种戏剧效果，一种轰动效应，满足了对差异性、变化、个性化的要求和一种普遍的猎奇心理。3. 这场学术性表演实际上是一场需要参与者协调合作、共同完成的互动游戏，游戏的工具性和表演性是"心照不宣"的，它所营造的只是一种文学的、审美的或学术的幻觉，刻意仿真，鼓励参与，强调体验。其"作秀"、"作伪"、"欺骗"只是并不当真的手段，是"游戏规则"的一部分。它在一个类似于"太虚幻境"的虚拟空间里构建了一个红楼学术（游戏）平台和看似平等、自由、通畅的游戏通道，把《红楼梦》作为游戏的素材，把秦可卿作为游戏中的主人公，把主流红学作为戏弄、解构、颠覆的对象，把过去的历史与整个现实同超真实的仿真维度结为一体，把文学时空、文学人物、文学事件同历史时空、历史人物、历史事件混为一谈，把学术思辨和文学臆想合而为一……

正因为是在游戏里、在幻境里，故游戏主体可以不顾任何规范、规则，可以背离《红楼梦》原作的规定情境，可以扬弃作者赋予它的"质规定性"，可以鄙夷传统蔑视权威，可以信马由缰，让思绪自由驰骋。这只是一场游戏一场梦，没有人会对游戏的真实性提出质疑，当事人也无须对游戏的后果负责。大家共同的心态是及时行乐并尽可能把狂欢推向高潮。人们只是趁着这奈何天、伤怀日、寂寥时，试遣愚衷，因此上演出这"一载评红百载羞"的文化闹剧。

浮生着甚苦奔忙，盛席华筵终散场。当有朝一日盛宴散去，狂欢终止，赴宴者抹嘴走人，狂欢者一哄而散，有谁会为这次盛宴埋单？又有谁会去清理狼藉杯盘、残汤剩饭？虽截至目前"秦学"高烧未退，红楼盛宴未散，文化狂欢正酣，最终结局难料，但有一点可提前断言，刘心武、媒介人绝不会是这场盛宴的埋单者，那些处境艰难的红学家们注定是文化垃圾的清理者。

"秦学"的滥觞与红学的悲哀

　　搞文学却不懂文学，玩学术却是门外汉。文学创作与学术研究的错位，艺术想象与实证精神的混淆，用文学的想象来杜撰学术，又以学术的面目凭空臆想。从表面上来看，这似乎只是"票友红学"的创始人刘心武个人的悲哀，实则是《红楼梦》的悲哀、红学的悲哀。仅只这寥寥几句，便已然把笔者原本想说的话都说干道尽了，再往下写，就只能是添足之笔了。

　　让我们还是换一个话题，从秦可卿谈起，从她的著名的"死"谈起。在《红楼梦》一书中，秦可卿只是一个戏份很少、地位卑微、出身低贱的小人物，此人虽名列《金陵十二钗正册》中，但也只勉强居于末席，难与黛玉、宝钗、甚至凤辣子比肩。此人虽生得卑微、短暂，却死得隆重、风光。贾府中很多有头有脸、位高权重者，比如贾敬、贾母的死，所享受的葬礼规格都远不及她。一口"原系义忠亲王老千岁要的"，"恐非常人可享用"，"帮底皆厚八寸，纹若槟榔，味若檀麝，以手扣之，玎珰如金玉"的"樯木"棺材及极尽排场、极度靡费的丧事，把秦氏的葬礼升格到国葬的规格。此人身世不明、来历不详、死因蹊跷、葬礼逾制，在《红楼梦》一书中来也匆匆，去也匆匆，从第五回登台亮相到第十三回一命归西，前后虽只存活了八回，却在身后留下诸多秘密、疑团。数百年来，这些秘密在书中是微秘久藏，隐而不露，无人识破。数百年后，这些幽微隐秘之处勾起了著名作家刘心武的好奇心和探究的兴趣，在十数年间，刘作家痴迷其间，探赜索隐、掘幽发微，借"公羊学"法阐证"红楼"本事，用历史事件来填补文学空白，又以文学想象连缀历史碎片，突发奇想以立论，剖集遗闻以释证，穿凿比附以成篇，断墨残楮而成学。于是便有了 2005 年的"秦学"。而红学也终于在继曹学、脂学之后，又派生出一个子学科。

"秦学"之为学，基本上是刘氏本人自封的。把对秦氏其人其事的研究夸大、升格为"学"，这实在是小题大做、名实难符。因为它既不具备较完整的学术框架，也不具学术研究的延展性与可持续性。对秦可卿其人及她的死的研究，在整个红学系统中，充其量只能算是一个红学命题，属《红楼梦》人物形象研究系列。此人身上的疑点虽较其他人更多、更隐晦一些，相应的研究难度也肯定更大一些，但不能据此就把一个命题升格、放大为"学"，把对一个文学人物的研究所形成的一家之言拿来与红学比肩齐名。红学之为学，无论其显也好、隐也好，盛也罢、衰也罢，也无论人们如何评价，它毕竟已走过了二百多年的学术历程，形成了较为完整的学科建构，具备了较为悠久的学术传承和较为深厚的学术积淀。当今的红学虽也面临着"源远水则浊，枝繁果则稀"的困境，但它还尚未沦落到需要所谓"秦学"去支撑、去拯救它的地步。

红楼之为红楼，既非经，亦非史，乃是一"说部"（小说）。既为小说，对它的研究理当合乎文学的规矩准绳，其中所叙人事，即便与历史上的人事有品性相类者、逸事有征者、姓名相关者，作者也不过是取其形，依照艺术构思将其纳入一个非同于现实的全新艺术空间中，借助想象与虚构再塑其神。文学是创作，而非实录；是审美，而非证实。文学研究是在审美层面上开展的对文学特质、文学内蕴、文学风格、作品构成、文学价值等的宏观把握与微观探究，而非以实证与一般性认知为旨归。这可以说是文学之为文学的特殊性与规定性，是文学创作与文学研究的安身立命之处，是我们在研究与鉴赏《红楼梦》这部作品时的基本前提与出发点。在这方面，作为当代著名作家的刘心武理应是深谙文学肌理、创作之道的行家里手，他对文学创作的亲身实践及对文学创作心理流程的切身体验，他在长期创作实践中积累的丰富经验、练就的高超技巧、养成的非凡的艺术想象力为他从事文学研究奠定了良好的基础，具备了很多得天独厚、旁人难以企及的优势。他理应成为红学研究中文本研究的先行者，他的研究理应在对《红楼梦》一书进行文本阐释、在对作者意图进行心理重建等方面取得进展或突破。但令人遗憾的是，他迈进"红楼"大门的第一步却是从索隐开始的，或者说，是重拾索隐派衣钵，从对《红楼梦》进行解经式的附会、猜谜式的臆断开始的。

将《红楼梦》一书政治化、历史化，以《红楼梦》为一部变相的《春秋经》，认为其中处处有隐义、寓褒贬，这代表了"索隐派"红学对

《红楼梦》一书的基本看法。在索隐红学中，臆想式的解经和附会式的考据是其在研究时的基本方法。认为《红楼梦》乃是"纪事之作，非言情之作，特其事为时忌讳，作者有所不敢言，亦有所不忍言，不得已乃以变例出之。假设家庭，托言儿女，借言情以书其事，是纯用借宾定主法也"（王梦阮、沈瓶庵《红楼梦索隐提要》）。王、沈二人作为近代索隐红学的开山鼻祖，他们对《红楼梦》的观点及治学方法是当时及其后所有以索隐法研红者所普遍遵奉的基本原则和根本大法。

　　客观地讲，曹雪芹在创作《红楼梦》一书时，出于多方面考虑，的确使用了"瞒笔法"、"春秋笔法"，将"真事隐去"，留下"假语村言"。《红楼梦》中确也存在大量的难以明言之"隐"。因此，适当的索隐对于红学研究而言不仅是有用的，而且是必需的。既然《红楼梦》有所"隐"，那么，对其中隐情、隐义的揭秘就必然要使用索隐之法。但需要说明的是，首先，即便我们把《红楼梦》看成是一部变相的《春秋经》，看成是隐含有许多不便明示的历史秘密和政治动机的历史文本或政治文本，即便我们仍恋恋不舍于由来已久的历史文化情结、政治文化情结，执着于从历史学、政治学的角度进行索隐、揭秘、钩沉、掘微，这种脱离文学语境的外部研究亦需建立在严格、严谨、严密的科学实证基础上。用一句中国的古话，就是"实事求是"。研究者须本着一颗求真务实之心，依据事实以探求古书真义。不取穿凿附会、空言解经；力戒主观臆断、以讹传讹。其次，红学之为红学，既非史学，亦非政治学，而是文学；《红楼梦》之为《红楼梦》，既非历史文本，亦非政治文本，乃属文学文本。文学，作为一融会了客观物质世界的实像和作家精神世界虚像的具有再造性甚至创造性特质的新世界，它的构成远比历史或政治文本要复杂得多。出于某种特定动机，作者在创作时常会使用隐喻、暗示、象征、双关等手法，营造一迷离惝恍、朦胧多姿、闪烁变幻的艺术世界，间接表达其复杂多维的思想感情，隐晦曲折地反映社会现实。关于这一点，作为《红楼梦》一书早期阅评人的脂砚斋在他的批语中讲得甚为明白："事则实事，然亦叙得有间架，有曲折，有顺逆，有映带，有隐有见，有正有闰，以至草蛇灰线、空谷传声、一击两鸣、明修栈道、暗度陈仓、云龙作雨、两山对峙、烘云托月、背面傅粉、千皴万染诸奇。"文学作品的特殊构成及表达方式，决定了我们探究其中的"隐情"、"隐义"时，既要考虑到其与现实相符相验之处，更重要的要将其纳入艺术审美领域，遵循文学艺术的特殊规律，从艺术构成论及文艺创作学的角度去探秘索隐。而不应脱离文学语境，脱离作品规定情境，脱离作者的意图和作品的形象实体，简单地将文学视为现实生活的"底版"或"影印件"，武断地在文学和现实间画等号，用某一历史人物、历史事件去比附文学作品中的人物与事件。文学同现实、历史固然有着千丝万缕的联系，但这种联系绝非是一个简单的"等号"所能涵盖的，它们之间是靠作家借助创造性思维和艺术的虚构将千丝万缕的线索编织成的一根有机的艺术纽带联结在一起的。如果我们把《红楼梦》一书仅仅视为那个时代的实录或作者个人生活的翻版，如果我们仍热衷于以一种窥探隐私的心态去挖掘所谓的"宫闱秘事"、"家族丑闻"，如果我们仍执着于"对号入座"式的"比附红学"或"虚拟妄称"式的"猜谜红学"，其结果势必将大大贬低《红楼梦》的思想艺术价值和曹雪芹的艺术创造力。并会把我们的研究引入歧途，如刘氏的"秦学"。

让我们再次回到"秦可卿之死"这个经典命题。无论这个命题中隐含了多少"宫闱秘事"，微言大义；也无论这个女子的死在多大程度上激发了我们的想象力、好奇心或窥视欲，当我们以一种学术研究的态势介入此命题时，首先需要对此命题进行学术上的定性与定位。这是任何类型的学术研究的基本前提和出发点。《红楼梦》作为一部小说，"秦可卿之死"作为这部小说中记录的特定的文学事件，秦可卿作为一个文学人物，对《红楼梦》的研究作为通常意义上的文学研究，这一切均在明确无误地昭示给我们这样一个简单的道理：《红楼梦》不是一部史书，"秦可卿之死"不是一件以往岁月中发生过的实有之事，秦可卿不是一个历史上的实有之人，对《红楼梦》的研究亦非通常意义上的历史研究。这是一个再简单不过的道理，简单得就像"一"。但就是这个"一"，就像一根路障，拦在红学之路上，致使红学研究长期以来跳不出历史的屏障，走不出索隐的怪圈，摆不脱考证的束缚，回不到文本的正途。红学之为学，已完全丧失了它作为一种文学研究的最基本的学术品性、学理内涵和研究方法，它所有的一切均是由历史所赋予、所决定的。也就是说，红学之为学，实质上成了史学，成了史学的分支，成了史学的附庸。在这种背景下的"秦可卿之死"，也就自然而然地成为一个历史学命题，对它的研究，无论呈现为多少样式，采取何种方式，这其中最有价值的只能是还原历史真实，考出本事、真事，索出"隐情"、"隐义"。于是，在红学研究中就有了执着于故纸堆中的考证法，掘地三尺的考古法，探幽发微的索隐法，妄加比附的臆想法，更有甚者，还有诸如无中生有的"红外线法"、故弄玄虚的"太极法"，等等。于是，就有了考证红学在百年红坛上的一枝独秀；有了从王梦阮、沈瓶庵到蔡元培到邓狂言再到刘心武的"索隐"红学的一脉相承；有了宝黛二人是在影射顺治帝与董鄂妃的故事、贾宝玉是废太子胤礽的化身、秦可卿是废太子胤礽的私生女诸如此类惊世骇俗的"假说"和子虚乌有的"狂言"。

　　"秦可卿是胤礽的私生女"作为刘心武所谓的"秦学"的核心观点，纯属主观臆想的产物，无任何史料、哪怕是野史可为之佐证，故在学术上无任何研究价值，更无与之辩论、学术争鸣的必要。它的荒诞不经决定了它必然会重蹈那些"索隐派"先贤们的覆辙，并必将会成为红学史上的反面案例，剩下的只是一个时间问题，或曰不久的将来。对此，我们应保持适当的耐心和冷静。

　　我们需要做的，是要重新恢复"秦可卿之死"作为一个文学命题的本来面目。从文学的角度，以文学的方法去重新审视和探讨之。在明确了这一点之后，接下来，我们就需要给自己的研究选择一条与该命题的属性相对应的学术路径，相对于这个命题而言，这应是一条通向文本、指向作者意图、回归作品本身的路径。这也就是通常所说的"还红楼以红楼"。这里的"还"，非指回到历史现场，还原历史真实，再现历史原貌。而是特指还原作者意图，还原《红楼梦》的艺术时空，尽可能全面地还原作品的主旨意蕴，展示其艺术审美价值。

　　"秦可卿之死"这个命题恰与《红楼梦》一书的美学建构及曹雪芹的美学追求密切相关。因笔者在《"钗黛合一"美学阐释》一文中对该命题有详细论述，故不再做长篇大论，而是择其要者，作简要说明。"秦可卿之死"这个命题作为红学研究中一大悬案，案情极其复杂，疑团重重，若按其案情的构成特征以时间的先后为序，则可将其拆解为四个小案子，或曰四个谜。即：第一，身世之谜。第二，早死之谜。第三，死因之谜。第四，葬礼之谜。

　　首先，让我们来看看她的身世之谜。秦可卿是一个来历不明之人，书中只提及此人出自养生堂，其他身世背景一概不详。此人后虽被秦业收养，但她的低贱的地位和卑微的出身与她在嫁到贾家后所受到的礼遇、关爱及她死后所享受的葬礼规格明显不相称。作者在此人身上大量使用"瞒笔"、"幻笔"，有意模糊了她的身世背景，刻意渲染她身上的神秘色彩，致使此人身世如云山雾罩，观者置身其间，难辨东西。

历来的研究者考索此人身世时，多着眼于从秦可卿作为贾蓉的妻子、秦业的女儿、秦钟的姐姐等这样一种世俗生活层面上和血亲关系网络中去探秘掘微，而大多都忽视了秦可卿的另一重身份，即乳名"兼美"字"可卿"的警幻仙妹。也就是说，在《红楼梦》一书中，秦可卿是一个集世俗意趣与观念内蕴于一身的特殊人物。她既是一个自然人，一个活体、一个肉身。又是一个超自然人，一种观念的载体、化身。作为一个生活在世俗世界中、具有七情六欲的自然人，她的现实身份及功能被定义为：贾蓉的妻子、贾珍的儿媳、贾母的侄孙媳妇、秦业的女儿、秦钟的姐姐，等等。但作为一个超自然的人，她的身份则是警幻仙妹。在太虚幻境中掌管"痴情"一司，是钟情的首座，是第一大情人，来自情天情海，是情的化身。她的功能是由仙界下凡人间，警幻、拯救颓堕淫靡的世情，为普天之下那些为情所困的痴男怨女们指明一条解脱的路径。综合秦氏的这两种身份，她实际上就是一个人神混合体。半人半神，兼人兼神，亦人亦神。与此同时，她在作品中也兼有神与人的双重功能。

"情天情海幻情身，情既相逢必主淫。漫言不肖皆荣出，造衅开端实在宁。"

从判词中可以看出，秦可卿出自情天、情海，是情天、情海孕育幻化出的一位情的化身、情的载体。所谓情天情海，即书中第五回中的"孽海情天"——太虚幻境是也。在书中，秦可卿是一个极为特殊的文学形象，她不是一个严格意义上的凡胎肉身，不是世俗意义上的人，而是一个观念化的人物。准确地讲，她不是以通常意义上人的生命的孕育过程和诞生方式降临于世的，而是从太虚幻境这个超验神秘世界中幻化而出的。此人虽"出名秦氏"，却"究竟不知系出何氏"（甲戌本第八回夹批）。她没有被赋予肉身的生父母，没有家族血亲的传承，没有世俗文化功能，而是情变所孕、因情而生。此人在警幻宫中原是钟情的首座，专司古往今来的风情月债，统管普天之下的痴男怨女，秉有天然之情，肩负情之使命，终成情之化身。

从最初降临人世的那一刻始，秦可卿的人生悲剧就缓缓拉开帷幕。从表面上看，这似乎只是一场个人化的世俗生活层面上的悲剧，只是一个悲剧的个案。但当我们将其放置在一个更为纵深宏阔的文化视野里，从中国封建社会思想文化史的角度去审视，就会发现，这场悲剧与其说是秦可卿的悲剧，毋宁说是"情"的悲剧。书中秦可卿的现实遭遇只是悲剧的表象，她的悲剧人生实质上是"情"在一种以贬情、抑情、节情、反情、灭情为旨归的末世文化中悲苦遭际的形象化写照，或曰象征。也就是说，作者曹雪芹实质上是在以"秦"写"情"。借秦氏之悲剧（世俗形态的）来隐喻"情"之悲剧（观念形态的）。

启迪人性，播撒爱情，警幻世情是秦可卿肩负的文化使命，是她从太虚幻境降临人世的目的，但这种带有拯救意味的下凡却是以悲剧的方式开始和结尾的。秦可卿出自养生堂，这是悲剧的起始点。养生堂虽为收养弃婴的慈善机构，却是人间悲情的聚散地，或曰中转站。在这里，秦可卿从一个拯救者变成了被拯救者。从一个"圣婴"变成了"弃婴"。度人者自身尚且不保，更何谈去完成拯救世情的文化使命。秦可卿的这种带有荒诞意味的人生遭际中隐含着作者不便明示的"微言大义"。世人为情所困，故有可卿下凡拯救世情之举。但出自养生堂的现实遭遇，使拯救的使命及主题被置换为：情为世人所弃，只能无奈地等待被人领养以摆脱困境。作者曹雪芹撰此书，独寄兴于一"情"字，落笔于一"情"字，其目的，是欲天下人共来哭此"情"（秦）字。而秦可卿的真实身份及此人在作品中的文学功能也是主要体现于与作者意图相关的这样一个观念层面上。秦可卿不是谁的私生女，更没有显赫的皇家背景。她只是作者为传达某种特定创作意图而虚构的一个文学形象。

接下来，让我们再来看看秦氏的"早死"之谜。秦可卿属"金陵十二钗"之一，乃书中一重量级人物，且是一"难得双兼"、美轮美奂、人见人爱的妙极之人。此等可心、可意、可爱、可亲之人，为何在开篇不久（第十三回）便草草收场，一命归西？细数可卿出场回数，不过寥寥三四回。作者为何"欲速可卿之死"？此人又为何"终有不能不夭亡之道"？

同书中涉及的所有女子相比，此人身上的最耀眼的亮点有二：一为容貌之美；二为性情之美。其鲜艳妩媚，有似乎宝钗；风流袅娜，则又如黛玉。一身兼有钗黛二人之美，同她的美相比，钗黛二人之美姑且只能算是美中不足，书中其他女子之美则更是难以与其比肩。

既然秦可卿在书中具有如此重要的作用，作者为何让此人草草收场呢？既然秦可卿之美超越了钗黛之美，作者又为何退而求其次，舍秦氏之"完美"（兼美）而取钗黛之"美中不足"呢？这个问题问到了要害处，而问题的答案也恰恰隐藏于其间。简而言之，秦氏的早死恰恰与她的

"完美"（兼美）有关，换句话说，秦可卿死就死在这"兼美"二字上了。秦可卿的早死，盖作者大有深意存焉。曹雪芹欲借红楼舞台上演二美分离、两山对峙、双水分流、悲金悼玉的传世大戏，秦可卿所代表的乐而不淫、哀而不伤、美而不刺、怨而不怒、温柔敦厚的"中和"之美以及由此而衍生出的大团圆式的喜剧则只能是草草收场。此即所谓"病树前头万木春"、"古鼎新烹凤髓香"是也。《红楼梦》一书舍秦氏而取钗、黛，就作者用意而言，其目的在于借人物形象的取舍，实现审美方式从以和为美到以悲为美的根本转变。就作品的艺术效果而言，从秦氏的难得双兼、一枝独秀到钗黛二人的两山对峙、双水分流，可谓是作者化腐朽为神奇、点石成金的神来之笔，秦氏虚幻颓靡的"兼美"（完美）让位给钗黛之美，《红楼梦》一书的审美观念实现了从虚拟世界向现实世界的还原。秦氏不死，钗、黛之美难以彰显；秦氏不死，《红楼梦》一书难以打破历来小说窠臼；秦氏不死，作者曹雪芹难以翻成千古未有之奇文。从秦氏之美到钗黛之美，标志着《红楼梦》一书在美学上的转型，即由和谐之美转向了冲突之美，由"兼美"（完美）转向了美中不足，"红楼梦十二支曲"中有"叹如今，美中不足今方信"这样一句，而正是其中的"美中不足"四字，方为《红楼梦》一书在美学上的立意本旨。于是，秦可卿的"兼美"就只能让位给钗黛二人的"美中不足"。由此，秦可卿的早死便也命中注定，在劫难逃。原因就这么简单。

关于秦氏的"死因"之谜及"葬礼"之谜。与前两个谜相比，谜面更隐晦，谜底更深邃。很难用寥寥数语概括殆尽。笔者之所以撰此文，解秦可卿"身世"与"早死"之谜，主要是想在刘心武所谓的"秦学"之外指出还有另外一条研究路径存在的可能性。至于对"死因"之谜及"葬礼"之谜的解说，读者可参阅拙稿《"钗黛合一"美学阐释》一文，在此就不再啰唆了。

也谈秦可卿"身世"

一

　　初读《红楼梦》的读者，大多是不会关注秦可卿这个人物的。在书中，秦可卿只是一个戏份很少、无足轻重的小角色。在贾府，秦氏也不过是一个出身卑微、辈分很低的小人物。此人虽名列《金陵十二钗正册》，但也只忝列末席，难以与黛玉、宝钗等量齐观，甚至无法与凤姐诸人比肩。此人在书中来去匆匆，是一命薄寿短之人。从第五回亮相，到第十三回收场，前后只存活了八九回，是"金陵十二钗"中第一个出局的人。然此人虽非书中正人，却也绝非一个可有可无之人。在此人身上，作者曹雪芹用心甚深、用意甚远、用情甚专、用笔甚曲。致使此人生前及身后均留下诸多疑团。自《红楼梦》问世以来，有关秦氏的隐秘在书中是微密久藏，含而不露。终成为红学研究一大悬案。

　　学界对秦氏其人的关注与研究，大致是 20 世纪初"新红学"出现以后的事情了。一百年来，间或有学者著书撰文论及秦氏，其中较为知名者，有俞平伯、王昆仑等，较为突出者，当属当代著名作家刘心武先生。从 20 世纪 80 年代起，刘先生就开始关注秦可卿其人其事，至 90 年代初，已有《秦可卿之死》专书问世。数十年间，刘作家痴迷其间，探赜索隐，掘幽发微，借"公羊学"法释证红楼本事，用逸闻野史填补文学空白，以文学想象连缀历史碎片，用虚构臆断替代学术考论。突发奇想以立论，剖集遗闻以释证，穿凿附会以成篇，断楮残墨而成学。于是，便有了所谓的"秦学"。

　　"秦学"之为学，基本上是刘作家自封的。把对秦氏其人其事的研究夸大为"学"，这实在是小题大做、名实难符。因为它既不具备完整的学术建构，也不具有学术研究的延展性与可持续性。对秦可卿的研究，在整个红学系统中，充其量只能算是一个命题，属《红楼梦》人物形象研究系列。此人物身上的疑点虽较其他人更多、更隐晦一些，相应的研究难度可能也更大一些，但不能据此就把一个命题升格、放大为"学"。更不能把对一个文学人物的研究所形成的一家之言拿来与"红学"比肩齐名。"红学"之为学，无论其显也好、隐也好，盛也罢、衰也罢，也无论世人如何评说，它毕竟已走过了二百多年的学术历程，具备了悠久的学术传承和深厚的学术积淀。当今的红学虽也面临着"源远水则浊，枝繁果则稀"的困境，但还尚未沦落到需要所谓"秦学"去支撑、去拯救的地步。

《红楼梦》之为《红楼梦》，既非经，亦非史，乃是一"说部"（小说）。既为小说，对它的研究理当合乎文学的规矩准绳，其中所叙人事，即便与历史上的人事有品性相类者、逸事有征者、姓名相关者，作者也不过是取其形，依照艺术构思将其纳入一个非同于现实的全新艺术空间中，借助想象与虚构再塑其神。文学是创作，而非实录；是审美，而非证实。文学研究是在审美层面上展开的对作品的构成、特质、内蕴、风格、价值等的宏观把握与微观探究，而非以实证与一般性认知为旨归。这可以说是文学之为文学的特殊性与规定性，是文学创作与文学研究的安身立命之处，是我们在研究与鉴赏《红楼梦》这部作品时的出发点和归宿。在这方面，身为作家的刘心武理应是深谙文学肌理、创作之道的行家里手，他在长期创作实践中积累的丰富创作经验、练就的高超的创作技巧、养成的非凡的艺术想象力为他从事文学研究奠定了良好的基础，具备了许多得天独厚的优势。他理应成为红学研究中文本研究的先行者，他的研究理应在对《红楼梦》一书进行文本阐释、对作者意图进行心理重建等方面取得进展或突破。但令人遗憾的是，他迈进"红楼"大门的第一步却是从索隐开始的，或者说，是重拾索隐派衣钵，以对《红楼梦》进行解经式附会、猜谜式臆断开始的。在《刘心武揭秘红楼梦》一书中，刘作家更是大施索隐大法，以一种窥探隐私的心态去搜罗所谓的"宫闱秘事"，索隐、揭秘、钩沉、掘微，想当然地把秦氏跟"弘皙谋逆"扯上关系，终得出一个骇人听闻的结论：秦可卿是太子之女，弘皙之妹，为了政治避难而寄养曹府成了童养媳。

二

玩文学而不通文学，搞创作而不懂创作，这或许才是问题所在。接下来，让我们还是言归正传，从秦可卿那扑朔迷离的身世谈起。同书中诸人相比，此人身世不详、来历不明。书中正文及脂砚斋批语中介绍秦可卿"身世"的文字甚少，且主要集中于第八回。此回作者在写宝玉与秦钟首次会面时，顺便带出了秦氏身世的相关线索。

> 他父亲秦业（甲戌双行夹批：妙名。业者，孽也，盖云情因孽而生也。）现任营缮郎，（甲戌双行夹批：官职更妙，设云因情孽而缮此一书之意。）年近七十，夫人早亡。因当年无儿女，便向养生堂抱了一个儿子并一个女儿。谁知儿子又死了，（甲戌侧批：一顿。）只剩女儿，小名唤可儿，（甲戌双行夹批：出明秦氏究竟不知系出何氏，所谓寓褒贬、别善恶是也。秉刀斧之笔、具菩萨之心亦甚难矣，如此写出可儿来历亦甚苦矣。又知作者是欲天下人共来哭此情字。甲戌眉批：写可儿出身自养生堂，是褒中贬。后死封龙禁尉，是贬中褒。灵巧一至于此。）长大时，生的形容袅娜，性格风流。（甲戌侧批：四字便有隐意。《春秋》字法。）因素与贾家有些瓜葛，故结了亲，许与贾蓉为妻。

如果将这段引文中介绍秦业的文字及脂砚斋批语剔除，真正涉及秦可卿本人的，超不过百来字。细审这段文字，大致可以梳理出以下几条：其一，可卿出身自养生堂，是个弃婴。至于何人将她送至养生堂，书中未作任何交代。其二，可卿与秦业非血亲，只是养父与养女的关系。其三，此人小名唤可儿，生的形容袅娜，长大后性格风流。如书中第五回所写，"生的袅娜纤巧，行事又温柔和平"。其四，因秦家与贾家素有些瓜葛，秦氏得以嫁入豪门，许与贾蓉为妻。

其实，即便有以上四条线索，终究也未交代清秦氏"系出何氏"，对她的身世背景、出处来历，观者依然一头雾水。可见，作者在此人身上大量使用"瞒笔"、"幻笔"，有意模糊了她的身世背景，刻意渲染她身上的神秘色彩，致使此人身世如云山雾罩，观者置身其间，难辨东西。而正是这烟云模糊之处，既激发了观者的想象，也为诸如索隐派之类的研究，提供了一个臆想与附会的空间。

历来对秦可卿其人的研究，大多是在证据不足的情况下展开的。研究者之所以执着于此，关键在于此人身上疑点颇多。除"身世"之谜外，此人身上还有"早死"之谜、"死因"之谜和"葬礼"之谜。而这每一个谜团似乎都与她那神秘莫测的身世有关。故此，研究者大多以对秦可卿的身世探究和身份确认为切入点，期望由此澄清疑团，一一破解诸迷。虽然，刘作家借助媒体，把个所谓的"秦学"炒作得甚嚣尘上、神乎其神。其实，即便我们把《红楼梦》一书翻个底朝天，即便我们用显微镜或红外线从书中搜罗证据，也找不到任何秦可卿是太子之女、弘晢之妹的证据，哪怕是蛛丝马迹。用"凭空捏造"、"无中生有"来概括刘作家含辛茹苦、孜孜以求的"秦学"，可谓是再合适不过了。结论是虚构臆想的，证据是伪造的，研究自然是荒谬的。那些对刘心武"秦学"将信将疑的读者，其实大多是出于对一位著名作家的好感以及对学术的敬畏感。如果我们把刘作家研究秦可卿的思路做一番梳理，其学术研究上的荒谬便昭然纸上。这种思路实际上是先有一种假设，然后再编织伪造证据的"假设推理法"。在书中，秦可卿虽身世不详、出身寒门，却嫁入豪门，这在讲究门第、注重血统的封建社会，可谓是不合伦理纲常。在贾府，秦可卿身份卑微、地位低下，却人见人爱，独享尊荣，其中又有很多不合常规之处。更有甚者，此等无足轻重之人，作者却在她的丧事上大事铺陈，贾府在此人的葬礼上极度糜费。书里人与书外人联手合作，给此人操办了一个场面恢宏、规格类似于"国葬"的葬礼。而这不仅不合常规，更有悖常理。按此线索思来想去，个中缘由只能有一个，此人必定来历不凡，此人必定非同凡响，此人必定同皇家有某种关联，此人身上必定隐藏着一个"天大"的秘密。这种假设性推导，终于把我们的刘作家引向迷津，导入歧途。而刘作家便也重拾索隐派衣钵，凭借臆想和附会，假设结论，编造证据，便有了"秦学"。在红学研究中，无论索隐派还是考证派，都有一个共同的缺陷，他们均不同程度地把《红楼梦》一书定性为历史文本或历史文献，所不同者，对索隐派而言是野史，对考证派而言是正史。他们均是从世俗的历史文化层面上看待并阐释这部文学名著的。对秦可卿的研究更是如此，他们关注的不是作为文学形象的秦可卿及其蕴含，而是现实生活中秦可卿的原型以及隐秘。他们把所有的注意力均集中于世俗生活层面上那个形容袅娜、性格风流的可儿。殊不知，书中的秦可卿还有另一重身份、另一种出处和另一种功能。

关于秦氏的另一身份及其身世背景，书中第五回《金陵十二钗正册》有关秦氏的判词中，作者即已作了明确交代：

情天情海幻情身，情既相逢必主淫。漫言不肖皆荣出，造衅开端实在宁。

从判词中可以看出，秦可卿出自情天，归于情海，是情天、情海孕育幻化出的一个情的化身、情的载体。所谓情天情海，即书中第五回中的"孽海情天"——"太虚幻境"是也。

在文学创作中，作者往往是根据作品题旨和情节发展的需要来设置人物并对其进行功能定位的。这就使文学作品与实际生活及历史间有着很大的区别。文学形象的虚构性决定了它可以脱离实存的背景，而进入到一个虚幻的、想象的艺术世界中，成为一个观念化的人物。在《红楼梦》一书中，乳名"兼美"的秦可卿就是一个这样的人物。她的神秘身世以及著名的"死"，实质上就是作者创作意图在该人物身上的具体体现，是作者在作品中对该人物功能定位及艺术处理的必然结果。

在书中，秦可卿是一个集世俗意趣与观念内蕴于一身的特殊人物。她既是一个自然人，一个活体、一个肉身。又是一个超自然人，一个观念的载体、化身。作为一个生活在世俗中具有七情六欲的自然人，她的现实身份及功能可归纳为：贾蓉的妻子、贾珍的儿媳、贾母的侄孙媳妇、秦业的女儿、秦钟的姐姐，等等。但作为一个超自然的观念化形象，她的身份则是警幻仙妹。来自情天，归于情海，是情的化身。在太虚幻境中掌管"痴情"一司，是钟情的首座，自言为"天下第一情人"，她的功能是由仙界下凡人间，警幻、拯救颓堕淫靡的世情，度脱普天之下那些为情所困的痴男怨女们。关于秦氏的第二重身份，书中罗列的线索显然要比第一种身份多得多。

书中第五回，警幻仙姑为了使宝玉改悟前情，故以情欲声色等事警其痴顽：

警幻便命撤去残席，送宝玉至一香闺绣阁之中，其间铺陈之盛，乃素所未见之物。更可骇者，早有一位女子在内，其鲜艳妩媚，有似乎宝钗；风流袅娜，则又如黛玉。（甲戌侧批：难得双兼，妙极！）

警幻道："……是特引前来，醉以灵酒，沁以仙茗，警以妙曲，再将吾妹一人，乳名兼美（甲戌侧批：妙！盖指薛林而言也。）字可卿者，许配于汝。今夕良时，即可成姻。"

文中所写的乳名兼美、表字可卿，"其鲜艳妩媚，有似乎宝钗；风流袅娜，则又如黛玉"的女子，其实就是作者为秦可卿设置的另一重身份。秦氏所兼具的超世俗、观念化的这种身份，在书中第一百一十一回《鸳鸯女殉主登太虚　狗彘奴欺天招伙盗》中得到了进一步确认。此回写鸳鸯以身报主，自杀殉葬：

> 可怜咽喉气绝，香魂出窍，正无投奔，只见秦氏隐隐在前，鸳鸯的魂魄疾忙赶上说道："蓉大奶奶，你等等我。"那个人道："我并不是什么蓉大奶奶，乃警幻之妹可卿是也。"鸳鸯道："你明明是蓉大奶奶，怎么说不是呢？"
>
> 那人道："这也有个缘故，待我告诉你，你自然明白了。我在警幻宫中原是个钟情的首坐，管的是风情月债，降临尘世，自当为第一情人，引这些痴情怨女早早归入情司，所以该当悬梁自尽。因我看破凡情，超出情海，归入情天，所以太虚幻境痴情一司竟自无人掌管。今警幻仙子已经将你补入，替我掌管此司，所以命我来引你前去的。"
>
> 鸳鸯的魂道："我是个最无情的，怎么算我是个有情的人呢？"那人道："你还不知道呢，世人都把那淫欲之事当作'情'字，所以作出伤风败化的事来，还自谓风月多情，无关紧要。不知'情'之一字，喜怒哀乐未发之时便是个性，喜怒哀乐已发便是情了。至于你我这个情，正是未发之情，就如那花的含苞一样，欲待发泄出来，这情就不为真情了。"鸳鸯的魂听了点头会意，便跟了秦氏可卿而去。

综合秦氏的这两种身份，她实际上就是一个人神混合体。半人半神，兼人兼神，亦人亦神。与此同时，她在作品中也兼有神与人的双重功能。鉴于此人身份及功能的特殊性，在探究其身世及死因时，就不能只着眼于作品的表象层，不能仅着意于此人的世俗身份及功能，不应仅从她与周围人的世俗关系去寻找身世线索，而应兼顾到她的另一重身份及功能，从此人作为一个负有拯救使命的超世俗、超自然的神，为何在现实中最终以"淫丧"而收场，这样一个层面去探究悲剧的成因及过程。

在书中，秦可卿是一个极为特殊的形象，她不是一个严格意义上的凡胎肉身，不是世俗意义上的人，而是一个观念化的人物。准确地讲，她不是以通常意义上人的生命的孕育过程和诞生方式降临于世的，而是从太虚幻境这个超验的神秘世界中幻化而来的。此人虽"出名秦氏"，却"究竟不知系出何氏"。她没有赋予她肉身的父母，没有家族血亲的传承。此人是情变所孕、因情而生，是作者为表现特定的情感观念而塑造出的艺术形象。此女子在警幻宫中原是钟情的首座，专司古往今来的风情月债，统管普天之下的痴男怨女，秉有天然之情，肩负情之使命，终成情之化身。

《红楼梦》又名《情僧录》，是书"大旨谈情"，始于情根（青埂峰），终于"情榜"。作者是因"情"捉笔，以"情"说法，为"情"正名。滴泪为墨，研血成字，在末世文化的黯淡背景上，绘制出一幅色彩斑斓、感人肺腑的人生情感画卷，堪称一部绝世"情文"、"情史"、"情论"。"情"为《红楼梦》血脉，"情"为《红楼梦》魂魄。千古言情，首推此书。

三

在《红楼梦》一书中，"秦"影"情"字。秦可卿即为"情可情"，秦钟为"情种"，秦业为"情孽"。书中对秦氏家族三人的设置及描写，是作者在演绎其情感观念时以拟人化方式塑造的人物形象系列，故此三人均为观念化人物，他们的身上均承载着作者所赋予的特定的情感内涵和功能。秦业为"情"之灾孽，可以说，这个角色既是中国封建社会压抑性文明①的传承人，又是以道制欲、以礼灭情文化方略的践行者。秦钟为"情种"也。即"情"之根源，"情"之本体。同秦氏一样，此人最终也以"淫"而收场。秦可卿为情天、情海孕育幻化而出的情之化身，自当为"天下第一情人"，自当受到世人百般的珍爱与呵护。可当她降临人世之初，却不得不面对被世人遗弃并被送入养生堂这样一个可悲处境。"情"之化身降临尘世，不但未被珍爱，反遭遗弃，处境着实可悲可叹。秦可卿"出身自养生堂"，这个情节中隐含着一个巨大的文化象征。"余叹世人不识情字"，这其中既包含着作者对"情"之处境的一种悲叹惋惜

---

① ［美］马尔库塞：《爱欲与文明》，黄勇、薛民译，上海译文出版社1987年版，第56页。

之情，也流露出对世人、世情的一种怨怒愤懑之情。

从最初降临人世的那一刻始，秦可卿的人生悲剧就缓缓拉开帷幕。从表面上看，这似乎只是一场世俗生活层面上的悲剧，只是一个悲剧的个案。但当我们将其放置在一个更为纵深宏阔的文化视野里，从中国封建文化这样一个角度去审视，就会发现，这场悲剧与其说是个体悲剧，毋宁说是时代悲剧；与其说是秦可卿的悲剧，毋宁说是"情"的悲剧。书中秦可卿的现实遭遇只是悲剧的表象，她的悲剧人生实质上是"情"在一种以贬情、抑情、节情、反情、灭情为旨归的末世文化中悲苦遭际的形象化写照，或曰象征。也就是说，作者曹雪芹实质上是在以"秦"写"情"。借秦氏之悲剧（世俗形态的）来隐喻"情"之悲剧（观念形态的）。

警幻世人、拯救世情是秦可卿所肩负的文化使命，也是她从太虚幻境降临人世的目的，但这种带有拯救意味的下凡却是以悲剧的方式开始和结尾的。秦可卿出自养生堂，是悲剧的起始点。养生堂虽为收养弃婴的慈善机构，却是人间悲情的聚散地，或曰"中转站"。在这里，秦可卿从一个拯救者变成了被拯救者。从一个"圣婴"变成了"弃婴"。度人者自身尚且不保，更何谈去完成拯救世情、警醒世人的使命。秦可卿的这种带有荒诞意味的人生遭际中隐含着作者不便明示的"微言大义"。而这也恰恰是《红楼梦》一书的大纲目、大比托、大讽刺处。世人为情所困，世情颓靡，故有可卿下凡拯救之举。但出自养生堂的现实遭遇，却使拯救的主题及使命被置换为："情"不仅未受世人珍爱，相反，"情"之化身却为世人遗弃，只能无奈地等待被人领养以摆脱困境。接下来，故事似乎只能沿着"领养"这条线索发展了，而可卿之命运也只能寄希望于此。不出所料，可卿后来"所幸被人收养"，她的命运似乎出现了否极泰来的征兆，不幸似乎正在向幸运转化。且慢，当我们细细审视、体味这次饱含人际关怀的"善举"时，就会发现，这只不过是不幸与不幸之间的一次正常交接，只不过是从一个悲剧走向另一个悲剧的一次递进。因为收养她的并不是什么好人家，而是年近七旬，夫人早亡，膝下无儿无女，眼看就要断子绝孙的"营缮郎"——秦业。

"妙名。业者，孽也，盖云情因孽而生也。"秦业者，情孽也。"业"谐"孽"字。孽者，邪恶，灾殃之意。情孽，即情之灾孽。"官职更妙，设云因情孽而缮此一书。"营缮郎：营者，经营、贩卖之意；缮者，修缮、修补之意。三字合称即为：专职从事修缮、修补人性、人情的小官僚。（在中国封建历史中经营此行当者可谓数不胜数，孔、孟、董、韩、周、程、张、朱即为其中的佼佼者。）

此处作者可谓立意深远。纵然你"情天情海幻情身"，但"情既相逢必主淫"。秦可卿所代表的"纯正之情"碰上了秦业所代表的"邪恶之情"，其结果必然是正不压邪，邪必驱正。纯正之情因无力自救，任由邪恶之情修补、扭曲。纵然你身为警幻仙妹，来自神界仙境，终逃脱不了"画梁春尽落香尘"的可悲结局。纵然你位列钟情的首座，自当为"天下第一情人"，专司"痴情"一司，终逃脱不了被鄙俗邪恶的世情抛弃、扭曲、异化，乃至淫污的可悲境地。有情人面对的是无情世。擅风情，秉月貌，自古被看作是败家的根本。凡心、真情、爱情被视为洪水猛兽。"有人之形，无人之情"方为做人之基；崇礼而贬情，方为齐家之道；"存天理，灭人欲"方为治国之本。

正是在这样一个家庭（其文化特质为"崇礼灭情"）里，秦可卿渐渐长大。她秉性中的纯正之情也正是在这样一个环境中被渐渐扭曲、异化。"长大时，生的形容袅娜，性格风流。"甲戌本此处有批语云："四字便有隐意。《春秋》字法。"此时秦氏之情已发生变异，原初的纯正之情已蜕变为淫亵之情。此人之身份，也已由情之化身而成淫之化身。此即判词"情既相逢必主淫"一句中的隐情及隐意。

作者如此写出，可见此人来历亦甚苦矣。但秦氏的悲剧并未就此终结，最为不幸的是，这种"情"在其后的成长历程中又遇到了"假"（贾），"因素与贾家有些瓜葛，故结了亲，许与贾蓉为妻"。贾家者，"假"家也。此处之"假"，乃是与真实相对的"虚假"的"假"，与"伪"字同义。被遗弃、扭曲、异化了的"情"（秦）又遭遇到了"假"，与"假"结了亲，其结果必然是"假作真时真亦假"，人间真情在经假文化、伪文化熏染、浸淫之后，最终难以避免地成为一种"虚情"、"伪情"，成为情的反面——淫。"漫言不肖皆荣出，造衅开端实在宁。"任你是"擅风情，秉月貌"，终究逃脱不了"画梁春尽落香尘"。在贾府，秦可卿终沦落为一个性格风流的淫娃荡妇。从情的化身变成了淫的化身。这种变化作者虽未明示，但在对此人形容举止、性格言语，以及在对她的卧房陈设的描写中，作者笔下无处不在突出一个"淫"字。

书中第五回，宁荣二府女眷家宴小集赏花，席间宝玉倦怠，欲睡中觉，遵贾母之嘱，秦氏将宝玉引至自己房中歇息：

刚至房门，便有一股细细的甜香（甲戌侧批：此香名"引梦香"。）袭人而来。宝玉觉得眼饧骨软，连说："好香！"（甲戌侧批：刻骨吸髓之情景，如何想得来，又如何写得来？［进房如梦境。]）入房向壁上看时，有唐伯虎画的《海棠春睡图》，（甲戌侧批：妙图。）两边有宋学士秦太虚写的一副对联，其联云：嫩寒锁梦因春冷，（甲夹批：艳极，淫极！）芳气笼人是酒香。（甲夹批：已入梦境矣。）

案上设着武则天当日镜室中设的宝镜（甲戌侧批：设譬调侃耳，若真以为然，则又被作者瞒过。），一边摆着飞燕立着舞过的金盘，盘内盛着安禄山掷过伤了太真乳的木瓜。上面设着寿昌公主于含章殿下卧的榻，悬的是同昌公主制的联珠帐。宝玉含笑连说："这里好！"（［摆设就合着他的意。]）秦氏笑道："我这屋子大约神仙也可以住得了。"说着亲自展开了西子浣过的纱衾，移了红娘抱过的鸳枕，（甲戌侧批：一路设譬之文，迥非《石头记》大笔所屑，别有他属，余所不知。）

于是众奶母伏侍宝玉卧好，款款散了。

秦氏卧房陈设，可谓"淫极"、"艳极"。此处，作者实际上是在向读者暗示：原初"情"的化身已变异成"形容袅娜，性格风流"的淫娃荡妇了。而秦可卿与其公公贾珍之间的乱伦关系以及最终的"淫丧天香楼"，更是向观者昭示出秦氏从"情"之化身蜕变为"淫"之化身这样一条悲剧人生轨迹。

尽管这个乳名"兼美"的女子在书中是一个"难得双兼"的妙极之人，"生得袅娜纤巧，行事又温柔和平"；尽管贾蓉之妻可卿在贾府诸人眼中是一个极妥当之人；尽管警幻仙妹出自情天、归于情海，但在那个以节情、贬情、反情、灭情为旨归的文化里，她注定是逃不出"淫丧"这样一个可悲结局的。此即脂砚斋所谓的："作者用史笔也。"

四

余叹世人不识情字，常把淫字当作情字；殊不知淫里无情，情里

无淫，淫必伤情，情必戒淫，情断处淫生，淫断处情生。（蒙古王府本六十六回回前）

　　秦氏一生，生于情而死于淫。作者实质上是借秦氏之身而说法，意在演示在中国文化中，"情"是如何被控引、被戕害、被湮灭的文化遭际，以及人情、人欲如何被所谓的"天理"异化、取代的历史轨迹。

　　我们知道，中国的审美文化在很大程度上源起于"缘情说"。对于情感的推崇、弘扬，注重情感的发抒及表现，是中国古代艺术的一个显著特征。"诗缘情"、"诗发乎情"，可以说，"缘情说"使中国古代艺术获得了一个良好的起始点和可持续发展的动力。中国古典美学非常重视主体情志在艺术创作及鉴赏中的作用。将"情"看作是艺术的第一要素，将表情视为艺术的首要功能，进而确立了以"情本"思想为核心的艺术本体论。中国古代的"缘情说"与先秦儒家的审美主张是格格不入的。先秦儒家旨在为当时礼乐崩坏的社会建立一套中规中矩的礼治秩序，而对于人性、人情的控引则是其第一要务。儒圣孔夫子率先在他的文化实践中开始了对传统"缘情说"的理论改造。孔子艺术观、伦理观的核心在于"以礼节情"、"克己复礼"。他在评价《诗经》时提出了著名的"思无邪"说及"乐而不淫，哀而不伤"说。倡导以合乎伦理规范的礼义来节控人的情感、欲望，反对无节制地宣泄感情。强调抒情时要以中和、中庸为"度"，认为情感的发抒一旦超过度便会导致"淫"。应该说，孔子注重"和"的审美观在当时特定的历史条件下还是有其积极意义的。但孔子审美观、情感观总体趋向于消极方面，他所看到的更多的是人类情感的负面效应，故"贬情而崇礼"便成为他的学说的主要特色。自孔子之后，这种审美观、情感观被进一步发扬光大，终成为中国封建诗教的"心魂"所在。先秦儒学中洋溢着的那些济世的、实践的、人道主义的精神荡然无存。一股反人性、反进化、反选择的历史逆流终将中国封建社会审美文化、伦理文化导入歧途，将中国人的精神世界、情感观念导入误区。先秦时荀子提倡"以道制欲"。《中庸》提出"节情以中"的观点。《乐记》、《乐论》倡导"反情以和其志"。西汉儒者把"思无邪"作为法规定了下来。刘勰在《文心雕龙》中强调："诗者，持也，持人情性，三百之蔽，义归无邪。"到了宋代，这种戕残人性、禁锢真情的理论经周敦颐、邵雍、二程（程颢、程颐）、朱熹等人的润色发挥，终达到登峰造极的地步。朱熹在自己的学说中将"情"这种人的社会性属性直接并入"人欲"这个范畴之中,将"情"视为人的低级欲望,而贬抑、排斥、诋毁人的情感。认为"情之未发"才是其最佳状态,情之已发,则会使人被一己私欲所蔽,迷失天理,坠入迷途。"情是遇物则发",发而皆中节,无所乖戾,方为"情之正也"。宋代理学家严申天理与人欲不可并存,二者犹冰炭不能共器。"人之一心,天理存则人欲亡;人欲胜则天理灭。未有天理人欲夹杂者,学者需要于此体认省察之。""孔子之所谓克己复礼,《中庸》所谓致中和,尊德性,道问学,《大学》所谓明明德,《书》曰人心惟危,道心惟微,惟精惟一,允执厥中,圣人千言万语,只是教人存天理,灭人欲。"至此,中国传统审美文化中的"缘情说",在经历朝历代儒者及官方的理论改造及合力"围剿"之后,终于变成了"灭情说"。数千年来,儒家殚精竭虑对中国人情感世界的模塑,并没有如他们所愿达到"天理存"的至高境界。相反,这种历时漫长的精神改造工程,却使中国人的精神、情感世界被严重扭曲,产生了畸变,泛道德主义的浊流终将其熏染、浸淫为矫饰、虚伪、变态之情。其结果是"天理"未存而"人欲"尽灭。

《红楼梦》第五回中,警幻仙姑曾对宝玉说过这样一段话:

"尘世中多少富贵之家,那些绿窗风月,绣阁烟霞,皆被淫污纨绔与那些流荡女子悉皆玷辱。(甲戌侧批:真极!)更可恨者,自古来多少轻薄浪子,皆以'好色不淫'为饰,又以'情而不淫'作案。此皆饰非掩丑之语也。"(蒙旁:'色而不淫'四字已滥熟于各小说中,今却特贬其说,批驳出矫饰之非,可谓至切至当,亦可以唤醒众人,勿为前人之矫词所惑也。)(甲旁:"'色而不淫',今翻案,奇甚!")

从最初的"诗缘情"到"乐而不淫,哀而不伤"(A 而不 B),到"哀不至伤,乐不至淫"(嵇康《声无哀乐论》),到"哀而未尝伤,乐而未尝淫"(邵雍《伊川击壤集序》)再到"好色不淫"、"情而不淫"、"情而淫"(A 而 B)、"兼情兼淫"(兼 A 兼 B),既情且淫(既 A 且 B),终至淫。诗发乎情,不仅没有止乎礼义,反而止乎淫。这可以说是自先秦至明清中国人情感世界的心路历程。这也是书中秦可卿这个人物的人生历程。所谓"福善祸淫,古今定理"。"大凡古今女子,那'淫'字固不可犯,只这'情'字也是沾不得的。"(第一百二十回)秦可卿是既沾情又沾淫,兼美、兼情、兼淫,出自于"养生堂"这个人间悲情汇聚之所,

成长于"情之灾孽"这样一个险恶的家庭环境，居于"兄弟问柳寻花，父子呼么喝六"，家风颓堕的宁国府，周旋于贾珍、贾蓉等一干禽兽之间，其结果便可想而知了。生于情，是此人的来历；死于淫，是此人的结局。"悲夫！千古世情，不过如此。"（蒙古王府本第四回旁批）

开辟鸿蒙，谁为情种？情天孽海，情为何物？厚地高天，堪叹古今情不尽；痴男怨女，可怜风月债难偿。一部《红楼梦》，总揽国人情感全域，写尽人间悲情万种。作者曹雪芹撰此书，独寄兴于一个"情"字，落笔于一个"情"字，执着于一个"情"字。秦可卿因情而生、因淫而夭的人生经历之中暗含着一个"毁灭"与"新生"的巨大的文化象征。作者是欲"将可卿之病将死，作幻情一劫"。作者之意，是欲天下人共来哭此"情"（秦）字。